Gerda M. Neumann

„Greystone Manor“

EXLIBRIS
© 2009 RAINER GELLERN

Gerda M. Neumann

Greystone Manor

Olivias erster Fall

EDITION OCTOPUS

Gerda M. Neumann, »Greystone Manor«

Satz: Michael Neumann
Umschlaggestaltung: MV-Verlag
Umschlagfoto: Gerda M. Neumann
Bildbearbeitung: Gerd Zimmermann
Druck und Einband: MV-Verlag

ISBN 978-3-86991-164-9

1

Hoch stand ein durchsichtiger, klarer Himmel über London und ein übermütiger Wind wirbelte vom Fluß herauf durch das enge Gassengewirr in die Stadt. Olivia saß auf einer Bank in Lincoln's Inn. Die Hände noch wintertief in den Manteltaschen vergraben, suchte sie den Frühling in diesem Geviert alter Ziegelsteinhäuser zu erspüren. In den Fassaden um sie herum waren Fensterflügel aufgestoßen worden und das Durcheinander von Stimmen und Läuten der Telefone, das Summen von Computern, Druckern und Faxgeräten befreite den einsamen Rasen von der Stille des Winters. Noch knarrten die kahlen Äste der großen Bäume in ihrer Erstarrung, wenn eine Böe in sie einfiel, doch auf dem kurzen Gras rangelten zwei Amseln bereits um den ersten Wurm. Sie unterbrachen ihren Streit auch nicht, als ein Schwarm weißer Papierblätter auf sie herabsegelte. Olivia spürte einen vagen Stoß an ihrem Hut und zog einen der weißen Bögen aus den Federn. Sie las:

,In the dark valley's
Silver-grey fragrance my dim thoughts were merged,
And silently I drowned in the translucent,
Light-weaving ocean and left life behind me.'

Ein seltsamer Zauber stieg aus diesen Versen auf, wie ein Echo aus tiefer, ureigener Erinnerung. Der entsetzte Aufschrei einer Frauenstimme holte sie ins gegenwärtige Leben zurück. Schnell faltete sie das Blatt zusammen und schob es in die Manteltasche. Im nächsten Augenblick sammelte sie weiße Blätter vom Rasen. Sie bekam immer nur wenige zu fassen, bevor der nächste Windstoß sie mutwillig neu verteilte. Doch schließlich stand sie mit einem Stoß Papier vor einer atemlosen Frau mittleren Alters, deren kurze Haare der Wind fast pfiffig durcheinandergebracht hatte; diese hielt etliche Bögen Papier fest in ihren Händen.

»Danke, Madam, vielen Dank! So etwas ist mir noch nie passiert. Der erste schöne Tag. Da habe ich den Briefbeschwerer vergessen. Gott sei Dank sind die meisten Papiere nur oben durchs Zimmer geflogen.« Mit einem hastigen Blick in die Runde eilte die Frau wieder ins Haus, den vollständigen Papierstoß an sich gepreßt.

Olivia lachte leise, und von einer erneuten Böe fast über die nächste Pfütze gehoben, ließ sie sich vom Wind durch den Torbogen aus Lincoln's Inn hinauswehen, hinein nach London.

2

Es war März. Noch wurde es bei Zeiten dämmerig und kühl. Ein Feuer knisterte im Kamin und leiser Teeduft durchzog den Raum. Olivia hatte den Hauptteil des Tages in der London Library verbracht, auf dem Nachhauseweg einige Einkäufe erledigt und auf den letzten Metern vom Bus, die an einer Gärtnerei vorbeiführten, einen Strauß leuchtend gelber Osterglocken gekauft.

Sie lebte in Fulham, nah am Fluß, wo vor hundert Jahren noch kleine Werften und Obstplantagen in ländlichem Miteinander gediehen waren, in einer jener ruhigen Straßen mit der ebenmäßigen Abfolge gleicher Doppelhäuser, die in vielen Stadtteilen Londons zu finden sind. Ihre Großeltern hatten ihr dieses Haus hinterlassen, in der alten Schreinerwerkstatt stand heute ihr Auto und der Apfelbaum hinten im Garten war zusammen mit dem Apfelbaum jenseits der Mauer im Nachbargarten der letzte Zeuge des Obst- und Gemüsefarmlandes ihres Urgroßvaters.

Jetzt saß sie mitten im Wohnzimmer am Boden, die Beine unter ihren sehr weiten, langen Rock gezogen, in einer Flut aufgeschlagener Zeitungsseiten. Todesanzeigen waren auf all diesen Seiten abgedruckt, die meisten englische, rechts neben ihr einige deutsche und österreichische, unterschieden durch ein völlig anderes Layout.

Es klopfte und auf Olivias Ruf hin öffnete Leonard die Tür. Groß, fast hager steckte er in einer alten blauen Cordhose und dem großen irischen Fischerpullover, den er fast den ganzen Winter über zu Hause trug. Sein Gesicht, ebenfalls hager, zeigte erste Ansätze jener Gelehrtenköpfe, die für England und vielleicht für Österreich so charakteristisch sind.

»Schau!« sie blitzte zu ihm hinauf, »jetzt kannst Du selbst sehen, wovon ich neulich sprach: die Engländer informieren ihre Mitwelt in äußerst kleingedruckten Nachrichten über das Ableben ihrer Angehörigen. In alphabetischer Reihenfolge und in Variationen eines immer gleichen Textes erfahre ich vom Tode von Ehegatten oder Großmüttern – hundert oder erst sechsundfünfzig Jahre alt, gestorben in einem Dorf in Kent oder in Zimbabwe, Handwerker, Professor oder der 20. Baron von irgendwas. Es ist ein für die englische Klassengesellschaft ganz ungewöhnlich demokratisches Verfahren.«

»Tod ist außerordentlich demokratisch.«

»Halte diese Seite einer deutschen Zeitung daneben,« fuhr Olivia fort, »in schwarzgerahmten Feldern unterschiedlichster Größe, mit oder ohne Kreuz, häufig mit einem Bibelzitat, teilt man mit, ob der Genannte unerwartet, nach einem Unfall oder schwerer Krankheit verstorben ist, ob mit oder ohne Sterbesakramente, welchen Beruf er ausgeübt hat, von der Gefaßtheit oder Verzweiflung seiner Angehörigen. Hier haben wir es mit einer ungemein persönlichen Theatralik zu tun. Besonders umfangreiche Texte klingen wie ein ferner Nachhall alter Mysterienspiele.«

Leonard trat behutsam in den Raum, dennoch stieß ihn eine Zeitung in den Arm. Sie war auf dem Schirm der Bodenlampe abgelegt. Er nahm sie in die Hand: Todesanzeigen einer Tiroler Tageszeitung.

»Sieh,« machte Olivia ihn aufmerksam, »der Leser erfährt dort ungefähr das gleiche wie in den deutschen Zeitungen, doch in gleich großen, ziemlich gleichgestalteten schwarzgerahmten Feldern, auch die verschiedenen Texte liegen näher beieinander als in den deutschen Zeitungen; dafür bringt jede Anzeige ein Photo des Verstorbenen. – Diese unterschiedlichen Traditionen europäischer Nachbarn zeigen die unbeachteten Abgrenzungen und die gewachsene Vielfalt in dem dichten Nebeneinander. In meinem nächsten Essay für die ‚Süddeutsche Zeitung' werde ich mich endlich einmal damit befassen.«

Sie zog ihre Füße eng an den Körper, setzte sie sorgfältig auf, um in keiner Rockfalte hängen zu bleiben und sprang wie eine losgeschnellte Feder in die Höhe. Auf Zehenspitzen stieg sie anschließend über die Zeitungen zu ihrem Platz am Kamin, während Leonard, immer noch den ‚Tiroler Anzeiger' in der Hand, ratlos um sich blickte. Mangels Alternative legte er die Zeitung schließlich auf den Lampenschirm zurück.

Sein Blick wanderte weiter neugierig durch den Raum: »Warum brauchst Du diese Unmenge Londoner Zeitungen? Die Todesanzeigen sehen doch in allen gleich aus. Ich glaube fast, es sind alle Zeitungen, die neben dem Hauseingang lagen und das sind immerhin mehrere Tageszeitungen von fast einem Monat.«

Olivia erzählte ihm von dem Papierwirbel in Lincoln's Inn und dem Blatt, das sich in ihrem Hut verfangen hatte. Es sei zwingend gewesen, die wundervollen Gedichtzeilen zu sichern und somit das Blatt Papier automatisch in die Tasche zu stecken. Ein halb verschmitzter, halb verlegener Blick flog zu Leonard. Erst zu Hause habe sie entdeckt, daß es sich um den Anfang einer für England höchst ungewöhnlichen Todesanzeige handelte. Und das wiederum hatte sie an dieses schon lange geplante Thema für ihren nächsten Zeitungsessay erinnert.

»Nun ja, und so suchte ich auch nach meiner Lady mit den schönen Versen. Keine Nachricht von ihrem Tod in den letzten vier Wochen.«

»So viel Papier für eine so sparsame Auskunft,« grinste Leonard.

Die beiden hatten es sich vor dem Kamin bequem gemacht und tranken Tee, wie sie es oft am späten Nachmittag taten. Dabei tauschten sie die Ereignisse des Tages aus. Leonard lehrte und forschte an der London School of Economics; er war spezialisiert auf Computersimulationen für Probleme der Entwicklungshilfe. Sein seit Kindertagen lebendiges Interesse für die Wechselwirkungen von Land und Pflanzen und Wetter, später von Geomorphologie, Vegetation und Klima hatten hier die Möglichkeit gefunden, persönliches Wissen in konkrete Hilfe zu verwandeln. Oft erzählte er Olivia von dem Fall, für den er gerade eine Lösung suchte.

Heute jedoch blieben sie bei den Todesanzeigen, was angesichts der Papierflut um sie herum kaum anders möglich war. Und bei dem Gedicht. Leonard horchte den Versen, die Olivia seit dem Morgen nicht mehr aus dem Sinn gingen, nach.

»Darf ich das Blatt einmal sehen?«

Olivia gab es ihm.

»Lady Gaynesford. Deren Todesanzeige hast Du gesucht? Ist es möglich, daß Du nie etwas von Viktoria Gaynesford gehört hast?«

Olivia schüttelte so lebhaft den Kopf, daß ihre Haare flogen, dunkelbraun, sehr kräftig und zwei fingerbreit über den Schulten zu einer geraden Kante geschnitten, hatten sie die entgegenkommende

Eigenschaft, fast immer in nahezu vollständiger Glätte wieder zur Ruhe zu kommen.

»Aufgewachsen ist sie auf den Plantagen ihres Vaters irgendwo in Lateinamerika,« grub Leonard in seinem Gedächtnis. »Sie hat sich früh für indianische Kulturen interessiert und wurde dann Bildhauerin. Sie muß heute an die achtzig Jahre alt sein. Du kannst Dir vorstellen, wie viele Skandale sich um die englische Lady rankten, die bei indianischen Künstlern gelebt hatte, um die Bildhauerei zu erlernen. Auf der anderen Seite versuchte die Frauenbewegung sie für sich zu gewinnen. Aber Viktoria Gaynesford entzog sich allen Zeitströmen und Moden. Dennoch: als Künstlerin verschaffte sie sich im Laufe der Jahre Repekt, Arbeiten von ihr waren wohl in bedeutenden Ausstellungen zu sehen. Aber das müßtest Du nachschlagen. Jedenfalls genießt sie heute allgemeine Anerkennung.«

»Hast Du je Skulpturen von ihr gesehen?«

»Eher nein. Aber wenn ich mich richtig erinnere, war ihr zentrales Thema immer der Mensch. Ich glaube mich an Photos zu erinnern: Gesichter, die starke Emotionen ausdrücken, kleine Figuren bei irgendwelchen Tätigkeiten. So in der Richtung.«

»Das ist ja spannend!« entfuhr es Olivia. »In der Hochphase der abstrakten Skulptur beschäftigt sie sich mit dem Menschen, ganz konkret. Das allein mag schon Aufsehen erregt haben. – Wo lebt sie heute? Weißt Du das zufällig?«

»Zufällig ja, in Buckinghamshire. Den Namen des Dorfes habe ich allerdings vergessen,« fügte er entschuldigend hinzu. »Ich bilde mir ein, daß dort Ende März mehrere ihrer kleinen Figuren versteigert werden sollen, ich glaube, im Rahmen eines Wohltätigkeitsbazars, und daß sie aus diesem Anlaß selbst anwesend sein wird. – Es stand in einem Kunstmagazin, das bei Arthur herumlag.«

»Das war vor wenigen Abenden, nicht wahr? Oh bitte, ruf ihn an und frage ihn nach dem genauen Datum.«

»Jetzt gleich?«

»Ja, bitte! Ich muß es unbedingt wissen! Und heute ist die Wahrscheinlichkeit, daß er das Magazin noch hat, größer als morgen. Bitte!« Sie hielt inne.

»Leonard, bist Du sicher, daß die Zeitschrift neu war? Ich frage das nur wegen der Todesanzeige.«

3

Arthur hatte die genauen Angaben gefunden und sie betrafen das laufende Jahr: Copper Hill in Buckinghamshire, 30. März, 15.00 Uhr im Gemeindesaal.

Olivia fühlte sich so kribbelig, als wäre sie im Begriff, etwas völlig Ungewöhnliches zu tun; was wirklich nicht der Fall war. Schrieb sie doch seit nunmehr vier Jahren regelmäßig für die ‚Süddeutsche Zeitung' über Interessantes, Skurriles, Ungewöhnliches, das ihr in und um London herum auffiel. Die heutige Unternehmung ließ sich mit einem guten Aufhänger ohne Schwierigkeiten zu einer ‚Londoner Skizze' verarbeiten. Andererseits machte man sich nicht alle Tage auf den Weg, einen Menschen kennenzulernen, dessen Todesanzeige sich im eigenen Hut verfangen hat. Auch gab einem dieser Umstand nicht selbstverständlich das Recht, ein Papier in die Manteltasche zu schieben, das noch gebraucht wurde. Die erschrockene Sekretärin hatte die Verse gewiß nicht auswendiggelernt, bevor sie sie unbedacht dem Wind überlassen hatte. Und was sollte sie nun abschreiben?

Entschlossen stand Olivia auf, schraubte die Marmeladengläser zu und trank den letzten Schluck warmen Kaffee. Sie hatte oft genug darüber nachgedacht. Das Blatt Papier lag noch immer auf ihrem Schreibtisch und da blieb es jetzt auch.

Als sie den schmalen gewundenen Gartenweg zur Garage hinunterging, wußte sie, was sie als erstes mit diesem herrlichen Samstagvormittag anstellen konnte: London im Frühling war nirgendwo schöner als im Regent's Park. Sie liebte die weiße Prachtentfaltung des frühen 19. Jahrhunderts, in der noch die klare Linienführung des 18. Jahrhunderts fortlebte: Queen's Gate, durch die Weite des Hyde Park nach Sussex Gardens und durch York Gate hinein in den Regent's Park. Die Nash-Terraces erstreckten sich so weit das Auge ihnen folgen konnte, davor schmale Grünanlagen, abgeschlossen von hohen, schwarzen, schmiedeeisernen Gittern, und an der Straße entlang das Rosa der blühenden Kirschbäume. Langsam folgte sie der Straße, bis der Kreis sich wieder schloß. Sie steuerte zum inneren Zirkel des Parkes und fuhr Runde um Runde, bis sie sich so einverstanden mit der Welt um sich herum fühlte, daß sie, nun wieder recht tatendurstig, diese friedvolle Oase verließ. Auf der A 40 fuhr sie nach Westen aus London hinaus.

Unmittelbar hinter High Wycombe bog sie von der Hauptstraße ab. Die gewundenen Straßen der Chiltern Hills nahmen sie auf. Die Täler waren hier enger und die Hänge steiler, als man es von der Landschaft Südenglands im allgemeinen erwartete. Olivia sah große Schafherden grasen. Weit zog sich der Wald die Hügelkuppen hinauf. Wo das Land weniger steil war, erkannte sie hinter den noch unbelaubten Hecken die charakteristischen Balkenzäune der Pferdekoppeln. Die Häuser der kleinen Dörfer, durch die sie kam, waren zumeist aus roten Ziegelsteinen gebaut, die älteren vorwiegend aus Flint. Sie mochte beides nicht besonders, es wirkte leicht düster. Ihr kamen Geschichten in den Sinn, die ihre Großmutter ihr als Kind erzählt hatte: von Räubern, die in den Buchenwäldern der Chiltern versteckt lebten, so ähnlich wie im Märchen von den Bremer Stadtmusikanten.

Der Gemeindesaal von Copper Hill war ein Ziegelsteinbau der spätviktorianischen Zeit. Die schmalen hohen Fenster auf beiden Längsseiten liefen oben spitz zu und erinnerten an Kirchenfenster. Olivia lehnte in der hintersten Fensternische und schaute hinaus auf den Platz vor dem Gemeindesaal: er war von einer ebenfalls roten Mauer zur Straße hin abgeschlossen, beschattet von zwei gewaltigen Buchen und umstanden mit zahlreichen grünen Bänken. Durch die gegenüberliegenden Fenster fiel der Blick ins Freie auf weich dahinrollendes Weideland.

Inzwischen war es draußen wie drinnen ziemlich belebt, die meisten der Anwesenden schienen einander zu kennen und das Stimmengewirr verbreitete die fröhlich-geschäftige Atmosphäre, die Wohltätigkeitsveranstaltungen zu eigen war. Hier wurde sie von einigen Fremden durchkreuzt, Galeristen und Sammlern zumeist, die sichtlich distanziert, geschäftsmäßig und ein wenig ungeduldig eine störende, wenn auch gänzlich unbedeutende Dissonanz in die allgemeine Vertrautheit brachten. In der ersten Reihe saß seit kurzem der Pfarrer, hager, mit einer offenbar schwer zu bändigenden Fülle grauer Haare und einem wachen Blick unter den grauen buschigen Augenbrauen, die ihn beinahe listig wirken ließen. Er mochte ungefähr sechzig Jahre alt sein wie auch die etwas rundliche und ungemein herzlich wirkende Frau neben ihm. Die anderen Paare in der ersten Reihe hatten sich bequem zurechtgesetzt und ließen nur gelegentliche Bemerkungen zu ihren Nachbarn fallen, so daß Olivia ausschließlich ihre Rückseite studieren konnte.

Ein Gentleman mit einer Art hölzernem Koffer in den Händen trat zum Pfarrer, untadelig in jeder Hinsicht, der graue Anzug, der Schnitt der braunen Haare, die etwas steife Haltung und das fast unbewegte Gesicht; dabei nicht unsympathisch. Er wurde herzlich und wortreich begrüßt. Ein eifriger junger Mann stieß zu ihnen. Nach kurzem Hin und Her übernahm er den Holzkoffer, trug ihn zu dem vorn aufgestellten Tisch und stellte sieben Figuren daraus äußerst behutsam nebeneinander auf den dicken grünen Filz. Im Raum wurde es allmählich still. Die Besucher schauten die Figuren an, um derentwillen sie unter anderem hergekommen waren, und die Figuren, so erschien es zumindest Olivia, schauten die Besucher an. Zwei von ihnen waren aus Ebenholz, aufrecht stehend jede mit einem Buch in der Hand, die eine tief in Gedanken, die andere heiter und nahezu mitteilsam. Die übrigen fünf Gestalten zeigten eine so glatt polierte Oberfläche, daß Olivia aus ihrer Entfernung das Material nicht erkennen konnte. Sitzend oder knieend ruhten sie in sich und ihre Gesichter spiegelten unterschiedliche Emotionen. Eine dieser Figuren berührte Olivia außerordentlich, eine Frauengestalt, die nach langem Nachdenken nun den Entschluß zum Handeln gefaßt zu haben schien, von sich selbst überrascht.

In der Nähe wurde leise eine Tür geöffnet und wieder geschlossen und Olivia dadurch von den Figuren abgelenkt. Eine stattliche Dame, gekleidet in ein Ensemble aus fließend schilfgrüner Seide, war eingetreten, auf den hochgesteckten weißen Haaren ruhte eine leichte Kopfbedeckung aus Federn und einem dunkelgrünen Schleier, eine Halskette und Ohrringe aus grüner Jade vervollständigten den Eindruck kultivierter Eleganz. Leicht auf einen schwarzen Stock mit Silberknauf gestützt streifte ihr Blick über die Reihen aufmerksam nach vorn schauender Menschen, verweilte kurz auf Olivia und verfolgte mit gleichmütigem Interesse die Versteigerung der Figuren. Olivia hingegen war so vollständig gefangen, daß sie den Ablauf im Saal nur noch von Ferne wahrnahm. Sie fand es wirklich schwierig, den Blick wenigstens manchmal von dieser Frau abzuwenden, die in einer perfekt gelassenen Haltung dastand, als wäre sie selbst ein Kunstwerk: in gemessener, emotionsloser Distance zu den umgebenden Menschen wie Ereignissen, kontrolliert bis in die kleinste Bewegung, bot sie ein Musterbeispiel für das Auftreten der englischen Oberschicht. Und doch wob etwas Fremdes um sie, etwas nicht Hierhergehöriges, jederzeit zum Aufbruch bereit, am Ort gehalten durch die Augen, deren aufsaugende Teilnahme die formale Gelassenheit eigentümlich kontrastierte. Sie mußte es sein, ‚ihre' Lady mit den schönen Versen.

Applaus brach die Stille des Raumes auf und das Bild bewegte sich, zeigte ein freundliches Lächeln und schritt nach vorn, von wo der Pfarrer ihm aufgeräumt entgegensah. Verhaltenes Räuspern, Stühlerücken und zunehmend lauter werdendes Murmeln wiesen Olivia darauf hin, daß die Versteigerung vorüber war, ohne daß sie irgendetwas mitbekommen hatte.

Der Pfarrer begrüßte Lady Gaynesford, stellte sie den Anwesenden vor und bedankte sich für ihre großzügige Gabe. Der Erlös der Versteigerung sei so weit über alle Erwartungen hinausgegangen, daß er der Künstlerin ein leuchtender Beweis ihrer Fähigkeiten und Berühmtheit sei. Für das Erziehungsprojekt auf Yucatan in Mexiko, dessen Patenschaft er und seine Gemeinde sich verpflichtet hätten zu übernehmen, reiche er weiter in die Zukunft als ihre gegenwärtig ausgearbeiteten Pläne. Leises Gelächter hier und dort und einhelliger Applaus setzten den Schlußpunkt. Stühle scharrten, das Murmeln schwoll zu Stimmengewirr, wiederholt zuckten Blitzlicher der örtlichen Presse und von der Tür fand gelegentlich ein kühler Luftzug seinen Weg in den überheizten Raum – das normale Durcheinander der im Grunde geordneten Auflösung einer größeren Versammlung.

Lady Gaynesford hörte viele Komplimente und schüttelte noch mehr Hände, ebenso der Pfarrer. All den verschiedenen Prozeduren zuschauend bewegte Olivia sich allmählich nach vorn, als die alte Dame sie plötzlich zu sich heranwinkte. Automatisch schaute sie hinter sich, doch da war wirklich niemand mehr. Überrascht trat sie näher.

»Meine Liebe, Pfarrer Wotheridge und seine Gattin begleiten mich zum Tee. Darf ich Sie bitten, sich uns anzuschließen?« Die Frage war so einladend wie definitiv und wenig später fand Olivia sich in dem weichen Rücksitz eines Bentley aus Copper Hill hinausrollen. Hohe Hecken beiderseits der Straße ließen die Welt zurücktreten und bald bog der Wagen durch ein großes Tor in einen gepflasterten Hof ein. Durch eine Art Säulengang, der den Blick auf Rasenflächen und Taxusbüsche freigab, führte Lady Gaynesford ihren Gast, von dem sie jetzt immerhin den Namen wußte, ins Haus und in einen Salon, durch dessen große Glastüren auf beiden Seiten man ebenfalls in den Garten schauen konnte. Der Raum war in einem sehr hellen, ruhigen Gelb gestrichen. Auf den alten Holzdielen lag ein dicker, einfarbiger Teppich in dunklem Terrakotta. Die zahlreich herumstehenden Sessel waren mit einem dezent gelbweißgestreiften Stoff bezogen und überall, einfach überall, auch auf Sitzpolstern und am Boden lagen Kissen in allen denkbaren Schattierungen zwischen hellem Gelb und dunkel gebranntem Ton. Die Kaminumrahmung auf der einen und die alte reichgeschnitze Anrichte auf der gegenüberliegenden Seite, beide aus dunkler alter Eiche, bildeten einen fast graphischen Kontrast zu den Farben. Große Pflanzen vor und hinter den Glastüren lösten die Begrenzungen des Raumes gleichsam auf.

Olivia trat an eine der Türen und sah hinaus in den Garten. Über die mit grauen unregelmäßigen Natursteinen gepflasterte Terrasse wurde der Blick in einen Gang gezogen, der aus parallel gepflanzten, zu Obelisken geschnittenen dunklen Taxusbüschen bestand, so dicht beieinander, daß sich die Illusion eines Ganges dem Auge darbot und doch so weit voneinander, daß der Blick ins Weite ausschweifen konnte, sobald der Betrachter etwas zur Seite trat. Am Ende dieses friedvoll gemessenen Stückes Natur saß ein großer Jaguar. Aufgerichtet auf die Vorderbeine, den mächtigen Kopf leicht vom Betrachter abgewandt, schien die Konzentration des Tieres auf eine Bewegung außerhalb der Taxusbüsche gerichtet; noch war seine Haltung entspannt. Gearbeitet war die Figur aus grünem Naturstein, so glatt geschliffen, daß er das Licht des hellen, fast weißen Frühlingshimmels aufnahm und sich dadurch der Eindruck der Lebendigkeit verstärkte.

»Dieser Jaguar im Osten verkörpert den Morgen,« unterbrach Lady Gaynesford die Stille. Olivia verstand sie sofort: der erwachende Tatendrang, die Versammlung aller über Nacht erfrischter Energie teilte sich ganz unmittelbar mit.

»Und jetzt schauen Sie einmal aus der gegenüberliegenden Tür, nach Westen.«

Olivia durchquerte den Raum und sah sich einem fast spiegelgleichen Taxusgang gegenüber, an dessen Ende eine Jaguarfigur in großer Ruhe lag , die Beine unter den Körper gezogen, den Kopf noch leicht erhoben, doch bereits mit dem Ausdruck entspannten Friedens.

»Wie schön sie sind!« Olivia wandte sich zu Lady Gaynesford zurück und begegnete zwei sehr aufmerksamen Augen.

»Setzen wir uns, liebe Miss Lawrence. Ich werde mich dort ans Feuer setzen, etwas Wärme kann ich jetzt ganz gut vertragen. Und Sie wählen bitte den Platz, der Ihnen am meisten zusagt.«

Olivias Blick flog über die Farbenpracht der Kissen. Sie wählte einen Sessel Lady Gaynesford gegenüber, jedoch so weit zur Mitte des Raumes verschoben, daß sie, wenn sie wollte, ein wenig in den Garten hinausschauen konnte.

»Erzählen Sie mir von sich. Es würde mich freuen.«

Olivia sah zu Lady Gaynesford hinüber, die bequem angelehnt und gleichzeitig sehr aufrecht in ihrem Sessel saß und mit demselben aufmerksamen Blick auf ihren Gast sah wie zuvor.

»Mein Hauptberuf ist Übersetzerin. Ich übersetze Literatur aus dem Englischen ins Deutsche, Kurzgeschichten, gelegentlich einen Roman, vor allem aber Lyrik. Zur Zeit erlaube ich mir eine Ausnahme in umgekehrter Richtung, ich bin mit Schillers ‚Die Räuber' beschäftigt, die ich für eine Theatergruppe im East End neu übertrage.«

»Aber davon kann man nun endgültig nicht mehr leben...?«

»Nein, das kann man nicht. Diese Übersetzung habe ich auch nur übernommen, weil ich mich mit den Leuten gut verstehe und weil es Schiller ist. Schiller in England etwas bekannter zu machen, rechtfertigt einigen Aufwand; und mit dem Theater habe ich mich seit Kindertagen immer wieder eingelassen. – Aber mein Leben bestreite ich eher von dem Geld, das ich durch Übersetzungen in der Industrie bekomme oder für große Artikel aus deutschsprachigen Zeitungen, übersetzt für englische Blätter. Und seit vier Jahren habe ich eine feste Reihe in der ‚Süddeutschen Zeitung' in München.«

»Was für eine Reihe ist das?«

»Ich berichte alle vierzehn Tage über etwas, das mir in London als interessant und eigen auffällt; eigen in dem Sinne, daß es in dieser Form nur in London, nicht aber beispielsweise in Wien geschieht. Das kann eine Ausstellung oder Theaterinszenierung sein, ein besonderer Schulversuch oder eine Initiative zur Bekämpfung der Jugendarbeitslosigkeit, ein unbekannter junger Künstler oder die Sanierung im East End, es kann aber auch ein bizarrer Brauch sein. Wichtig ist, daß es ‚englisch' ist, d.h. den speziellen Weg oder die individuelle Sicht dieses Landes im Gegensatz zu seinen europäischen Nachbarn vor Augen stellt. Ich möchte berichten, was anders, möglicherweise auch fremd ist.«

Der aufmerksame Blick ruhte weiterhin auf Olivia. »Wollen Sie die verschiedenen Welten vermitteln?«

Olivia zögerte mit der Antwort. »Eher nein. Vermitteln wäre ein politischer, wohl auch sozialer Vorgang. Literatur, im Glücksfall auch mal ein Zeitungsessay, stößt Gedanken im einzelnen Leser an. In der Summe kann sie sein Handeln beeinflussen; ihre Wirkung bleibt aber doch sehr indirekt.«

Das Ehepaar Wotheridge traf ein und damit wurde das Gespräch unterbrochen. Noch äußerst angeregt von den vorangegangen zwei Stunden begann der Pfarrer sofort über die Versteigerung zu reden. Eine Frau mittleren Alters in dezenter Kleidung brachte eine Kanne mit heißem Tee herein und stellte sie auf der Anrichte ab. Olivia sah erst jetzt, daß dort einige kleine Schalen mit Gebäck vorbereitet waren, daneben stand das ungewöhnlichste Teeservice, das sich denken ließ. Jede Tasse zeigte ein Gesicht, jedes in einer spezifischen Stimmung; Augen, Nase, Mund, womöglich die Ohren waren erhaben gearbeitet und mit schwarzer und weißer Farbe klar hervorgehoben. Die Grundfarbe war ein sehr helles warmes Terrakotta, die Innenglasur war weiß.

Während der Pfarrer weiter sprach, setzten sie sich zu einer gemütlichen Runde. Die Frau, die den Tee hereingebracht hatte, verteilte kleine Tischchen neben jeden Sessel und stellte das Tablett mit den Gebäckschälchen in die Mitte. Sie goß den Tee in diese ungewöhnlichen Tassen und brachte sie zu den einzelnen Tischchen, bevor sie den Raum verließ. Der Tee war so heiß, daß er noch immer dampfte. Die Tassen wirkten mit ihren Gesichtern wie kleine

Geister, die sich in diese Gesellschaft gestohlen hatten; da sie nachdenklich bis heiter schauten, waren sie angenehm. Der eine oder andere dampfende Geist wurde aufgenommen und behutsam der erste heiße Schluck versucht. Das Gespräch bekam Pausen, während man dem Gebäck die Ehre erwies. Manchmal streifte ein neugieriger Blick von Mrs. Wotheridge Olivia.

»Mein junger Gast,« ergriff Lady Gaynesford das Wort, »ist Journalistin und schreibt regelmäßig für eine deutsche Tageszeitung über das Besondere und Absonderliche unserer Hauptstadt.«

»Nein! Völlig unmöglich!« entfuhr es Mrs. Wotheridge.

»Aber warum denn?«

»Also, Journalisten sind niemals so schweigsam. Sie reden doch am liebsten selber. Und neugierig sind sie und drängen sich in alles hinein und wollen immer Dinge wissen, die sie gar nichts angehen. – Und dann sehen Sie gar nicht so aus, nehmen Sie mir das bitte nicht übel. Aber Journalistinnen tragen immer Jacketts, so wie die Leute in der City. Enge Röcke und Jacketts – nur nicht schwarz wie die Bankleute, sondern eher farbig und überhaupt ...«

»... überhaupt ...«

»Und überhaupt,« antwortete die Pfarrersgattin jetzt wieder etwas beruhigt, »würde Lady Gaynesford niemals eine Journalistin in ihr Haus lassen.«

»Sehen Sie, das ist eben das Interessante,« mischte sich die Lady wieder ein. »Die Kleidung war es, die meine Aufmerksamkeit als erstes anzog.«

Olivia trug schmale schwarze Hosen und einen schwarzen Rollkragenpullover, darüber ein ärmelloses Oberteil aus dicker Wolle, das zwei Handbreit über den Knieen endete. Es zeigte ein schwarzweißes Schachbrettmuster, in das anstelle eines V-förmigen Halsausschnittes eine ruhige Fläche in dunklem Rostrot eingearbeitet war. Die untere Kante sowohl als der Abschluß der Armausschnitte und seitlichen Nähte fügte eine leuchtende Kombination der verschiedensten Farben hinzu.

»Darf ich so kühn sein und fragen, wo Sie dieses Oberteil erstanden haben?«

Olivia lachte. »Nirgendwo. Ich habe es selbst gestrickt.«

»Sie haben es selbst gestrickt?« Mrs. Wotheridge war sprachlos. »Es ist hervorragend gearbeitet. Nach welcher Vorlage stricken Sie?«

»Nach meiner eigenen. Ich stricke nur, was ich selber entwerfe.«

»Und – haben Sie dieses Muster ganz frei erfunden?« fragte Lady Gaynesford fast gespannt.

»Nein, die Vorlage war ein peruanisches Offiziersgewand, ein Unqu, das im Völkerkundemuseum in Wien ausgestellt ist und mir, wie Sie sehen, sehr gefallen hat.«

»Ich wußte es! Die Indianer im peruanischen Hochland kennen es noch heute, aber außerhalb von Peru bin ich ihm nie begegnet. Sie sehen, Ihre Kleidung ist für mich noch außergewöhnlicher als sie es ohnehin schon ist. Doch davon abgesehen, sind die Kleidung und ihre Trägerin bemerkenswert genug, um eine Einladung zu wagen und sich zu freuen, wenn sie angenommen wird.« Die alte Dame neigte leise den Kopf und griff wieder zu ihrer Teetasse.

»Wenn ich Lady Gaynesford richtig verstanden habe,« wandte sich nun der Pfarrer an Olivia, »ist nicht die Politik Ihr Thema. Was ist es dann?«

»Ich schreibe ‚Londoner Skizzen'.«

»Nein! Das ist doch der deutsche Titel von den ‚Sketches by Boz' von Dickens.«

Olivia sah ihn überrascht an und Mr. Wotheridge genoß diese Überraschung. »Ich kam als Soldat nach Deutschland und blieb bis 1947 dort stationiert,« erklärte er. »Ich habe mir damals die Freizeit damit vertrieben, herauszufinden, was die Deutschen von England wußten. – Aber wie kam es zu einer Reihe mit diesem Titel?«

Es entstand eine kleine Pause. Olivia sah, daß sie mit Hilfe von Dickens die Sympathie des Pfarrers gewann und daß die Entrüstung seiner Frau wachsender Freundlichkeit Platz zu machen begann. Lady Gaynesford lehnte, beide Hände um ihre Teetasse geschlossen, ruhig da und schaute sie darüberhinweg an.

»Mein Vater war Engländer, meine Mutter Österreicherin,« holte Olivia ein wenig aus. »Meine ersten Lebensjahre habe ich in London verbracht, in Salzburg ging ich dann zur Schule, war aber jedes Jahr im Sommer und zu Weihnachten wieder in London. Dadurch fiel mir sehr früh auf, daß österreichische Kinder manches anders machten, andere Spiele spielten und andere Bücher lasen als meine englischen Freunde. Das war spannend. Und bis heute haben die kleinen Unterschiede ihren Reiz für mich behalten. Ich lebe nun schon wieder viele Jahre in London, besuche aber weiterhin regelmäßig Österreich. In den ‚Londoner Skizzen' berichte ich von englischen Alltäglichkeiten im weitesten Sinne, die es so in Österreich oder Deutschland nicht gibt. Halloween ist ein populäres Beispiel.«

Mr. Wotheridge nahm dieses Thema mit ganz persönlicher Anteilnahme auf und bald waren alle in angenehmen Austausch über englische Eigenheiten vertieft. Tee wurde nachgegossen und die eine oder andere Lampe angezündet. Hin und wieder knackte es leise im Kamin.

4

Olivia saß an ihrem Schreibtisch, nun schon seit Stunden. Sie sichtete das Material, das sie in Bibliotheken und Archiven über Lady Gaynesford zusammengetragen hatte. Es war für sie ein Akt des Respektes, auf der Basis der allgemein zugänglichen Informationen neue Fragen für ihr Interview zu finden. Sie hatte sich mit einem festen Gesprächstermin von der alten Dame verabschiedet. Doch dieses Mal schien alles auf dem Kopf zu stehen. Der erste Kontakt zu Lady Gaynesford hatte die Fremdheit mit einem Blick übersprungen. In der Folge schien es ihr, als würde sie hinter dem Rücken eines Freundes all das herauszufinden versuchen, was er ihr freiwillig nicht erzählte. Das war blanker Unsinn. Es wäre eine grandiose Unhöflichkeit gewesen, so ahnungslos zurückzukehren wie sie gegangen war. Möglicherweise lag das Problem in der Todesanzeige: sie wußte etwas, wovon sie eigentlich unmöglich wissen konnte und worüber zu sprechen völlig ausgeschlossen war. Wiederum wäre es das Beste, dies Blatt Papier einfach zu vergessen. Stattdessen kreiste es wie eine fixe Idee in ihrem Kopf: von Lebenden existieren normalerweise keine Todesanzeigen. Also war ihr eine Information zugeweht worden, die nicht einfach in den Papierkorb gehörte. Fatalerweise hatte sich die ergänzende Information hinzugesellt, daß Lady Gaynesford im letzten Spätherbst eine schwere Herzoperation überstanden hatte, deren Erfolg einige Tage durchaus offen geblieben war. Das war in dem leichten Geplauder mit dem Ehepaar Wotheridge herausgekommen, während sie vom Tee bei Lady Gaynesford gemeinsam zurück ins Dorf fuhren.

Olivia schüttelte den Kopf. Auch wenn sie die britische Begeisterung für Kriminalfälle in keiner Weise teilte, gefiel es ihr gelegentlich, Sherlock Holmes oder Miss Marple zuzuschauen. Beide würden dieses irritierende Papier so lange beiseitelegen, bis ein konkreter Umstand sie veranlassen mochte, es wieder zu beachten. Na also. Sie schaute in ihren Garten. Die Büsche warfen lange Schatten, doch noch war es hell genug. Rasch ordnete sie das Material auf dem Schreibtisch, legte das Blatt mit den Fragen für das Interview zuoberst und beugte sich wenig später über ihre Rosen. Während sie das alte Holz ausschnitt und jeder einzelnen Pflanze ihre Form für den neuen Sommer gab, war ihre Konzentration vollständig gefangen.

Die Nacht über hatte es geregnet, jetzt war der Himmel wolkenfrei und sehr hoch. Als Olivia in die schmalen heckengesäumten Straßen um Copper Hill eintauchte, kurbelte sie das Seitenfenster herunter und rollte friedlich dahin. Sie roch die frische Erde, freute sich an Huflattich, Primeln und den ersten Veilchen, die ihr in diesen tiefeingesunkenen alten Wegen fast auf Augenhöhe entgegenwuchsen, und an den Schatten der Vögel, die durch die Hecken oberhalb der kleinen Blumen huschten. Sie kam durchs Dorf, an der Kirche und dem Gemeinedesaal vorbei. Als sie auf der anderen Seite wieder zwischen den Hecken versank, tauchte sehr bald die Einfahrt von Greystone Manor auf. Sie parkte ihren alten Saab so weit von den Wirtschaftsgebäuden entfernt wie möglich. Dort würde er hoffentlich niemanden stören. Entschlossen ging sie denselben Weg, den Lady Gaynesford sie geführt hatte. Schon kam ihr die Frau entgegen, die den Tee serviert hatte. Sie stellte sich als Mrs. Jonas vor, die Wirtschafterin von Greystone Manor. Mrs. Jonas führte sie in denselben Wohnraum, in dem sie am Samstag gesessen hatte. Olivia ging zur Terrassentür und sah hinaus auf den sitzenden Jaguar. Da war er; noch in Ruhe, doch an seiner Kraft bestand kein Zweifel.

Lady Gaynesford trug heute ein dunkelgrünes Kleid mit silbergrauem Schal. Heiter betrat sie den Raum, umschloß mit beiden

Händen Olivias Rechte und sah sie für einen konzentrierten Augenblick sehr genau an. Offensichtlich einverstanden setzte sie sich, diesmal in einen Sessel an der Glastür, und läutete.

»Ich möchte Ihnen zur Begrüßung eine heiße Schokolade anbieten so wie ich sie gern trinke.«

Die Tassen, die Mrs. Jonas hereinbrachte, gehörten zu den dampfenden Geistern, nur war diesesmal die Grundfarbe ein leuchtendes Dunkelblau. Alles vollzog sich ruhig und zügig wie beim ersten Mal: Mrs. Jonas stellte Tischchen neben die Sessel, eine Schale mit Ingwergebäck in erreichbare Nähe und goß das heiße Getränk in die Tassen. Ein über die Maßen verlockender Duft nach Zartbitterschokolade mit einem Hauch Vanille stieg davon auf.

»Schon die Azteken tranken Kakao, sie genossen ihn kalt und süßten mit Vanille,« erzählte Lady Gaynesford, die heiße Tasse zwischen den Händen haltend. »Meine Kinderfrau in Belize, sie gehörte zu den Maya, nicht zu den Azteken natürlich, brachte mir jeden morgen eine Tasse dieses gewürzten Kakaos ans Bett. Sie war der Überzeugung, nur so gestärkt könne ich in den neuen Tag starten. Auch als ich schon fast erwachsen war – mit achtzehn Jahren fühlt man sich erwachsen, nicht wahr – behielt sie ihre Gewohnheit, und ihre Überzeugung, bei. In Mexiko trank ich dann kaum je Kakao. Erst als ich in dieses Haus in England kam und Mittelamerika weit entfernt lag, nahm ich die Gewohnheit meiner Kindertage wieder auf. Zwar beginnt mein Tag seither mit einer Tasse Tee; am späten Vormittag aber mache ich regelmäßig eine Pause und trinke meinen indianischen Kakao. Das Pulver kommt übrigens wirklich aus Mexiko und nicht aus Afrika wie heute der meiste Kakao.«

Olivia hatte zuhörend vorsichtig probiert und was sie trank, war überraschend weich und mild auf der Zunge, wiewohl weniger süß als der ihr vertraute Geschmack. Es war gut.

»Ich wußte, daß es hier jetzt heiße Schokolade gibt! – Liebe Tante, Du verzeihst mein frühes Eindringen und spendierst mir eine Tasse?«

Ein junger Mann, in makelloses Beige von sportlich-elegantem Zuschnitt gekleidet, beugte sich über Lady Gaynesford und begrüßte sie mit einem Kuß. Lächelnd erwiderte sie seine Begrüßung, hieß ihn nach einer weiteren Tasse läuten und sich setzen. Daraufhin wandte sie sich an Olivia.

»Darf ich Ihnen meinen Neffen David Gaynesford vorstellen.« David verbeugte sich formvollendet.

»Und mein Gast, David, ist Miss Lawrence. Sie wird für eine deutsche Zeitung einen Artikel über mich schreiben.«

Während sie weiter heiße Schokolade und Ingwergebäck zu sich nahmen, fuhr Lady Gaynesford mit einem Anflug von Stolz fort: »David studiert Archäologie. In seiner Doktorarbeit beschäftigt er sich mit ägyptischer Kleinplastik und den durch sie überlieferten Verrichtungen des täglichen Lebens; was mich zu der Frage veranlaßt,« damit wandte sie sich wieder ihrem Neffen zu, »warum Du hier und nicht in London bist?«

»Der Frühling! Weißt Du. Wenn die Natur wieder erwacht, zieht es den Engländer aufs Land,« antwortete er mit ironischem Pathos, »aber ich habe meine Arbeit mit herausgebracht. Es besteht immer noch begründete Hoffnung, sie vor meiner Abreise abzuschließen. – Ich werde in gut zwei Wochen nach Oberägypten fahren, um an einer Ausgrabung teilzunehmen,« erklärte er Olivia und berichtete anschaulich von den Zielen dieser Exkursion. Olivia stellte weitere Fragen zu seiner Erwartung, an dieser Stelle auch Kleinplastiken zu finden und zu deren Bedeutung innerhalb der altägyptischen Welt. David schenkte heiße Schokolade nach und es schien unvermeidbar, daß auch die Figuren der altamerikanischen Kulturen Gegenstand der Unterhaltung wurden. Olivia beobachtete eine leichte Rivalität zwischen Lady Gaynesford und ihrem Neffen, was den höheren künstlerischen Wert der indianischen oder ägyptischen Bildwerke anging.

»Lady Gaynesford,« nutzte sie eine Pause, »Sie selbst haben doch eine hochinteressante Sammlung olmekischer Figuren.«

»Und die werde ich Ihnen jetzt zeigen,« erhob sich die alte Dame energisch. »Entschuldigen Sie, daß ich dieses Gespräch überhaupt zuließ. Sie sind schließlich zum Arbeiten hier und vergeuden Ihre Zeit.« Schon schritt sie in den kurzen Gang neben dem Salon und stieg die Treppe hinauf. Hinter dem Treppenabsatz erhob sich ein hohes schmales Fenster. Davor stand eine große ovale Schale, aus der eine Palme emporwuchs. Als sie sich am Ende der Treppe umwandte, sah Olivia in einem in die Wand eingelassenen Regal eine Dreiergruppe stehender Figuren, völlig realistisch dargestellt mit herabhängenden Armen, doch birnenförmig nach oben verlängerten Köpfen, leicht geöffneten breiten Mündern und großen, etwas seitlich in die Länge gezogenen Augen. Sie waren aus glänzend poliertem Stein gearbeitet. Im Fach darüber saß eine einzelne Figur aus gröberem und damit rauherem Stein, die einen großen zylinderförmigen Gegenstand in den Händen hielt und über ihn hinweg auf ein weiter entferntes Ziel blickte. Ihr Gesicht zeigte den Mund mit den aufgeworfenen Lippen und der breiten flachen Nase, wie Olivia es von olmekischen Kolossalköpfen her kannte. Eingehend betrachtete sie die Figuren, bis Davids Frage dazwischendrang: »Sind sie nicht archaisch?«

Olivia blickte auf und sah den eleganten jungen Mann an. Hinter seinen Schläfen pochte das Blut. Ihre Augen trafen seinen fordernden Blick: »Sicherlich, wenn man ägyptische Figuren daneben denkt, deren kultivierte Kleidung und Frisuren; auch deren Physiognomie steht uns sicher näher. Aber schauen Sie, die tiefe Menschlichkeit dieser Gesichter, das In-sich-Ruhen, welches mit entspannter Aufmerksamkeit nach außen gerichtet ist, verdeutlicht ebenfalls ein hohes Maß an Kultiviertheit, wenn auch von fremderer Art.«

Olivia wandte sich zu Lady Gaynesford um und bevor David eine neue Diskussion auslöste, stieg diese eine schmale Treppe zum Speicher hinauf.

»Dort oben stehen eine Reihe meiner eigenen Figuren, ich möchte sie Ihnen zeigen. Magst Du sie auch sehen, David? Mit Dorothys tatkräftiger Unterstützung habe ich einige Kisten ausgepackt.«

Am Ende der Treppe öffnete sich vor ihnen ein weiter, über die ganze Länge des Hauses laufender Dachstuhl. Es war eine mächtige Holzkonstruktion aus dem sechzehnten Jahrhundert, erfuhr Olivia. Den Lehmverputz zwischen den Balken hatte man weiß gekalkt und die einfachen Bretter des Bodens wirkten wie frisch mit Sand gescheuert. Der Raum war hoch genug, um sich bequem aufrecht bewegen zu können, nur unter den gewaltigen Querbalken, die die Konstruktion in regelmäßigen Abständen stützten, mußte man sich hindurchbeugen. Unter der Schrägen zur Linken standen die verschiedensten Skulpturen in langer Reihe, gegenüber türmten sich bis ganz nach hinten ans Ende des langen Speichers die verschiedensten Kisten.

Olivia begann unter dem Dachstuhl entlangzuwandern. Sie hockte sich immer wieder in die Knie, um die Arbeiten genauer zu betrachten, während Lady Gaynesford weitersprach: »Als ich nach geeigneten Figuren für die Versteigerung vom letzten Samstag suchte, fand ich völlig vergessene Arbeiten, es war wie eine Neubegegnung mit alten Freunden. Der Vorgang wiederholte sich, als ich jetzt einige frühe Arbeiten ans Tageslicht brachte, um sie Ihnen, Miss Lawrence, zu zeigen. Wissen Sie, niemand verpackt so gewissenhaft Kunstgegenstände wie Museumspersonal, und es bedeutete mir durchaus eine Beruhigung, die Dinge so wohlgeschützt auf dem Speicher zu wissen, während ich mit anderen Arbeiten beschäftigt war. Nun auf einmal scheint der Zeitpunkt eines Resümees gekommen, darüber möchte ich nachher mit Ihnen noch sprechen. Auch die olmekischen Figuren gedenke ich herauszuholen und vielleicht sogar –«

Ein dumpfer Schlag unterbrach sie. Entsetzt fuhren die beiden Frauen herum. Mit einem Gesicht, das für den Augenblick jeden geistreichen Ausdruck vermissen ließ, richtete David sich mühsam auf.

»Um Himmels willen, hast Du Dich verletzt?« erschrocken streckte Lady Gaynesford beide Hände nach ihrem Neffen aus, der schweigend, sehr bleich und benommen knapp vor dem letzten Querbalken stand. Olivia wandte sich leise wieder ab, um ein unpassendes Lachen zu verbergen, und ihr Blick fing sich an einer kleinen Jaguarfigur zuoberst auf den Kisten am Ende des Speichers.

»Nehmen Sie ihn ruhig in die Hand. Nach den Maßstäben der Archäologie ist er sehr jung, sechzig bis siebzig Jahre. Mein Lehrer in Yucatan hat ihn gearbeitet und ich suchte ihn eigens für Sie aus den alten mexikanischen Kisten heraus.«

»Hallo, David! Geht es Dir nicht gut? Du siehst blaß aus.« Eine junge Frau, groß und schlank, mit einer auffallenden Fülle aschblonder langer Haare kam von der Treppe auf Lady Gaynesford zu.

»Ich hatte in Deiner Gegend zu tun und alles lief so viel reibungsloser als man hätte hoffen dürfen, daß ich nicht widerstehen konnte, Dir die Hand zu schütteln.« Stattdessen umarmte sie die alte Dame sanft und herzlich; ein grüßender Blick streifte Olivia. »Aber ich habe sichtlich keinen ruhigen Augenblick getroffen und will auf gar keinen Fall stören!« Sie drückte Lady Gaynesford einen Kuß auf jede Wange und schoß davon, bevor die alte Dame sie aufzuhalten vermochte.

Laureen nachschauend fiel deren Blick erneut auf David: »Junge! Du solltest Dich setzen. Komm, wir gehen hinunter und bitten Dorothy um einen starken Kaffee. Ein Eisbeutel würde Deinem Kopf sicher auch helfen. Komm!«

Die alte Dame war schon fast an der Treppe, bis David sich so weit aufgerafft hatte, daß er wieder Herr seiner selbst wurde: »Laß Dich von mir, bitte, nicht weiter aufhalten. Ein kräftiger Schlag auf den Hinterkopf von Zeit zu Zeit fördert sicherlich die Konzentration. Ich werde jetzt nach Hause gehen und mich mit einer Kanne Kaffee an meinen Schreibtisch setzten.« Eine leichte Verbeugung zu Olivia, ein Kuß für seine Tante und seine Schritte verklangen auf den Stufen.

Leichte Besorgnis war Lady Gaynesford anzumerken, als sie, die sich ihrerseits selbstverständlich unter den Querbalken hindurchbeugte, zu Olivia zurückkehrte, deren Finger über die glattpolierte Fläche des kleinen Jaguar glitten.

»Aus was für einem Material ist er gemacht? Er ist derart detailgenau und fein gearbeitet, daß es fast kein Stein sein kann und doch ...«

»Nein, es ist kein Stein. Das Material ist indianisch. Die Tolteken fanden heraus, daß mit Wasser angerührter sehr feiner Kalk, also Gips, über längere Zeit in einer Art Schwebezustand gehalten werden kann, wenn man eine Lösung aus pflanzlichem Gummi hinzugibt. Auf diese Weise sind feinste Arbeiten möglich. Nach der vollständigen Erstarrung kann dieses Material so glatt poliert werden wie Marmor und ist nach dem Trocknen so hart wie Stein. Mein Lehrer Onetti experimentierte darüberhinaus mit pflanzlichen Farbstoffen, die ihm schließlich erlaubten, Figuren in den verschiedensten Farben zu arbeiten. Der einzige Nachteil dieser Technik ist, daß Feuchtigkeit schadet. In den Garten sollte man solche Skulpturen nicht stellen, vielleicht auch nicht ins Badezimmer.«

»Haben Sie ebenfalls damit gearbeitet?«

»Oh ja. Das Material ist sehr angenehm, vor allem, weil es nicht so viel physische Kraft verlangt; es ist relativ preiswert und bringt die Möglichkeit der Farben hinzu. Kommen Sie, in meinem Schlafzimmer stehen ein paar Arbeiten daraus. Ich zeige sie Ihnen.«

Am Fuß der Speichertreppe stand Olivia wieder vor den olmekischen Figuren. Rechts neben ihr öffnete Lady Gaynesford die Tür zu einem großzügigen hellen Raum. Die der Tür gegenüberliegende Wand bestand hauptsächlich aus Fenstern, die Wände waren weiß und die alten Holzbretter mit einem Teppich in stillem tiefdunklem Grün belegt. Darauf und auf kleinen Tischen und hochbeinigen Blumenständern standen inmitten einer Fülle verschiedener Grünpflanzen Skulpturen von unterschiedlichster Größe und Farbe. Sie alle stellten menschliche Figuren dar. Es war eine Art Parklandschaft, die vor der gesamten Fensterfront ausgebreitet in einem Bogen zur Badezimmertür links hin ausschwang. Begeistert blieb Olivia eine Weile stehen und schaute, bis sie weiter in den Raum hineintrat. Lady Gaynesford erläuterte einzelne Figuren, erzählte von ihrer Entstehung oder sprach von Vorbildern. Sie unterhielten sich über Figuren und Menschen. Und sie sprachen über Pflanzen, über die Herkunftsländer vieler heute in England und überhaupt in Europa als Zimmerpflanzen bekannter Palmen, von denen es in diesem Raum etliche gab. Direkt vor dem Fenster standen einige ursprünglich mexikanische Kakteen, ein gewaltiger ebenfalls mexikanischer Flaschenbaum bildete mit der aufspringenden Figur neben sich eine überzeugende Einheit. Dazu gruppierten sich Farne, einheimische, japanische und zwei australische Baumfarne, von denen einer allerdings abgestorben zu sein schien. Lady Gaynesford blieb vor ihm stehen und strich ratlos über die verwelkten Blätter.

»Vor zwei Tagen war er noch so frisch wie alle Pflanzen hier, das heißt am Morgen, als ich ihn goß. Ich gieße jeden Morgen das restliche Wasser aus der Karaffe, die nachts auf meinem Nachtkasten steht, an eine der Pflanzen. Nun, wie gesagt, als ich das tat, war der Baumfarn noch wunderschön, am Abend sah er so aus wie jetzt.«

Es klopfte. Mrs. Jonas meldete, daß sie ein Telefonat zu Myladys Schreibtisch durchgestellt habe und Olivia war überraschend allein. Skeptisch betrachtete sie den abgestorbenen Farn. Einer plötzlichen Eingebung folgend nahm sie ihre Puderdose aus der Handtasche, füllte soviel Erde als möglich hinein, beseitigte die Spuren und eilte zur Gästetoilette im Erdgeschoß, um sich gründlich die Hände zu waschen. Als Lady Gaynesford zu ihr zurückkehrte, betrachtete sie wieder den aufmerksam witternden Jaguar im Garten.

»Lassen Sie uns hinausgehen, meine Liebe!« Lady Gaynesford schritt, jetzt mit einem Stock in der Hand, voran. »Dieser Jaguar, der des Morgens, ist aus grünem, besonders grünem Horton-Stein gearbeitet, der sich außerordentlich glatt polieren ließ. Ich liebe die Lichtreflexe auf den spiegelnden Flächen. Der Jaguar des Abends drüben ist aus schwarzem Marmor, der wiederum andere Wirkungen des Lichtes erzeugt.«

Langsam schlenderten sie durch den Garten, sorgfältig zwischen den späten Krokusfeldern hindurch und an einem Teppich blauer Zilla entlang, der nah an der Mauer blühte.

»Im übrigen gehörte das Telefonat, das ich gerade führte, zum Thema dieses Vormittags. Kennen Sie die Zeitschrift ‚Arts and Artists'?« Olivia nickte.

»Dann wissen Sie, daß den Hauptteil eines jeden Heftes eine Künstlermonographie ausmacht, sechzig bis siebzig Seiten mit Photos. Die Redaktion trat vor einigen Monaten in diesem Zusammenhang an mich heran; eine sowohl ehrenvolle wie auch heikle Angelegenheit. Denn die Wahl des Autors der Monographie liegt jeweils beim betreffenden Künstler.« Lady Gaynesford blieb stehen und sah Olivia an. »Ich denke, ein guter Stern hat Sie zu mir geführt und so möchte ich Sie bitten, diese Arbeit zu übernehmen. Wenn es Ihnen nicht allzu unmöglich vorkommt, könnten Sie hier im Haus wohnen und hätten eine Sammlung meiner Figuren, derer von Onetti und einige der alten Olmeken unter Ihrem Dach versammelt. Dazu kommt das Archiv meiner Papiere und all unsere Bücher, die Ihnen eventuell nützlich sein würden. Selbstverständlich stehe ich Ihnen für Fragen und Gespräche zur Verfügung. Bitte denken Sie in Ruhe darüber nach. – Es würde mich sehr freuen!« schloß sie nachdrücklich.

5

Wie Olivia später zu Leonard sagte, hätte sie sich wohl auch für die Olympischen Spiele beworben, so vollkommen überzeugt habe sich Lady Gaynesford von ihren Fähigkeiten gezeigt. Am Donnerstag war sie sehr früh aufgestanden, um ihren Artikel über die Bildhauerin Viktoria Gaynesford für die Süddeutsche zu schreiben und sich wieder dabei zuzuschauen, wie tief beeindruckt sie von der Persönlichkeit »ihrer« Lady war. Nachdem sie den Text am Nachmittag nach München gefaxt hatte, holte sie sich einen Stoß ausgewählter Nummern von ‚Arts and Artists' und einige Standardwerke über die Geschichte der Skulptur aus der Bibliothek. Es war die Zeit des ersten Büroschlusses und um sie herum wirbelten befreite, müde oder zielstrebige Menschen. Je mehr sie sich Piccadilly Circus näherte, desto geordneter wurde die Richtung all dieser eiligen Bewegungen. Die Menschen strömten an ihr vorbei in die eine oder die entgegengesetzte Richtung. Mit ihren schweren Büchertaschen war Olivia relativ langsam. Doch sie fühlte sich wohl, wenn sie von der Lebendigkeit Londons umgeben war. Heute dachte sie zum ersten Mal, daß diese Lebendigkeit auch Sicherheit bedeutete. Was immer ihr in diesem Augenblick an Mißgeschick zustoßen würde, es fände sich ein Mensch, der ihr weiterhelfen würde.

»Sicherheit«. Olivia sah von dem Artikel über Barbara Hepworth in ‚Arts and Artists' auf und ihre braunen Augen schweiften hinaus in den Garten, auf die Sitzgruppe am Kamin und über ihre Bücherregale. Im Geiste ging sie die Gartenmauer entlang und wurde sich der Geborgenheit ihres Lebensraumes auf neue Weise bewußt. Das Anwesen von Greystone Manor war ebenfalls von einer Mauer umgeben, einer viel höheren und das Leben innerhalb war vollständig eingehegt. Sie lachte. Das klang ja fast, als lebte sie im Mittelalter und müßte Leben und Besitz vor streunenden Räuberbanden und entlassenen Soldaten sichern. Und doch konnte sie eine leise Unruhe nicht mehr unterdrücken, auch wenn sie sich deswegen eine Phantastin schalt. Ursache dafür war, daß sie gestern auf dem Rückweg von Buckinghamshire die Puderdose mit der Erde aus Lady Gaynesfords Schlafzimmer zu Richard gebracht hatte, wohl wissend, daß sie es gleich tun mußte, bereits nach dem Abendessen wäre sie sich viel zu albern vorgekommen. Und nun war der folgende Abend so weit vorgerückt, daß er ihr auf seinem Heimweg das Ergebnis der chemischen Analyse vorbeibringen könnte. Er hätte natürlich auch unter Tags einfach anrufen und durchgeben können: »Liebes Kind, bei einem so hohen Anteil an Guano in der Erde muß eine Pflanze einfach eingehen.« Oder etwas in der Art. Oder er hatte so viel Arbeit, daß er es einfach vergessen hatte, oder ... oder ... oder. Olivia seufzte. Wenn sie auf etwas zu warten begann, produzierte sie endlose Oder-Möglichkeiten statt einfach weiter zu arbeiten, zumal sie in diesem Fall ganz genau wußte, daß Richard kommen würde.

Er war einer ihrer ältesten Freunde und gehörte zu den Menschen, auf die man sich bedingungslos verlassen konnte. Seine Eltern wohnten im Nachbarhaus. Das hatten sie schon vor mehr als dreißig Jahren getan. Als Richard und sie Kinder gewesen waren, besuchten sie sich gegenseitig, indem sie von einem Apfelbaum über die Mauer in den anderen kletterten. Sie bestanden gemeinsame Abenteuer in den Gärten der weiteren Nachbarn und dehnten später ihren Forscherdrang bis ans Themse-Ufer aus. Immer hatte Richard sie erwartet, wenn sie im Sommer und zu Weihnachten aus Salzburg zu ihren Großeltern kam, und sie hatten Stunden in den Apfelbäumen gesessen, weil Olivia alles, einfach alles wissen wollte, was während ihrer Abwesenheit geschehen war. Richard behauptete später, er sei nur deshalb zu Scotland Yard gegangen, weil er seine Jugend damit verbracht hätte, um Olivias Wissensdurstes willen seine Nachbarn noch bei ihren geheimsten Tätigkeiten zu beobachten. Nun wohnte sie seit etlichen Jahren ganz hier in Fulham. Bald nach ihrer Rückkehr hatte Richard in der nächsten Querstraße ein Haus gekauft. Sein Grundstück und das seiner Eltern und somit auch das von Olivia gehörten zum selben Grünquadrat auf dem Stadtplan. Richard war verheiratet und Olivia die Patin seiner ersten Tochter. Da sie sich auch mit Richards Frau Fiona gut verstand, lebten sie ein vergnügtes Hin und Her zwischen Häusern und Gärten und interessierten sich für ihre Nachbarn nicht mehr, als das normal war. Manchmal kam Richard, um mit Olivia über ein Problem wie in Jugendtagen zu knobeln; der alte Unernst hatte manchen Fall befördert. Richard war Chiefinspektor in der Mordabteilung. So war es gestern Abend selbstverständlich gewesen, ihm die Erde fürs Labor zu bringen, auch wenn sie nie vorher an etwas so ernsthaft Kriminalistisches geraten war.

Als es gegen neun Uhr an der Haustür klopfte, hatte Olivia doch noch zwei Stunden konzentriert gearbeitet und stand entsprechend zufrieden vom Schreibtisch auf.

Es war Richard. Er deutete auf die Rotweinflasche in seiner Hand: »Ich hoffe, Du hast ein wenig Zeit?« Auf Olivias einladende Handbewegung hin klopfte er seine Pfeife neben dem Buchsbaum aus und trat ins Haus.

Mit großer Selbstverständlichkeit steuerten sie auf den Kamin zu und während Olivia Gläser holte und ein Holzscheit nachlegte, überbrachte Richard die neuesten Nachrichten aus seiner Familie. Dann schwieg er und sah für einen Augenblick nachdenklich ins Feuer.

»Das Analyseergebnis Deiner Blumenerde hat uns ein nettes Rätsel beschert.«

Olivia sah ihn neugierig an.

»Die Erde enthält eine erstaunliche Dosis Zyankali.«

Das war ein Paukenschlag. Olivia sah Lady Gaynesford mit der Karaffe vor sich, wie sie die Palme goß. Was wäre gewesen, wenn sie in der Nacht aus dieser Karaffe getrunken hätte? Hätte ein halbes Glas dieses Wassers ausgereicht, sie zu töten? Laut hörte sie sich etwas töricht fragen: »Bringt Zyankali denn auch Pflanzen um?«

»Das weiß ich nicht. Seine Giftigkeit beruht in der Blockierung des Eisens. Beim Menschen wirkt sich das als erstes auf die Atmung aus. Die Folge ist bekannt. Bei Pflanzen ist Eisen unter anderem an der Bildung des Blattgrüns beteiligt. Wenn es durch zuviel Kalk im Boden gebunden wird, beispielsweise, bekommen die Pflanzen gelbe Blätter. Zyankali wirkt Deiner Beschreibung nach zu urteilen, wesentlich durchschlagender als Kalk. Absterben muß die Pflanze deswegen noch nicht, wenn sie möglichst bald in neue Erde mit viel Torf umgesetzt wird. Und wenn man eventuell sauren Spezialdünger dazugibt, mag sie wohl wieder austreiben.«

»Hätten wenige Schlucke, also ein nicht mal halbvolles Glas dieses Wassers, bei einem Menschen tödlich gewirkt?«

»Was weißt Du über dieses Wasser?«

Olivia erzählte ihm von Lady Gaynesfords Angewohnheit, eine Karaffe mit Wasser am Bett stehen zu haben, um einige Schlucke zu trinken, wenn sie nachts wach wurde, und morgens das restliche Wasser an eine ihrer Pflanzen zu gießen. Sie schätzte, daß die Karaffe vielleicht einen Liter Wasser fassen mochte, sicher stand sie aber nicht völlig gefüllt am Bett.

»Wenn ich annehme, daß Lady Gaynesford diesen dreiviertel Liter um die Pflanze herumgegossen hat und nicht auf eine einzige Stelle, die Du dann prompt erwischt hast, reicht die Dosis, die ein halbes Glas enthalten mag, leicht aus.«

Es entstand eine Pause, bevor Richard fortfuhr: »Das hieße also, daß das Trinkwasser, das regelmäßig an ihrem Bett steht, in dieser Nacht um Zyankali bereichert war. Wir dürfen allerdings auf einen ersten Versuch in dieser Sache schließen, denn von anderen Pflanzen mit vergilbten Blättern war nicht die Rede.«

»Und das heißt, irgendjemand wollte die alte Dame ermorden?«

»Ein anderer Schluß ist kaum möglich.«

Entsetzt starrte Olivia Richard an: »Und nun?«

»Und nun was?« Leonard war nach Hause gekommen und Olivia hatte ihn tatsächlich überhört.

»Ja, das ist die Frage,« stimmte Richard zu.

»Was ist die Frage?«

»Was wir jetzt tun sollen.«

In komischer Verzweiflung blickte Leonard auf Olivia und dann auf Richard. Der begriff und faßte ihm die Fakten knapp zusammen, während Leonard an seinem Rotwein roch. Richard schaute wieder zu Olivia: »Ich verstehe nicht, wie Du darauf kamst, eine Probe von dieser Erde zu nehmen. Du wirst das ja kaum bei jeder vergilbten Pflanze tun?«

Olivia versuchte zu lachen, aber es gelang nur schwach. »Erstens ist da diese Todesanzeige, die ein seltsames Eigenleben entfaltet hat.« Sie erzählte ihm davon, immer noch ein wenig widerstrebend.

»Und zweitens liegt etwas in der Persönlichkeit von Lady Gaynesford, das mich bannt, ohne daß ich es erklären könnte. Ich möchte ihr ständig Fragen stellen, ohne präzise zu wissen, welche.«

Sie hielt inne.

»Ich glaube, als ich meine alte Lady vor ihrer vergilbten Pflanze stehen sah, verbanden sich Punkt eins und zwei zu einer Frage, die ich in meiner Puderdose zu Dir brachte, ohne recht eigentlich nachzudenken.«

»Und die Beantwortung dieser einen Frage wirft eine Fülle neuer auf, die sich konkret formulieren lassen. Soweit müßtest Du ganz zufrieden sein,« sinnierte Leonard.

»Das vordringliche Problem ist,« widersprach Olivia, »wie man Lady Gaynesford schützen kann!«

»Und das geht an Dich. Die Polizei kann da nämlich gar nichts tun,« stellte Richard trocken fest.

»Warum nicht?«

»Scotland Yard ist bei einem tatsächlich verübten Verbrechen zur Stelle oder wenn ein Bürger glaubhaft und zu Recht Anzeige erstattet. Du kannst sie anrufen, vom Gift in ihrer Blumenerde erzählen und von Deiner Schlußfolgerung, daß ihr jemand nach dem Leben trachtet. Wie, glaubst Du, wird sie reagieren?«

»Es wäre das Ende meiner Beziehung zu Lady Gaynesford.«

»Sehr wahrscheinlich. Die Menschen gehen selten den einfachsten Weg. – Deshalb mußt Du jetzt sozusagen in den Apfelbaum, um Informationen zu sammeln und ich werde abwechslungshalber unten warten.«

»Das ist kein Spiel mehr, Richard!«

»Nein, natürlich nicht. Trotzdem wäre es das Beste, Du würdest das Ganze sportlich angehen. Allzuviel emotionales Engagement trübt den klaren Blick.«

»Hör auf!«

»Zwei Fragen scheinen mir zwingend,« schaltete Leonard sich ruhig und bestimmt ein. »Die eine ist die nach der Verantwortung. Du bist durch die Verkettung einiger Zufälle einem möglichen Mordanschlag auf die Spur gekommen. Aber verpflichtet Dich das, der Sache selbst weiter nachzugehen? Die zweite lautet: hast Du überhaupt realistische Möglichkeiten, etwas Sinnvolles zum Schutz von Lady Gaynesford zu tun?«

Eine Weile herrschte Schweigen. Olivia sah Leonard ernst an. Schließlich antwortete sie nachdenklich: »Wir sind zu dem Ergebnis gekommen, daß uns die gelben Blätter des Baumfarnes von einem Mordversuch erzählen. Wir kennen das Opfer und ich fühle mich ihm persönlich sehr nahe, auch wenn ich es erst äußerst kurz kenne. Die Polizei erklärt sich für noch nicht zuständig. Damit bleibe ich die einzige, die handeln kann, wie immer das konkret aussehen mag. Siehst Du das bis hierher auch so?«

Leonard nickte zögernd. »Vielleicht, wenn auch sehr ungern. Denn wo ein Opfer ist, ist auch ein Täter und wir müssen unterstellen, daß er weitere Versuche unternimmt. Wenn Du nun Lady Gaynesford zu schützen versuchst, mußt Du ihm unweigerlich in die Quere kommen und damit beginnt die Affaire auch für Dich gefährlich zu werden.«

»Vielleicht kann ich mich wirkungsvoll tarnen. Immerhin habe ich den Auftrag für ‚Arts and Artists'.«

»Dieser Auftrag ist Gold wert,« behauptete Richard, »weil er Deine Rückkehr nach Greystone Manor fast so selbstverständlich erscheinen läßt, wie das regelmäßige Auftauchen des Postboten. Du müßtest zu erreichen versuchen, umgehend einige Tage dort zu wohnen. Nur so haben wir eine Chance. In dieser Zeit wäre es Deine Aufgabe, alle Personen, die sich auf dem Gelände bewegen, aufzulisten, am besten auch den Milchmann und die Putzfrau. Schau ihnen bei ihrer Arbeit zu und stelle die Möglichkeiten fest, die sich daraus für ihre Bewegungsfreiheit auf dem Grund und im Haus ergeben. Finde so viel wie möglich über die Beziehungen aller Personen untereinander heraus. Wenn handfeste Fakten auftauchen, läßt sich der Polizeiapparat nutzen. Normalerweise bleiben Täter am Ball, wenn sie erst einmal entschlossen sind. Die Aussichten, daß wir sie oder ihn auf diese Weise in den Blick bekommen, stehen recht gut.«

»Und noch eins,« sprach Richard nach kurzem Innehalten weiter, »Täter halten erfahrungsgemäß an der einmal gewählten Mordmethode fest. Und natürlich wollen sie nicht entdeckt werden. Nach den sparsamen Fakten zu urteilen, hofft unsere Frau oder unser Mann, Lady Gaynesfords Ableben als natürliches Ereignis erscheinen zu lassen. Worauf ich hinaus will, ist Folgendes: es erscheint mir äußerst unwahrscheinlich, daß sich das Gift im allgemeinen Essen oder den allgemein ausgeschenkten Getränken befindet, weil es dann mehr Menschen treffen könnte und der Mordfall offenkundig würde. Also bist Du so lange leidlich sicher, Olivia, als Du nur ißt, was alle essen, und nur trinkst, was aus einem Gefäß allen Anwesenden eingeschenkt wird. Darüberhinaus solltest Du Dich an Leitungswasser und selbstmitgebrachte Schokolade oder ähnliches als eiserne Reserve halten.«

Richards sachlicher Zuspruch vergrößerte vor Olivias Augen eher das Bewußtsein für die Gefahr, die die merkwürdige Situation im

Hause der Lady Gaynesford mit sich bringen würde, als daß er sie beruhigte. Mit einem physisch spürbaren Druck auf Schultern und Nacken stand sie auf und ging zur Terrassentür hinüber. Den Mond konnte sie nicht sehen, wohl aber goß sein fahles Licht einen grauen Schleier über ihren Garten und die Schatten der Buchsbaumhecken lagen schwarz in der Nacht. Sie sah den über den Himmel rasenden Wolkenfetzen zu, deren scheinbar absolute Freiheit sie schon als Kind gemocht hatte. So stand sie eine lange Weile, manchmal drangen die Stimmen von Leonard oder Richard an ihr Ohr, aber sie achtete nicht darauf. Schließlich straffte sich ihre Gestalt und schien es den fliegenden Wolken gleichzutun, indem sie sich in einem fast schwerelosen Wirbel anderthalbmal um sich selbst drehte. Ihr weiter Rock brachte die großen Zimmerpflanzen zum Rauschen. Leise schalkhaft deutete sie eine Verbeugung vor den Freunden an: »Bringt mich zur Stell', und gibt es so das Glück, so spiel ich eine Roll' in ihrem Stück.«

Sie setzte sich wieder zu den anderen, trotz der späten Stunde tatendurstig und heiter. »Ich werde es machen. Morgen rufe ich in Greystone Manor an und wenn Lady Gaynesford noch lebt,« sie holte kurz Luft, »werde ich spätestens am Nachmittag dort sein. – Aber, Richard, ich lasse mich auf dieses seltsame Abenteuer nicht ein, um einen Mörder zu finden, sondern um irgendeine Person X daran zu hindern, einer zu werden; das ausersehene Opfer zu retten, ist der todernste Sinn. Dadurch, daß ich den ganzen Tag im Haus sein werde, bedeute ich eine neue Schwierigkeit für die betreffende Person, unbemerkt zu bleiben. Dadurch, daß ich mit anderen Dingen intensiv beschäftigt sein werde und außerdem von nichts im Haus eine Ahnung habe, ist sie vielleicht im Hinblick auf mich nicht allzu vorsichtig, aber nur vielleicht. Schließlich kann ich versuchen, das Wasser in der Karaffe unmittelbar vor dem Schlafengehen zu wechseln, um wenigstens diese Möglichkeit auszuschalten; was schwierig genug sein dürfte, wenn ich mich nicht verraten will. Doch das reicht nicht, Lady Gaynesford wirklich zu schützen. Was weiter?«

Richards graue Zellen waren auf Spurensicherung und Schlußfolgern getrimmt, kündigte doch ein Mörder seine Tat für gewöhnlich nicht an. Er brauchte eine Weile, bis er im vorliegenden Problem das Muster des auf frischer Tat zu stellenden Verbrechers wiedererkannte. Erleichtert machte er sich daran, seiner alten Freundin Hilfestellungen zu geben. Die drei berieten bis tief in die Nacht.

6

Olivia schlenderte durch den Garten von Greystone Manor. Sie trug einen tiefvioletten, extrem langen Pullover zu schmalen Hosen in der gleichen Farbe, die sie sehr schmal und groß erscheinen ließen, in Wahrheit erreichte sie wenig mehr als ein Meter sechzig. Diese hundertdreiundsechzig Zentimeter allerdings waren außerordentlich gut durchtrainiert, sie hatte in Salzburg eine gründliche Ausbildung in klassischem Ballett absolviert und sich die damit verbundene vollständige Kontrolle über ihren Körper durch fortgesetztes Training erhalten, auch als sie den Traum von der Primaballerina aufgeben mußte: ‚anlagenbedingte Verkürzung der Achillessehne' lautete damals die sachliche Erklärung des Arztes zu ihren wachsenden Schmerzen beim Training. Nach bitterem Kampf hatte sie sich von ihrem Jugendtraum abgewandt und schließlich in der Literatur eine andere mächtige Faszination gefunden. Den Blickfang ihrer gegenwärtigen Kleidung bildete ein weiter, in vielen Falten liegender Rollkragen, der ihr Gesicht umrahmte. Sie steht in unserem Garten wie eine Plastik von Mylady, überlegte Mrs. Jonas, die gerade im ersten Stock abstaubte.

Wenn man durch den gelben Salon hindurch und den Flur entlangging, der am Eßzimmer vorbeiführte, gelangte man in einen kleinen Raum mit einer Tür nach draußen, die verschlossen war. Hier befanden sich eine unbenutzte Garderobe, ein ausladender Wandspiegel und der Zugang zur Gästetoilette. Bei einem Glas heißer Milch in der Küche hatte Olivia herausgebracht, daß dies vor langer Zeit der offizielle Eingang gewesen war. Später hatte Sir Edward ihn nur noch benutzt, wenn er in den Wald ging. Es führte ein direkter Weg von der Haustür zu einer schweren Eichentür in der Gartenmauer. Seit er die Jagd aufgegeben hatte, war die Tür in der Mauer nicht mehr benutzt worden und nach seinem Tod hatte Lady Gaynesford auch die Haustür endgültig schließen lassen.

Olivia stand zu dem Zeitpunkt, als Dorothy vom ersten Stock einen Blick auf sie geworfen hatte, am Ende jenes Weges, der von der ehemaligen Eingangstür des Hauses zu der schweren Eichentür in der Gartenmauer führte. Er war auf beiden Seiten von Kugelakazien gesäumt, die über ihm zusammenstießen, das Licht dämpften und den Blick zu der knieenden Steinfigur an seinem Ende lenkten. Ihre nur angedeuteten Hände und Arme waren vor der Brust verschränkt und ihr gelassen trotziger Blick erinnerte Olivia an olmekische Menschendarstellungen. Sie schien unmißverständlich klar zu machen, daß es hier kein Weiterkommen gebe. Und genau das war es, was Olivia eigentlich interessierte. Ihre Augen verfolgten die einzelnen Efeuranken von der Mauer zur Tür, das Geißblatt und die Brombeeren, die von außen über die Mauer guckten. Es stand außer Zweifel, daß durch diese Tür seit Jahren niemand hindurchgegangen war. Das gleiche galt für die Tür auf der gegenüberliegenden Seite des Gartens. Sie wandte sich wieder nach links und ging über den Rasen auf ein Ensemble buchsbaumgesäumter Beete zu, das mit Lavendel und verschiedenen Rosensorten bepflanzt war. Im hintersten Beet wuchsen Strauchrosen, die im Sommer einen Durchgang in der Mauer verdeckten. Olivia schritt darauf zu und sah in einen alten Obstgarten. Unter den Bäumen blühte ein Meer gelber Osterglocken; lediglich ein Rasenweg war freigehalten worden, der zum Gemüsegarten führte. Hier arbeitete ein Mann an den Frühbeeten. Er bemerkte Olivia erst, als sie unmittelbar neben im stehenblieb. Erschrocken sprang er auf und wischte seine Hände an der Gartenschürze ab.

»Entschuldigen Sie, Miss Lawrence, kann ich irgendetwas für Sie tun?«

Olivia schüttelte leicht den Kopf. »Es tut mit leid, daß ich Sie gestört habe, Mr. Jonas. Ich erhole mich nur ein wenig von der Schreibtischarbeit. Dieser Garten ist so schön, es ist ein Vergnügen, darin herumzugehen.« Sie sah sich in dem großen ummauerten Arbeitsgarten um; noch waren die meisten Gemüsebeete leer, aber sie sah viele Reihen Erdbeerpflanzen, Johannisbeersträucher und zwei Tonglocken, unter denen sicher Rhabarber vorgetrieben wurde.

»Wer macht diese viele Arbeit?« wandte sie sich wieder zu dem kleinen Mann. Er war nicht größer als sie selbst.

»Oh, meine Frau und ich, jedenfalls das meiste. Im Frühling habe ich manchmal einen Jungen aus der Gärtnerei im Dorf, aber nicht oft. Lieber mache ich es selber.« Seine Augenlider zwinkerten wie entschuldigend hinter seinen dicken Brillengläsern. Offensichtlich war sie ahnungslos in sein Refugium eingedrungen. Sie sprachen noch ein wenig über Schnittblumen, die er für die Vasen im Haus großzog, dann verließ Olivia den Gemüsegarten durch einen zweiten Durchlaß in der Mauer und befand sich im Garagenhof, in dem auch ihr Wagen parkte. Sie wandte sich ein weiteres Mal nach links dem Haus zu und ging an den Wirtschaftsräumen entlang. Auch das Atelier von Lady Gaynesford befand sich hier. Der lange Gang war bis zum Haus überdacht, nach links zum Garten offen. Zwischen zwei Säulen, an denen Clematis hinaufrankte, trat sie wieder auf den Rasen und zwischen den Taxusbüschen hindurch zu dem ruhenden Jaguar. Sie betrachtete ihn eine Weile, strich nachdenklich über den glattpolierten Stein und ging schließlich über die Terrasse in die Bibliothek zurück.

Die Wände waren, soweit Fenster und Türen es zuließen, mit Bücherregalen gefüllt. In der Mitte des Raumes stand ein riesiger Schreibtisch, an dem Olivia sich jetzt wieder niederließ. Weiter gab es einen bequemen Sessel mit Leselampe und Beistelltisch. Das war die ganze Einrichtung. Die Bibliothek war der Arbeitsraum von Sir Edward, Lady Gaynesfords verstorbenem Gatten gewesen.

Den Ellenbogen leicht auf die Arbeitsfläche des Schreibtisches gestützt sah Olivia durch das Fenster zu ihrer Rechten auf die große stille Rasenfläche hinaus. Hinter der Mauer am Ende lag, wie sie durch ihren Rundgang wußte, der Gemüsegarten, in dem Mr. Jonas wieder ungestört pflanzte. Sie war nun ziemlich genau vierundzwanzig Stunden hier. Gestern Nachmittag hatte sie ihr Zimmer und diesen Schreibtisch bezogen und im Verlauf des Abends genauere Vorstellungen davon bekommen, welche Schwerpunkte Lady Gaynesford ihrem Lebensabriß in ‚Arts and Artists' zu geben wünschte. Die Lady war heute in London, morgen würde sie zur heißen Schokolade wieder zur Verfügung stehen. Die Bücher und Sonderdrucke, Mappen mit Zeitungsartikeln und Photos, mit Briefen, die sich um Olivia herum auf dem Schreibtisch stapelten und sie viele konzentrierte Stunden dieses Samstags beschäftigt hatten, bezogen sich vorwiegend auf das künstlerische Leben der Viktoria Gaynesford. In deren Salon, der sich einigermaßen spiegelbildlich zur Bibliothek hinter dem Eßzimmer auf der anderen Seite des Hauses befand, gab es ebenfalls beträchtliche Mengen Bücher, sämtlich zur Kunstgeschichte. Auch sie durfte Olivia ausdrücklich benutzen. Vielleicht halfen sie ihr weiter bei der historischen Eingliederung des künstlerischen Werkes ihrer Lady. Wie erwartet machte dieser Aspekt ihr als Laien die größten Schwierigkeiten, wenn auch hoffentlich keine unüberwindlichen. Die vielen Figuren auf dem Dachboden kamen ihr in den Sinn; es lohnte sicher herauszufinden, was sie ihr heute erzählen konnten. Bis Mrs. Jonas das Abendessen bringen würde, war noch genügend Zeit.

Olivia stieg die Treppen hinauf. Die Tür zum Dachboden war nicht nur nicht versperrt, es gab überhaupt keinen Schlüssel. Der dumpfe Ton, den sie beim Öffnen von sich gab, war gerade laut genug, um in Olivia das Abenteuergefühl wachzurufen, das sie bei ihren kindlichen Streifzügen durch Fulham empfunden hatte. Dazu machte es ihr deutlich, wie leer das alte Herrenhaus zwischen seinen hohen Mauern dastand. Glücklicherweise war hier oben eine äußerst wirkungsvolle elektrische Beleuchtung installiert worden. Sie ging langsam an den Figuren entlang, lächelte dem kleinen Jaguar auf der hintersten Kiste zu und blieb stehen. Ihre Augen schweiften über menschliche Figuren, über Köpfe, Büsten, vollständige Gestalten. Als sie dem Wunsch nachgab und mit dem Finger über einen einzelnen Kopf strich, war ihr, als würde die Grenze zwischen der Skulptur und ihr sich aufheben und ein wortloser Erfahrungsaustausch beginnen. Ihre Hände nahmen Kontakt mit manchem der Gesichter auf und befragten es ganz direkt. Ging man durch das Anwesen von Greystone Manor, so konnte man vermuten, Lady Gaynesford habe nur Jaguare und Gefäße geschaffen. Doch das war völlig falsch. Ihr Zentralthema war der Mensch. Olivias Begreifen hatte eine entscheidende Hürde genommen. Sie trat zurück, soweit die Dachschrägen es zuließen, und begann, die Figuren zu vergleichen. Damit war sie noch beschäftigt, als Mrs. Jonas zu ihr heraufkam, um das kleine Dinner, das sie für Olivia zubereitet hatte, anzukündigen.

»Sie kennen die Arbeiten von Lady Gaynesford doch recht gut, nicht wahr?«

»Nun ja, Miss Lawrence. Aber Fachkenntnisse habe ich keine.«

»Das meine ich im Augenblick auch nicht. Mich interessiert, ob all diese Figuren, von dem kleinen Jaguar abgesehen, von Lady Gaynesford sind?«

Mrs. Jonas blickte kurz die Reihe entlang und nickte: »Ja, alle. Die wenigen Figuren von Herrn Onetti, die hier standen, habe ich eingepackt, bevor Sie das letzte Mal kamen. Lady Gaynesford wollte Ihnen einen Überblick über ihr Werk geben.« Olivia erinnerte sich, daß die alte Dame etwas ähnlich geäußert hatte. Sie sagte zu, gleich zum Essen zu kommen und Mrs. Jonas stieg die Treppe wieder hinunter.

7

Lady Gaynesford war zurück. Im Augenblick sah sie ihre Post durch, anschließend würde sie sich mit Olivia zur heißen Schokolade zusammensetzen. Das hatte sie ausrichten lassen.

Olivia stand am Fenster der Bibliothek und ordnete ihre Gedanken auf dem Hintergrund der leeren Rasenfläche. Einerseits war sie erleichtert, die alte Dame wohlbehalten zurückzuwissen, auch wenn sie nicht ernsthaft daran gezweifelt hatte. Beim Einkaufen und im Konzert gab es für einen Giftmörder nicht allzuviele Gelegenheiten, über sein Opfer zu kommen. Andererseits war sie ratlos, wußte sie doch nach wie vor sehr wenig über die Menschen, die den Weg der Viktoria Gaynesford begleitet oder gekreuzt haben mochten. Sie konnte die Werkentwicklung zunehmend nachvollziehen, auch etliche künstlerischen Einflüsse. Aber welche Menschen für ihr Schaffen von Bedeutung gewesen waren, welche Beziehungen zu Kollegen bestanden hatten oder noch bestanden, blieb ihr weiterhin verborgen. Über die fünf Jahrzehnte in England gab es viel Material, das von Ausstellungseröffnungen in Galerien und Museen berichtete, also Gelegenheiten, bei denen Kollegen sich getroffen hatten; sie wußte von zahlreichen offiziellen Besuchen in den verschiedenen Kunstakademien in England, auch von Auslandsbesuchen in diesen Zusammenhängen und konnte eine eindrucksvolle Liste von Künstlern zusammenstellen, denen Viktoria Gaynesford begegnet war. Aber davon, welche privaten Beziehungen zu dem ein oder anderen bestehen mochten, hatte sie nicht die leiseste Ahnung. Sie wußte nichts über die Kindheit und Jugend in Belize und äußerst wenig über die Jahre in Mexiko bei Onetti. Das öffentliche und das private Leben waren mit einer Radikalität getrennt gehalten worden, daß Olivia sich versucht fühlte, darin den Gestaltungswillen der Künstlerin wiederzuerkennen. Für ihr inoffizielles Anliegen war sie dadurch allerdings nicht den kleinsten Schritt weitergekommen. Und somit stand sogar ihre Annahme, daß die alte Dame in London leidlich sicher ihren Unternehmungen nachgehen konnte, auf tönernen Füßen.

Mit einem kurzen Klopfen öffnete sich die Tür und Lady Gaynesford stand in der Bibliothek: »Liebe Miss Lawrence, ich hoffe, Sie haben den gestrigen Tag angenehm und zufriedenstellend verbracht?«

Die Unmittelbarkeit ihres Umgangs war sogleich wieder hergestellt. Sie tauschten sich über die letzten anderthalb Tage aus und gingen redend hinüber in den grünen Salon, jenen Raum, in dem die Bücher zur Kunstgeschichte standen. Hier wie in der Bibliothek liefen die Regale alle vier Wände entlang, soweit das möglich war. Doch außer an der Wand, in der sich der Kamin befand, waren sie nur halb hoch. Figuren standen auf den Regalen und an den hellgrauen Wänden hingen Bilder. Die Sitzmöbel waren einheitlich mit einem Efeumuster auf silbergrauem Grund bezogen und standen auf einem großen Teppich in jenem tiefen Grün, das Olivia in Lady Gaynesfords Schlafzimmer schon bewundert hatte.

»Ich nenne diese Farbe Wintergrün. Sie ist die Farbe des dunklen Taxus und der Himalayastechpalmen, die hier in England so wundervoll wachsen. Es war Ende Februar, als ich mit meinem Mann aus Mexiko nach England kam, und es war die Farbe dieser Pflanzen, völlig neu und wunderschön, die mir in jenen nebligen Spätwintertagen die Zuversicht gab, mich auf die unbekannte nördliche Welt einzulassen. Der wintergrüne Taxus erleichterte mir die Umstellung aus der Farbenpracht der immergrünen Tropen in die Abfolge der wechselnden Jahreszeiten mit den wechselnden Farben, die die Stimmungen im Garten und in der Landschaft so nachhaltig verändern. Und wiewohl die Menschen in ihren Stimmungen natürlich nicht von den Jahreszeiten abhängen, bleiben sie auch nicht völlig unabhängig von ihnen.« Sie lächelte. »Der unbeeinflußbare Ablauf der Jahreszeiten mit der bedingungslosen Sicherheit, daß im nächsten Frühjahr das Licht zurückkommen wird, hat in dem halben Jahrhundert, das ich nun in England lebe, seine Faszination behalten, gemeinsam mit der ewig offenen Frage, welchen Einfluß dieser Kreislauf auf die Menschen nimmt. – Aber bitte, setzen Sie sich, wo es Ihnen bequem ist.«

Wieder verteilte Mrs. Jonas kleine Tischchen, auch hier aus dunklem Holz, und brachte die heiße Schokolade. Olivia hatte das vorbereitete Geschirr im Eßzimmer stehen sehen und sich im Vorbeigehen an den blauen Geistern erfreut. Jetzt hielt sie einen in der Hand und sah dem aufsteigenden Dampf zu. Während sie überlegte, ob sich aus dem eben Gesagten ein Anknüpfungspunkt für ihre Fragen ergab, ergriff Lady Gaynesford wieder das Wort.

»Miss Lawrence, unter meiner Samstagspost befand sich ein Brief des mexikanischen Kultusministeriums. Ein Angehöriger des Nationalmuseums für Anthropologie ist auf dem Weg nach London, um mit mir über Kunstgegenstände aus dem ehemaligen Besitz von Onetti zu sprechen. Es ist wahrscheinlich, daß er sich am Montag hier melden wird.« Sie saß sehr aufrecht auf ihrem Platz am Kamin. »Ich finde diese überstürzte und lapidare Vorgehensweise etwas befremdlich und gedenke, das die betreffenden Stellen auch wissen zu lassen. Davon abgesehen, ist dieser Señor Ramos für die diplomatische Seite wahrscheinlich nicht zuständig, also soll er es auch nicht büßen müssen.«

Sie trank vorsichtig einige Schlucke heißer Schokolade. »Da Sie für Ihren Artikel – ich bin wirklich dankbar, daß Sie diese Arbeit übernommen haben – das Werk Onettis, soweit es in meinem Besitz ist, ohnehin sehen sollten, wage ich die Frage, ob Sie Dorothy und mir behilflich sein und den heutigen Nachmittag im Speicher verbringen würden. Ich gebe es ungern zu, aber Kisten auszupacken strengt mich in meinem Alter außerordentlich an und jeder Beistand wäre mir eine große Entlastung.«

Natürlich war Olivia einverstanden. Und so holte sie nach dem Lunch gemeinsam mit Mrs. Jonas eine fremdartige Figur nach der anderen aus Mengen von Papier und Holzwolle ans Licht. David kam vorbei und verschwand gleich wieder. Er wäre wohl auch keine Hilfe gewesen. Der Bereich, in dem man hier oben aufrecht stehen konnte, war zwar lang, aber doch ziemlich schmal und für mehrere Leute wenig geeignet.

Es vergingen etliche Stunden. Als Mrs. Jonas schließlich hinunterging, um ein kleines Abendessen herzurichten, stellte Olivia nach Lady Gaynesfords Anordnungen Onettis Figuren zu Gruppen zusammen, Schaffensperiode für Schaffensperiode. Seine Menschendarstellungen waren den altamerikanischen Vorbildern sehr nahe. Olivia stellte überrascht fest, wie außerordentlich schwer es ihr fiel, eine halbwegs sichere Vorstellung davon zu gewinnen, was die Figuren bewegte. Bei den Tierskulpturen schien es leichter, das war seltsam und am Ende eher eine Hoffnung als eine Erleichterung, wußte sie doch über die Mythologie des Alten Amerika sehr wenig.

Die alte Dame prüfte die Gruppierungen gewissenhaft und war mit dem Ergebnis zufrieden. Einige kleine olmekische und toltekische Figuren blieben noch zuzuordnen. Lange stand sie vor ihnen, ließ sich die eine oder andere heraufreichen und betrachtete sie mit einem Blick großer Konzentration, der gleichzeitig auf irgendetwas weit Entferntes gerichtet zu sein schien. Nach langem Schweigen wandte sie sich ab. »Wir können das so stehen lassen. Ich schließe jetzt für eine halbe Stunde die Augen, sonst bin ich Ihnen beim Abendessen keine gute Gesellschaft.« Sie neigte leicht den Kopf und stieg vorsichtig die Speichertreppe hinunter.

8

Señor Ramos war ein untersetzter, leicht zur Fülle neigender Herr Ende Fünfzig. Die sich lichtenden grauen Haare waren kurz geschnitten und unter dichten unglaublich schwarzen Augenbrauen sahen aufmerksame Augen hervor; ein perfekt sitzender dunkelblauer Anzug vervollständigte seine Erscheinung. Erwartungsgemäß hatte er am Montagvormittag angerufen und war zu einem vorverlegten Tee gebeten worden. Als Mylady wenige Minuten vor seiner zu erwartenden Ankunft ins Erdgeschoß hinunterstieg, die linke Hand fest um den Handlauf des Geländers gelegt, kam ihr Sir

Henry am Eßzimmer vorbei entgegen. Olivia, die gerade ihr Zimmer verlassen hatte, um ebenfalls hinunterzugehen, hielt inne. Sie hörte, wie die alte Dame nach ihrem Stock mit dem Silberknauf griff, der meist am unteren Ende der Treppe an der Wand lehnte, ihren Sohn begrüßte und ihn mit einem Anflug von Überraschung in der Stimme nach dem Grund für sein plötzliches Auftauchen fragte.

»Alfred rief heute am späten Vormittag im Gericht an, ich saß gerade in einer Verhandlung, und informierte meine Sekretärin über das unerwartete Eintreffen eines Señor Ramos und über den Termin, zu dem dieser Herr in Greystone Manor erscheinen würde. Das Befremden über diesen Vorgang, das hier im Herrenhaus zu herrschen schien, machte ihr und damit mir in ihrer Wiedergabe plausibel, daß Alfred in Deinem Namen sehr nachdrücklich um mein Erscheinen bat. Also habe ich mich ohne viel Federlesen auf den Weg gemacht und bin erleichtert, es gerade noch rechtzeitig geschafft zu haben.«

Wiewohl irritiert, fühlte sich die alte Dame mit dem unerwarteten Beistand ihres Sohnes einverstanden. Sein geübt neutrales Richterauge konnte in dem bevorstehenden Gespräch nur nützlich sein.
Lady Gaynesford hatte beschlossen, den Gast aus Übersee in ihrem privaten, dem grünen Salon zu empfangen. Dort stand sie jetzt mit ihm. Beide Seiten führten das Gespräch sehr vorsichtig. Bisher hielt man sich ausschließlich an allgemeine Themen. Sir Henry und Olivia übten Zurückhaltung. Als deutlich wurde, daß Señor Ramos sein offizielles Anliegen durchaus im Stehen überbringen wollte, läutete Lady Gaynesford schließlich nach Dorothy und ordnete an, schon einmal eine Tasse aztekischer Schokolade zu reichen. Olivia hörte Dorothy kurz mit Geschirr klappern, bevor sie mit einem Tablett hereinkam, auf dem vier der blauen Geister standen und eine Kanne, aus der es dampfte. Sie stellte das Tablett auf einem schmalen Tischchen vor den Bücherregalen ab, goß ein und verteilte dann die Tassen.

Mit einem kurzen freundlichen Toast auf ihren offiziellen Gast trank Lady Gaynesford vorsichtig den ersten Schluck. Die Schokolade war wie immer sehr heiß. Olivia nippte behutsam. Sie sah das überraschte, erfreute Gesicht von Señor Ramos. Ihm schien das heimatliche Getränk zu behagen. In kleinen, zügigen Schlucken leerte er seine Tasse.

»Vielleicht ist er Raucher und seine Zunge an andere Temperaturen gewöhnt,« überlegte Olivia. Es sprach sicherlich für einen Feinschmecker, dieses Getränk so heiß als möglich zu sich zu nehmen. Sie sah ihren Geist an und versuchte vorsichtig wieder einen Schluck, als Señor Ramos ein wie tief im Hals erzeugtes Stöhnen hören ließ. Noch bevor Olivia ihre Tasse abgesetzt hatte, lag er in sich zusammengesackt am Boden. Eine kurze Bewegung des Kopfes und nichts an ihm regte sich mehr.

Absolute Stille folgte.

»Einen Arzt, schnell!« Olivias Aufforderung stand zwei Atemzüge lang im Raum. Zögernd löste sich die Starre von Henry Gaynesford, seine Augen streiften Olivia und erst da schien er ihre Worte auch aufzunehmen. Im selben Augenblick war er zur Tür hinausgestürzt.

Olivia beugte sich vorsichtig über den Mann am Boden. Er war tot. Sie hatte in ihrem Leben nur sehr wenige Tote gesehen, dennoch war es eindeutig. Sie richtete sich wieder auf. Ihre Gastgeberin stand noch immer reglos, den Blick auf den Körper am Boden gebannt. Olivia sprach sie leise an, berührte behutsam ihren Arm und gewann allmählich soviel Aufmerksamkeit, daß sie die alte Dame zum Kamin führen konnte. Lady Gaynesford sank in die Kissen, schaute noch einmal nachdenklich auf den Toten und dann in die Flammen. So blieb sie starr sitzen, bis Sir Henry mit dem Arzt eintrat.

»Dr. Harrison. – Miss Lawrence,« unternahm Sir Henry die formlose Vorstellung

Dr. Harrisons Blick flog durch den Raum, ehe er seine Tasche abstellte und neben dem reglosen Körper niederkniete. Er braucht nicht lange, um festzustellen, daß keine Hilfe mehr möglich war. Er erhob sich, bevor er den Anwesenden mitteilte, daß der Gast in ihrer Mitte verstorben sei. Dabei wirkte er deutlich offiziell in seiner aufrechten Haltung, die ihn größer erscheinen ließ, als er war: gerade mittelgroß, gekleidet in einen braunen Tweedanzug mit beigem Rollkragenpullover darunter. Das Gesicht war beinahe rund, normalerweise wohl aufgeschlossen und freundlich, im Augenblick ernst.

Er trug eine Brille mit runden Gläsern, die das Ausgeglichene seiner Erscheinung unbeabsichtigt noch hervorhob. Alles in allem wirkte er sympathisch, unauffällig und energisch.

»Zur Todesursache kann ich so ohne weiteres nichts sagen,« wandte er sich an Sir Henry, der dastand, als wolle er schon wieder gehen, die Hand um den Türknauf geschlossen. »Für genauere Untersuchungen müßte ich die Stellung des Toten verändern.«

»Nein, auf keinen Fall. Ich rufe jetzt die Polizei und überlasse ihr das Weitere.« Damit war Sir Henry aus dem Raum und drei erstaunte Augenpaare sahen auf die sich schließende Tür.

Dr. Harrison schüttelte nachdenklich den Kopf, bevor er vorsichtig um den Toten herum zu Lady Gaynesford ging, um sie persönlich zu begrüßen. Olivia sah, daß er dabei mit der für Ärzte so charakteristischen, wie beiläufig wirkenden Weise ihren Puls fühlte. Er schien zufrieden. Auf eine freundlich auffordernde Handbewegung hin setzte er sich ihr gegenüber auf das zweite Sofa. Olivia und er musterten sich freundlich mit den Augen, während die alte Dame auf Señor Ramos' Leiche sah. Alle schwiegen für eine längere Weile.

»Fennimore!« Lady Gaynesford hatte sich gestrafft und sah den Arzt und Freund aufmerksam an. »Fennimore, wie kann es sein, daß ein Mensch einfach umfällt und tot ist? Was ist ihm passiert?«

»Wie ist es denn genau abgelaufen?« wandte Dr. Harrison sich an Olivia, »wie schnell ging es wirklich?«

Olivia berichtete von der kurzen Spanne des Schokoladetrinkens und erinnerte sich an den leisen Ausdruck des Genusses auf Señor Ramos' Gesicht, der für sie ein physisches Unbehagen oder gar Schmerzen auszuschließen schien. Der Mensch, der vor wenigen Minuten die heiße Schokolade genossen hatte, hatte sich ‚in Ordnung' gefühlt. Da war sie ganz sicher.

»Es sah aus, als hätte das Schicksal den Hebel herumgelegt. Der Mann hatte gerade Zeit für einen halben Laut des Erstaunens, währenddessen er schon zusammensackte. Er schien sich wenigstens mit einem Kopfschütteln wehren zu wollen und nicht mal das war ihm vergönnt.« Olivia sah den Arzt ebenso ratlos an wie die alte Dame.

»Es gibt den Sekundenherztod, wie wir alle wissen. Auch eine lange schwere Krankheit kann unter Umständen zu einem ganz plötzlichen

Ende kommen. Doch fühlt der Kranke sich in der Regel im Vorfeld nicht ganz wohl, weswegen es in diesem Fall auszuschließen sein dürfte. Und es könnte Gift sein. Was Sie beschreiben, ist der typische Ablauf einer Zyankali-Vergiftung.« Lady Gaynesfords Hände krampften sich ins Sofa und sie wurde noch eine Spur fahler.

»Bitte,« wandte sich Dr. Harrison an Olivia, »würden Sie Mrs. Jonas um etwas Brandy bitten?« Diese schoß in die Küche. Noch bevor sie mit ihrem Satz ganz zu Ende war, lief Dorothy ins Eßzimmer, griff nach der Karaffe auf einem Tischchen rechts neben dem Eingang und einem der danebenstehenden Gläser und eilte weiter zur alten Dame. Nach zwei kleinen Schlucken hieß diese Dorothy, zwei weitere Gläser zu holen. Der Brandy tat auch Olivia gut und half, den Schrecken ein ganz klein wenig zu mildern.

Wieder öffnete sich die Tür. Dieses mal kehrte Sir Henry mit einem Fremden zurück, den er als Kommissar Taylor vorstellte. Nach dem wechselseitigen Bekanntmachen zog Olivia sich hinter die Sitzmöbel zurück. An ein Bücherregal gelehnt beobachtete sie die routinemäßige Polizeiarbeit. Der Photograph wurde gerufen, die am Boden liegende Tasse mit einem allerletzten Tropfen Schokolade sichergestellt, die Leiche schließlich auf den Rücken gerollt und zuguterletzt abtransportiert. Mrs. Jonas geleitete den zweiten Sergant mit einer Haltung hinaus, die deutlich machte: sie würde schon aufpassen, daß die Polizisten nichts anstellten.

Kommissar Taylor war ein kräftiger, etwas zur Korpulenz neigender Mann Anfang Fünfzig, seine Stimme zu laut und seine Bewegungen zu heftig in diesem gepflegten Salon, doch auf seine Weise ganz umgänglich. Er setzte sich neben Doktor Harrison, Sir Henry nahm neben seiner Mutter Platz.

»Sir Henry, welche Veranlassung haben Sie, anzunehmen, daß Herr Ramos eines unnatürlichen Todes gestorben ist?« Kommissar Taylors Stimme hatte sich der Umgebung angepaßt und erstaunlich leise geklungen, stellte Olivia fest; sie lehnte noch immer am Bücherregal.

»Keine,« lautete die ruhige Antwort.

»Aber warum haben Sie uns dann gerufen?«

»Eine reine Vorsichtsmaßnahme. Señor Ramos war im offiziellen Auftrag des mexikanischen Kultusministeriums bei meiner Mutter zu Gast. Aus diesem Grund liegt mir daran, diesen bedauerlichen, aber auch äußerst unangenehmen Vorfall ganz offiziell abzuwickeln.«

»Was will das mexikanische Kultusministerium von Ihnen, Lady Gaynesford?«

»Der Nachlaß des mexikanischen Bildhauers Onetti befindet sich in meinem Besitz. Darüber sollte gesprochen werden. Mit welchem Ziel, kann ich Ihnen nicht sagen, zu diesem Thema kam Señor Ramos nicht mehr.«

»Aber Sie haben sich Ihre Gedanken gemacht, vorher, meine ich?«

»Nun, da der Verstorbene Angestellter des Anthropologischen Museums von Mexiko City war, nehme ich an, daß es um Skulpturen von Onetti als Leihgaben für eine Ausstellung gehen sollte.«

»Das ist ein normaler Vorgang?«

»Durchaus. In diesem Fall ließ allerdings die äußere Form zu wünschen übrig. Mit der Samstagspost bekam ich die Nachricht von Señor Ramos' unmittelbar bevorstehender Ankunft ohne irgendeine Angabe von Gründen. Ich bin gewohnt, daß derlei Fragen in einem Briefwechsel vorgeklärt werden und die gesamte Angelegenheit in einem großzügigeren Zeitrahmen abläuft.«

»Dennoch haben Sie ihn empfangen.«

»Der Mann hatte fünfeinhalbtausend Meilen zurückgelegt, bevor er hier anrief. Es wäre doch etwas unverhältnismäßig, zu sagen, er solle es in zwei Wochen wieder versuchen.« Sie machte eine Pause. »Und sehen Sie, man kann über diese Dinge natürlich auch reden. Vielleicht fand irgendwer drüben in Mexiko diese Verfahrensweise höflicher. Es wäre ein rein informatives Gespräch über die Vorstellungen und Wünsche des Museums gewesen, zu denen ich Stellung hätte nehmen können, ohne gleich eine Entscheidung zu treffen.«

»Ich darf daran erinnern,« schaltete sich Sir Henry ein, »daß dies alles Vermutungen sind, naheliegend, aber doch Vermutungen. Wir wissen nicht, was das mexikanische Kultusministerium von Dir will.«

»Unangenehm, äußerst unangenehm!« grummelte Kommissar Taylor.

»Wir werden es sicherlich noch erfahren. Mexiko wird einen anderen Museumsangestellten schicken und die Angelegenheit so fortsetzen, wie das Kultusministerium sie beschlossen hat. So läuft das Leben nun einmal.«

»Der Tod von Herrn Ramos ist lediglich ein Zwischenfall, wollen Sie damit sagen, Sir Henry?«

»Das ist er.«

»Ich sehe richtig, daß Sie den Toten erst heute kennenlernten?«

»Richtig.«

»Sie kennen auch niemanden hier in England, der Herrn Ramos kannte?«

»Niemanden.«

»Mylady, ist es möglich, daß Sie Herrn Ramos von früher her kennen und ihn vergessen haben?«

»Sicherlich nicht.«

»Und Sie,« er schaute in sein Notizbuch, » ... Miss Lawrence, haben den Toten natürlich auch nie vorher gesehen?«

»Nein, das habe ich nicht.«

»Da kommt ein vollkommen Unbekannter in ein fremdes Haus und stirbt. – So einen Fall habe ich noch nicht erlebt.« Kommissar Taylor erhob sich. »Doktor Harrison, finden Sie heute noch Zeit, die Leiche anzusehen?«

»Selbstverständlich. Ich gehe jetzt sofort in meine Praxis, einige Patienten warten dort schon über eine Stunde. Wenn ich sie erlöst habe, komme ich zur Polizeistation.«

Mit der Verabschiedung der beiden Herren wurde es ruhig.

»Mutter, wie fühlst Du Dich?«

»Es geht mir so weit gut, Henry, danke.«

Mutter und Sohn sprachen über die Ereignisse, während Olivia sich still auf das freigewordene Sofa setzte. Henry Gaynesford schien, soweit sie es beurteilen konnte, von den Ereignissen durchaus betroffen, und gewiß war er ehrlich besorgt um das Befinden seiner Mutter. Doch die Distanziertheit, die sie im Gespräch mit Señor Ramos beobachtet hatte, war auch jetzt nicht ganz verschwunden. Der englische Bildungsweg über Harrow, Eton und Oxford erzeugte wiedererkennbare Formen. Und wenn man unterstellte, daß er nicht ganz zufällig Richter geworden war, mochte eine gewisse Sachlichkeit zu seinem Charakter gehören, die dieses

Verhalten zusätzlich unterstrich. »Der untadelige Gentleman«. Damit fiel es ihr wieder ein. In der Rolle hatte sie ihn schon einmal gesehen, vor gut einer Woche, als er den Holzkoffer mit den Figuren in den Gemeindesaal gebracht hatte.

»Wenn man es recht bedenkt, ereignete sich in diesem Raum ein tragischer Vorfall, der mit mir oder mit uns nicht das mindeste zu tun hat.« Lady Gaynesford hatte die Stimme etwas gehoben und bezog Olivia nun ausdrücklich in das Gespräch mit ein. »Natürlich bedauere ich Señor Ramos' Tod, wiewohl wir im Tod eines anderen immer auch die eigene Sterblichkeit bedauern. – Alles weitere können wir den Behörden überlassen. Ich finde es sehr vernünftig, um nicht zu sagen erleichternd, Henry, daß Du die Polizei hinzugezogen hast. So kann alles auf den dafür vorgesehenen Wegen abgewickelt werden.«

»Heißt das, daß ich Dich für heute allein lassen darf? Morgen Vormittag habe ich einen Prozeß, in dem einige komplizierte Probleme stecken.«

»Natürlich, Henry. Du läßt mich ja auch nicht allein. Miss Lawrence ist bei mir und sicherlich voller Fragen, die sie mir stellen möchte. Wir werden einen angeregten Abend verbringen.«

»Darf ich morgen zum Abendessen kommen?«

»Wie schön. Ja, gern! Sehr gern!« Sie nahm seinen Arm und begleitete ihn hinaus.

9

Die schweren Vorhänge, gelb und weiß gestreift wie die Sessel, nur in breiteren Streifen, waren zugezogen. Kleine blaue Flammen schossen hier und dort unter den dicken Holzscheiten hervor und aus der Glut darunter stieg ein leises gleichmäßiges Brummen auf, als hielten Holz und Flamme ein Zwiegespräch. Das Licht aus dem Kamin spielte in einer bereitgestellten Karaffe mit altem Portwein.

»Wie sind Sie eigentlich nach Yucatan gekommen, Lady Gaynesford?«

»Mit dem Segelboot.« Sie schaute Olivia beinahe listig an. »Ein Freund meines Vaters, ihm gehörte die benachbarte Farm, besaß eine Yacht, die die stete Möglichkeit bot, dem tropisch-feuchten

Klima Belizes in die Winde des weiten Meeres zu entfliehen. Er hatte vier Töchter, und es machte mir, als ich älter wurde, durchaus Spaß, die Ferien mit ihnen zu verbringen. In jenem Sommer, ich war gerade neunzehn Jahre alt geworden, ließen wir uns von der karibischen Strömung an der Küste entlangtreiben. Diese Strömung kommt vom Äquator an der brasilianischen Küste herauf; vor Yucatan wird sie um Kuba herum nach Florida gelenkt. Nördlich der Bahamas erhält sie den Namen Golfstrom und erreicht schließlich die Küste Englands. Es gefällt mir, daß das milde Klima hier von jener warmen Meeresströmung herrührt, die auf ihrem Weg durch die Meere auch an die Küste Belizes streicht.«

Sie beugte sich ein wenig vor und sah in die Flammen. »In jenem Jahr waren die Winde äußerst unberechenbar und erreichten gelegentlich Sturmstärke, so daß wir, einmal im Hafen von Juarez vor Anker, beschlossen, landeinwärts zu reisen und die Ruinen von Chichén Itzá zu besichtigen. Man schrieb das Jahr 1939. Im vorangegangenen Jahrzeht hatten das Anthropologische Institut Mexiko und die Carnegie Institution Washington dort ein umfangreiches Ausgrabungs- und Restaurierungsprogramm durchgeführt. Die Nachrichten über die Wunderwerke der Maya und Tolteken, die da aus der Wildnis auferstanden, erregte natürlich auch in Belize die Gemüter, bei vielen Einladungen wurde darüber gesprochen, noch in meiner Jugend.«

Sie nahm einen Schluck Portwein.

»Ich bin mit den Geschichten der Maya aufgewachsen, Geschichten von Göttern und Geistern, von wilden Jaguaren und von rätselhaften Schatten, die immer zu genau derselben Zeit am selben Ort gesehen wurden, ohne je Menschen zu schaden. Meine Kinderfrau war ein nie versiegender Quell des Erzählens und liebte es besonders, die dunkle, gefährliche Wirklichkeit der Wälder in wundervoll unheimlichen Geschichten zu beleben. Wenn ich dann, allein in meinem Zimmer, beim Einschlafen die Geräusche der tropischen Nacht durch die offenen Fenster hereindringen hörte, verwoben sich ihre Geschichten und meine Träume zu phantastischen Bildern. Es kamen aber auch immer wieder Nachrichten über Wissenschaftler, Photographen oder einfach Abenteurer, die in den Urwäldern von Guatemala und Honduras, seltener auch in Belize, nach Mayastätten suchten. Gelegentlich gingen auch welche im Dschungel verloren, so hieß es zumindest.«

»Es gab das wirklich. Mein Vater ist auf einer Expedition in Belize, vermutlich an der Grenze zu Guatemala verschollen.«

»Ihr Vater?« erstaunt richtete sich Lady Gaynesford auf. »Wie das?«

»Mein Vater war Archäologe. Die erste große wissenschaftliche Expedition, die er begleiten durfte, führte ihn nach Chiapas. Von dem Zeitpunkt an ließen ihn Mittelamerika und seine indianischen Völker nicht mehr los. Das war 1961. Er begleitete drei weitere Expeditionen in die Urwälder von Belize und Mexiko. Derweil hatten Photographien von Teobert Maler, auf denen Mayastätten zu sehen waren, die als verschollen galten, ihn derart in Unruhe versetzt, daß er 1972 mit zwei anderen Wissenschaftlern aufbrach, um dem Urwald zu entreißen, was er in den letzten hundert Jahren verschlungen hatte. Von allen dreien kam nie mehr eine Nachricht.«

»Wie entsetzlich!«

»Ja, das war es wohl. Vor allem für meine Großeltern. Und dann natürlich für meine Mutter. Ich selber war zu klein, um wirklich zu begreifen, was geschehen war. Daß tragische Ereignisse dramatische Folgen haben, erfuhr ich, als meine Mutter beschloß, nach Österreich zurückzukehren. So wurde ich mit sechs Jahren von London nach Salzburg verpflanzt, zwei Monate später fand ich mich in der Schule wieder und lernte Lesen, Schreiben und die deutsche Sprache gleichzeitig.«

Lady Gaynesford stellt viele Fragen zu Olivia selbst, zu ihrem Vater und seiner Arbeit; so verloren sich beide zeitweilig in die tropischen Wälder.

»Teobert Maler hat nicht nur in Guatemala, sondern vor allem in Yucatan Mayastätten dokumentiert,« versuchte Olivia zurückzulenken, »ich glaube, eine dieser alten Städte hat man erst durch einen Zufall vor wenigen Jahren wiederentdeckt.«

»Richtig, es ist der Fürstensitz Xkipche im Nordwesten Yucatans. Das dortige Mayavolk war nie reich genug, um Prunkbauten zu erstellen. Man baute immer dann, wenn die Mittel vorhanden waren; auf diese Weise wurde auch der Fürstenpalast immer wieder erweitert. Die Kunsthistoriker freut das natürlich: Xkipche ist ein Musterbeispiel für die aufeinanderfolgenden Architekturstile der Yucatan-Maya. Teobert Maler starb übrigens in Merida in Yucatan.«

»Sie haben längere Zeit in Yucatan gelebt? Wie sieht es dort aus?«

»Der Teil Yucatans, in dem Merida und Chichén Itzá liegen, zieht sich als schmaler Streifen in mehr oder weniger west-östlicher Richtung über die Halbinsel und ist das Gegenteil von der Landschaft, in der wir uns gerade im Geiste aufhielten. Hier gibt es nicht die von Grün überquellenden tropischen Wälder, sondern ein weißes, trockenes und flaches Land, auf allen Seiten umgeben von Unendlichkeit. Die Dürre der dortigen Ebene machte für mich die Grausamkeit physisch erfahrbar, die an den Tempelwänden von Chichén Itzá dargestellt ist. Es war eine abgeschiedene, in sich geschlossene Welt; noch bis zur Mitte unseres Jahrhunderts kaum berührt von den politischen und kulturellen Vorgängen in Mexiko. – Die damalige Reise vom Hafen Juarez war unendlich viel beschwerlicher als wir es uns vorgestellt hatten und dauerte viele Tage. Von Merida, der einzigen Stadt in Yucatan und auf der gegenüberliegenden, der Westseite der Halbinsel, erreichte man die Ruinenstadt leichter. Doch um von Merida nach Mexiko zu kommen, gab es nur das Flugzeug – einmal in der Woche, oder den Dampfer vom Hafen Progreso einmal im Monat. Er brauchte vierzehn Tage nach Veracruz, in Mexiko City war man auch dann noch lange nicht. Eine Eisenbahnlinie wurde erst in den fünfziger Jahren gebaut. Diese Isoliertheit erklärt wohl zum guten Teil den starken Mayaeinfluß auf das Alltagsleben des heutigen Yucatan. Das war für mich eine Überraschung.«

»Und was veranlaßte Sie, in dieser offenbar gnadenlosen, steinigen Dürre zu bleiben?«

»Ja, das ist eine berechtigte Frage. Es waren wohl die Bilder, die Bilder an den Gebäuden, die Jaguare, der Chac Mool vor dem Tempel der Krieger. Das ist eine jener auf dem Rücken liegenden menschlichen Figuren, die die Beine angezogen haben, sich auf ihre Ellenbogen stützen und mit unbeweglicher Herausforderung jedem, der die Treppen erklimmt, entgegen und gleichzeitig durch ihn hindurch in der Ferne sehen. ... Tag für Tag durchstreiften wir die

Ruinen. Ich befand mich in einer Gemütsverfassung, in der Verblüffung und Verzauberung abwechselten. Es war unmöglich, diese Monumente nicht zu bewundern, und sehr schwer, sie zu verstehen. So lernte ich Onetti kennen.«

»Was machte er dort?«

»Er war 1923 mit der ersten Gruppe mexikanischer Archäologen nach Chichén Itzá gekommen. Von Beruf Bildhauer, studiert hatte er in Guadalajara, war er anschließend nach Mexiko-City gegangen und hatte dort lockeren Kontakt zu vielen bildenden Künstlern. Doch die damals alles beherrschende Revolutionsmalerei ließ anderen künstlerischen Wegen kaum Raum. Das einzige, was Onetti mit den Künstlern seiner Zeit verband, war das aufkommende Interesse für die Kunst der alten Kulturen. Als er die Möglichkeit bekam, an den Ausgrabungen auf Yucatan teilzunehmen, griff er zu. Die Figuren und Reliefs, die in diesen Jahren ans Licht geholt wurden, beeindruckten den Bildhauer in ihm außerordentlich und gaben seinen Figuren eine neue Kraft.«

»Hat er denn als Bildhauer an den Ausgrabungen teilgenommen?«

»Nein, sicherlich nicht. Er katalogisierte vor allem die unzähligen Kleinskulpturen, man fand Gräber mit bis zu siebenhundert solcher Figuren. Später widmete er viel Zeit einer behutsam sichernden Restaurierung.«

»Und was lernten Sie bei ihm?«

»Als ich nach Yucatan kam, war der erste Höhepunkt der Entdeckungen vorbei. Es flossen nur noch spärliche Mittel, und ganz wenige Wissenschaftler arbeiteten vor Ort, beharrlich, der Welt verloren, voller Faszination auf der Suche nach immer neuen Entdeckungen und damit weiteren Bausteinen, die helfen konnten, die hermetische Welt der Tolteken und Maya begreifbarer zu machen. Für mich waren diese Menschen gleichermaßen eindrucksvoll und befremdlich. Es kamen auch immer wieder Archäologen von außen, manchmal Geologen, auch Journalisten und Touristen. Doch alles in allem war das Leben sehr, sehr ruhig. Deshalb hatte Onetti wieder Zeit für seine künstlerische Arbeit. Er brachte mir bei, mit verschiedenem Material, Ton, Gips, diversen Steinarten zu arbeiten. Meine Vorbilder waren seine Plastiken und die der alten Indianerkulturen. Er selber führte immer wieder Aufträge für Museen und Galerien aus, die Nachbildungen der Figuren in Chichén Itzá bestellten. Seine Imitationen waren außerordentlich gut und die Bezahlung ebenfalls. Letztlich war es dieser Kunstmarkt, der uns zwei Reisen nach Veracruz ermöglichte und von dort zu den Ausgrabungsstätten der Olmeken. Es war die aufregende Zeit, in der die Olmeken-Steinköpfe gerade entdeckt worden waren. Ich bin heute überzeugt, daß die Skulpturen der Olmeken den dramatischsten Eindruck auf mich gemacht haben. Die Kolossalköpfe lösten einen Schock aus, der mich in einen unausgesetzten Dialog mit mir selbst und meiner Arbeit zwang, um herauszufinden, was das Wesentliche der Plastik war, an der ich mich gerade versuchte; er verhinderte, daß meine Arbeit nur Kunstfertigkeit blieb und machte mich in der Länge der Jahre schließlich zum Künstler. In diesem Zusammenhang war es von außerordentlicher Bedeutung, daß Onetti einige kleinere Figuren erwerben konnte. Ich hatte sie täglich vor Augen und sie zwangen mich zu beständiger Auseinandersetzung.«

»Gehören die Figuren oben im Treppenhaus dazu?«

»Ja, das tun sie.«

»Haben Sie selber auch Nachahmungen geschaffen?«

»Ich habe es versucht, rein akademisch. So wie Kunststudenten in die Museen geschickt werden, um beim Copieren berühmter Bilder die Darstellungen von Licht, Perspektive und so weiter zu lernen. Doch wirklich perfekt, so wie Onetti es konnte, vermochte ich es nicht. Hier in England habe ich es auch nicht mehr versucht.«

»Frei gekommen sind Sie aber nie von den Bildern des Alten Amerika.«

»Nein. Warum auch. Sie haben mich so tief geprägt, daß es einem Akt der Selbstverleugnung gleichkäme. Sie sind Darstellungen des Vertrauens in die Natur und einer existenziellen Ruhe; aus ihrer Anschauung konnte ich meine eigenen Kräfte immer wieder stärken. «

»Der Preis ist, daß die hier in England herrschende Kunstauffassung Sie immer als Außenseiterin gesehen hat.«

»Das mag wohl sein. Aber trinken wir lieber noch einen Portwein in Gedanken an das ferne Mayaland, und dann werde ich zu Bett gehen.«

10

Beim Frühstück sprang das Gespräch sofort wieder über den Atlantik.

»Wenn die Sonne hinter der Unendlichkeit Yucatans aufzusteigen beginnt, gibt es einen Augenblick, zumindest wenn man von der Höhe eines Tempels in Chichén Itzá hinunterschaut, in dem die Welt wie ein versteinertes Meer aussieht. Die Illusion verstärkt sich durch den Geruch der jahrhundertealten Steine. Vielleicht ist man irgendwo angelehnt und spürt unter den Fingern die Linien eines alten Reliefs. Gleichzeitig ist der Anblick so unwirklich, um nicht zu sagen, unecht, daß eine existenzielle Bedrohung von ihm ausgeht.«

»Deswegen war es wohl zwingend, gegen den Schrecken der Weite die geometrische Klarheit der Architektur zu setzen.«

»Ja, Sie haben recht. Die alten amerikanischen Kulturen gingen so weit, den Göttern Masken aufzusetzen. Masken verbergen das eigentliche Wesen des Dargestellten und schaffen eine unüberbrückbare Distanz. ... Was gibt es, Dorothy?«

»Kommissar Taylor möchte Sie sprechen, Mylady.«

»Jetzt?«

»Ja, er scheint sehr entschlossen.«

»Führen Sie ihn in den gelben Salon. Ich komme gleich. – Miss Lawrence, frühstücken Sie in aller Ruhe weiter. Ich bin hoffentlich schnell zurück.«

Man hörte Schritte von schweren Schuhen und Lady Gaynesford ging in den vorderen Raum hinüber.

Olivia vernahm die Begrüßungsfloskeln, während sie sich heißen Kaffee nachschenkte. Die Räume waren durch Mauern und einen kurzen Gang getrennt, nicht aber durch Türen, so daß sie in der vollkommenen Stille dieses Landhauses das folgende Gespräch zwangsläufig mithörte.

»Nun, Kommissar, ich hoffe, es sind keine weiteren Probleme aufgetaucht?«

»Mylady, Señor Ramos starb eines gewaltsamen Todes. Die Obduktion hat eine Zyankali-Vergiftung nachgewiesen.«

»Eines gewaltsamen Todes ... Wollen Sie damit sagen: Mord?«

»So ist es.«

»Der arme Mann. Allerdings hätte er sich rücksichtsvollerweise einen anderen Ort als gerade mein Haus zum Sterben aussuchen können.«

»Ich fürchte, Sie haben mich nicht ganz verstanden. Er wurde hier in Ihrem Salon ermordet!«

»Wie interessant. Und wer sollte das, bitte, getan haben?«

»Das müssen wir jetzt herausfinden. Ich hoffe dringend auf Ihre Unterstützung.«

»Ich bin mit gar nicht sicher, ob ich Sie da unterstützen will. Gerade in dieser Woche bin ich mit Fragen beschäftigt, die mir persönlich wesentlich wichtiger sind. Und der Gast, den ich in diesem Zusammenhang im Haus habe, hat natürlicherweise nur begrenzt Zeit. Señor Ramos hingegen war mir bis zum gestrigen Tag gänzlich unbekannt. Somit scheint es mir naheliegend, seinen Tod außerhalb meines Hauses und ohne meine Hilfe aufzuklären.«

Kommissar Taylor zog die Luft so heftig ein, daß Olivia ein leises Pfeifen hörte, dann zwang er sich, tief und ruhig durchzuatmen: »Lady Gaynesford, Zyankali gehört zu jenen Giften, deren Wirkung in dreißig Sekunden bis zwei Minuten eintritt. Der Tote suchte sich Ihr Haus nicht zum Sterben aus. Er wurde hier ermordet von jemandem, der zugleich mit ihm hier war. Hier, Verstehen Sie?«

»Das ist absurd.«

»Es ist eine Tatsache.«

Eine kleine Weile sagte niemand etwas. Als die alte Dame schließlich erwiderte, klang es kühl, ernst und streng. Olivia sah unwillkürlich Henry vor sich. »Ich habe Sie richtig verstanden: Señor Ramos starb an Zyankali?«

»Ja.«

»Und das heißt, er muß es in meinem Salon zu sich genommen haben, während wir im Gespräch zusammenstanden?«

»Ja.«

»Sehen Sie, wie absurd diese Vorstellung ist?«

»Es kann nicht anders gewesen sein. In der Tasse, die wir aus seinen Händen nahmen, konnte das Labor Zyankali nachweisen, nicht nur in seinem Körper. Er trank das Gift mit der heißen Schokolade.«

»Und warum fiel dann nur er tot um und nicht wir alle?«

»Das müssen wir herausfinden. Schon um Ihrer Sicherheit willen, Mylady. Es hätte ja auch Sie treffen können. Fällt Ihnen zu dieser Möglichkeit etwas ein?«

»Sie werden immer absurder, Kommissar.«

»So kommen wir nicht weiter. Würden Sie so freundlich sein und mir sagen, wer sich gestern mit Ihnen und dem Toten im Salon befand?«

»Mein Sohn Henry und Miss Lawrence, Dorothy servierte die Schokolade.«

»Hielt sich weiteres Personal im Haus auf?«

»Alfred, Dorothys Mann, war sicherlich auch da, natürlich nicht im Salon, wahrscheinlich im Garten, es war ein sehr schöner Tag.«

»Mehr Personen fallen Ihnen nicht ein?«

»Es waren nicht mehr, ich führe inzwischen ein ruhiges Leben. Doktor Harrison riefen wir erst, als Señor Ramos zusammengebrochen war, er fällt also für Ihre Untersuchungen aus.«

»Darf ich mich mit Dorothy, wie ist ihr vollständiger Name – ?«

»Jonas. Mrs. Jonas.«

».... mit Mrs. Jonas und, falls er im Haus ist, auch mit Mr. Jonas unterhalten?«

»Sicherlich. Tun Sie das. Und ich darf jetzt, bitte, zu Ende frühstücken. Auf Wiedersehen, Mr. Taylor.«

Olivia saß, die Hände so fest um die Kaffeetasse gepreßt, daß die Knöchel weiß hervorstanden, und starrte ins Leere. Ich habe versagt! Ich habe versagt! Ich habe versagt! hämmerte es in ihrem Kopf. Sie hatte danebengestanden, als ein Mensch durch Zyankali ums Leben gekommen war, und an etwas völlig anderes gedacht, obwohl sie der einzige Mensch gewesen war, der von der fürchterlichen Gefahr wußte. Außer dem Mörder natürlich. Ihn gab es wirklich. Das war jetzt einwandfrei erwiesen, ebenso seine Methode. Nur das Opfer war durch irgendeinen Zufall das falsche.

»Kind, Sie sehen ja entsetzlich aus! Sie haben gehört, was Kommissar Taylor zu berichten hatte? Ja?«

Die alte Dame nahm die Karaffe und zwei Gläser von dem halbrunden Wandtisch rechts neben dem Durchgang und kam zum Eßtisch. »Ein Brandy wird uns beiden jetzt gut tun!«

Olivia schaffte es mit äußerster Disziplin, ihre Haltung zu wahren und die Tasse ruhig abzusetzen. Als sie mit dem Glas in der Hand Lady Gaynesford anschaute, war sie ehrlich überrascht, wie ruhig diese dasaß. Man konnte meinen, sie habe das Frühstück überhaupt nicht unterbrochen. Zwei freundliche Augen sahen Olivia an und eine leichte Geste der Hand forderte sie zum Trinken auf. Doch ehe es dazu kam, näherten sich schon wieder Schritte.

»Dorothy?«

»Doktor Harrison ist in den Hof gefahren, Mylady.«

»Führen Sie ihn zu uns, und bringen Sie ein weiteres Gedeck, bitte.«

»Ja, Mylady.«

»... und, Dorothy, ist Mr. Taylor noch da?«

»Ja, Mylady, er redet mit meinem Mann.«

»Es ist gut. Danke.«

Jetzt endlich wurde der Brandy gewürdigt.

»Fennimore, guten Morgen! Bitte, sei so gut und frühstücke mit uns.«

»Viktoria, wie geht es Dir?«

»Danke, ausgezeichnet. Bitte, setz Dich und nimm einen Toast.«

»Danke, ich habe schon gefrühstückt.«

»Allmählich beginne ich mich wie in einem Hotel zu fühlen und das gefällt mir nicht. Bitte, nimm Toast und Kaffee oder Tee. Dann können wir uns in Ruhe unterhalten.«

»In Ruhe? Willst Du sagen, daß Du wirklich so gelassen bist?«

»Warum denn nicht? Als Señor Ramos gestern zusammenbrach, war ich aufs Äußerste entsetzt.«

»Und was hat sich seitdem geändert?« Er setzte sich und nahm Tee und Milch.

»Die Zeit, Fennimore. Die Zeit ist eine rätselhafte Sache. Gestern führte der Tod mir mit einem Handstreich seine Gnadenlosigkeit und unser aller Schicksal vor Augen. Ich muß gestehen, daß ich hoffte, einmal so wie Señor Ramos abzutreten, ohne Vorwarnung, im Gespräch mit netten Menschen. In seinem Ende sah ich mein eigenes vor Augen und erkannte, wie egoistisch und indezent mein Wunsch gewesen war. Seitdem denke ich, man sollte stark genug sein, diese letzte Situation allein zu bestehen; aus Rücksicht gegenüber den Menschen um sich herum.« Sie trank einen weiteren Schluck Brandy und setzte das Glas nachdenklich ab.

»Was die Zeit betrifft, schloß sie allmählich die Wand zwischen Tod und Leben, verwischte das Grausige und gab mich dem Leben noch einmal zurück. Sie mildert, was uns schreckt und ermöglicht uns, zu sehen, was wir haben.« Nachdenklich blickte sie ihre beiden Zuhörer an und hob schließlich mit einer leichten Handbewegung den Ernst auf.

»In diesen Tagen heben Miss Lawrence und ich die Zeit im Gespräch gewissermaßen auf. Im Erinnern wird Vergangenheit zur Gegenwart.«

Lady Gaynesford erreichte, daß die Unterhaltung bei diesem Thema blieb.

11

Was mag Doktor Harrison wirklich hierhergeführt haben? fragte sich Olivia, als sie schließlich allein war. Sie stand im Flur des ersten Stockes und sah hinunter auf den Garten, auf jenen Teil, den man auch von der Bibliothek aus sehen konnte. So präzise wie diese Taxusobelisken dort stehen, müßte ich jetzt meine Gedanken ordnen und die Schritte festlegen, die nacheinander zu tun sind. Sie rekonstruierte wieder einmal den Ablauf des gestrigen Nachmittags. Lange war Señor Ramos nicht im Haus gewesen, zumindest nicht lebendig; und die Person, die sie suchte, mußte mehr oder weniger zeitgleich im Haus gewesen sein. Der Mörder. So ein Unsinn! Die Mörderin. Das war genauso möglich. Für einen Giftmord kamen beide Geschlechter gleichermaßen in Frage. Mit etwas Glück hatten Dorothy oder Alfred sie oder ihn gesehen. Es war das Vernünftigste, mit ihnen zu reden.

Während Olivia die Treppe hinunterging, versuchte sie, sich wieder einzuschärfen, daß keiner hier mehr in ihr sah als die Journalistin für schöngeistige Zeitungsartikel. Und das mit vollem Recht! stellte sie bitter fest. Nichts wäre gestern nachmittag anders verlaufen, wenn ich in London oder auf Grönland gewesen wäre. Dennoch war es wichtig, keinerlei Zweifel an dieser Rolle aufkommen zu lassen, bei niemandem. Sie hatte immer noch die Chance, aus ihrer Position heraus etwas zu entdecken, was von außen nicht zu erkennen war. Sie hatte ebenfalls immer noch die Chance, das Leben von Lady Gaynesford zu schützen, auch wenn ihr unklarer denn je war, was sie dazu tun sollte. Und es bedeutete Sicherheit für ihr eigenes Leben. Der Täter war unbekannt, seine Absicht war es nicht mehr. Das bewirkte notwendig eine psychologische Veränderung, ob zu mehr Wagemut oder mehr Vorsicht, ließ sich einstweilen nicht entscheiden.

Nach kurzem Klopfen betrat Olivia den Wirtschaftsraum. Als sie ihn leer fand, ging sie durch ihn hindurch auf die angelehnte Küchentür zu, klopfte wieder und bekam Antwort. Mrs. Jonas war allein und wusch Erdbeeren.

»Wie schön diese Erdbeeren sind! Und sie duften, als wären sie frisch gepflückt.«

»Das sind sie auch. Miss Gaynesford brachte sie. Sie hat ein Gewächshaus, wissen Sie, und darin zieht sie wunderbares Obst und Gemüse.«

»Miss Gaynesford?«

»Das ist die Nichte unserer Lady. Die Tochter vom Bruder unseres verstorbenen Herrn. Vom Gut gegenüber. – Ach, wie schade; eine Beere ist doch kaputtgegangen. Miss Gaynesford brachte die Erdbeeren schon gestern, aber in all der Aufregung habe ich sie vergessen.«

»Ich habe sie gar nicht gesehen,« versuchte Olivia ihr Glück.

»Nein, das konnten Sie auch nicht. Sie kam, als ich gerade die heiße Schokolade kochte. Ich habe sie auch gleich wieder weggeschickt.«

»Was macht Miss Gaynesford, wenn sie nicht in ihrem Gewächshaus arbeitet?«

»Sie züchtet Reitpferde. Und sie hilft ihrem Vater. Mr. Gaynesford ist zwar viel jünger als sein Bruder, aber über siebzig muß er nun wohl auch sein. Da kann man schon Unterstützung vertragen. Seine Frau ist vor drei Jahren gestorben, seitdem ist er nicht mehr der alte.«

»Kommt er denn manchmal herüber, zum Tee oder am Abend?«

»Nein, der nicht. Der lebt nur für seine Schafe und für seine Kühe. ‚Wenn die Menschen so gutmütig wären wie meine Kühe, wäre es besser um die Welt bestellt,' sagt er immer. Dabei ist er ein tüchtiger Farmer. Er züchtet Wollschafe, widerstandsfähige Tiere, die das ganze Jahr über draußen bleiben können und immer feinere Wolle liefern. In mehr als vierzig Jahren kann man da schon was erreichen. Und er hat Milchschafe. Die große Käserei am Ausgang des Tales gehört ihm.«

»Dafür hält er auch seine Kühe?«

»Ja, genau. Alles Milchkühe. Ich glaube, Schlachtvieh könnte er nicht züchten. Und für Getreide ist das Land hier zu steil.«

»Was für Käse läßt er machen?«

»Oh, viele Sorten. Kommen Sie, wir machen einen Probier-Imbiß.« Dorothy stellte die Schale mit den inzwischen gewaschenen und mit Zucker bestreuten Erdbeeren unter einem Teller beiseite und brachte Käse aus der Speisekammer. Das Gespräch lief munter weiter und das Probieren machte Olivia ausgesprochenes Vergnügen. Sie aß sehr gern Käse, vor allem die verschiedenen österreichischen Bergkäsesorten. Englischem Käse hatte sie bisher nicht viel abgewinnen können. Überrascht stellte sie jetzt fest, daß er ebenfalls ausgezeichnet sein konnte und gänzlich ‚unenglisch'.

»Wenn Ihnen das so viel Freude macht, Miss Olivia, bestelle ich für Freitag die Sorten, die noch fehlen und Sie bekommen eine schöne Käsetafel zum Dinner. Mylady ißt das auch sehr gern.«

»Wird der Käse gebracht?«

»Ja, ja, zweimal die Woche. Dienstag- und Freitagnachmittag. In dieser Woche kam Bertie, das ist der Botenjunge, schon gestern.«

»Wann gestern?«

»Er stand in der Küche, als ich aus dem Salon zurückkam, nachdem ich die Schokolade eingegossen hatte. Ist denen in der Käserei was durcheinandergegangen. Aber glücklicherweise haben wir eine sehr gute Speisekammer.«

»Ich glaube, jetzt muß ich an die frische Luft. Ich habe einfach zu viel von diesem wunderbaren Käse gegessen.«

»Das war sehr vernünftig. Bei all der Aufregung braucht man hier und da eine Kleinigkeit zwischen den Mahlzeiten. Kommen Sie ruhig ungeniert vorbei, ich habe immer was für Sie.«

Als Olivia den Türknauf schon in der Hand hatte, hielt die Wirtschafterin sie noch einmal zurück: »Nennen Sie mich doch bitte Dorothy. Das tun alle hier, und Sie gehören doch quasi dazu.«

Die Luft im Garten war wundervoll würzig, es roch nach frischer Erde und Tannen. Olivia sah sich genauer um und fand, daß jedes der halbrunden Beete vor den Säulen, die das Dach über dem Gang von der Garage zum Haus stützten, mit einer frischen Mulchschicht aus gehäckselten Tannenzweigen bestreut war. Tief durchatmend schlenderte sie langsam über den Rasen. Das Gespräch mit Dorothy war herrlich unkompliziert verlaufen. Jetzt müßte ihr der Zufall noch ein Thema zuwehen, das den schweigsamen Alfred Jonas zum Reden brachte.

Wieder stand sie vor den Beeten, hinter denen es in den Obstgarten ging. Die Rosen waren abgehäufelt und zurückgeschnitten worden und die wundervollen blauen Akelei, die gestern im vorderen Beet aufgeblüht waren, fehlten. Nach ihnen werde ich Mr. Jonas fragen; entschlossen setzte sie ihren Weg fort.

»Ach, Miss, ich habe mich fast schwarz geärgert. Es waren die ersten Blüten und so wundervoll blau und Mylady freut sich immer ganz besonders an ihnen.«

Mr. Jonas war erwartungsgemäß im Gemüsegarten an der Arbeit. Jetzt stand er vor Olivia und versuchte, seine Hände an der Gartenschürze zu reinigen.

»Und sie blühten extrem früh, nicht wahr,« bemühte sich Olivia, das Gespräch weiterzubringen.

Ein fast verschmitztes Lächeln stahl sich auf Alfreds Gesicht: »Der alte Trick mit dem Hühnermist, wissen Sie.« Seine Miene verfinsterte sich wieder. »Ich hatte so gehofft, daß der Spuk über den Winter verschwunden wäre. Es macht mich verrückt, wenn ich mir vorstelle, daß das diesen Sommer so weitergeht wie im letzten.«

Offenbar waren das ganze letzte Sommerhalbjahr hindurch in fast jeder Woche Blumen verschwunden, darunter die schönsten Rosenblüten, noch im November die letzten zwei Knospen vor Myladys Salon. Man war nicht dahintergekommen, wer es war und wie es überhaupt möglich sein konnte, denn das Tor war am Abend zugesperrt. Olivia staunte nicht wenig über diese Geschichte.

»Haben Sie gesehen, wer gestern nachmittag hier aus- und eingegangen ist?«

Alfred stützte sich nachdenklich auf seinen Spaten. »Zuerst kam Sir Henry. Ein paar Minuten vor diesem armen Mexikaner. Der kam mit einem Taxi. Wahrscheinlich schon von High Wycombe her. Kurz darauf hörte ich den Tierarzt und Miss Gaynesford draußen miteinander reden, den Landrover vom Doktor hörte ich dann wegfahren und sie kam herein mit den ersten Erdbeeren. Weiter habe ich niemanden gesehen, weil ich dann zu den Rosenbeeten hintergegangen bin, von denen Sie jetzt kommen. Ich wußte, daß der Besuch im grünen Salon sein würde. So störte ich niemanden in dieser Hälfte des Gartens.«

»Dort war es sicherlich wundervoll ruhig?«

»Das dachte ich auch. Damit war's aber nichts. Irgendwer hat die ganze Zeit in der Bibliothek telefoniert. Bei offenem Fenster, manchmal wurde er ganz laut; nicht oft, aber zusammengefahren bin ich doch.«

»Wer war das?«

»Ich weiß es nicht, Miss. Ich habe ihn nicht gesehen. Aber Sir Henry würde niemals laut. Es muß wohl David gewesen sein.«

»David Gaynesford?«

»Ja, der macht das öfter. Mylady weiß es und hat nichts dagegen.«

»Wollen Sie damit sagen, er kommt hier ins Haus, um zu telefonieren?«

»Ja, jedenfalls für längere Gespräche. Es hat wohl immer wieder Ärger mit seinem Vater gegeben. Farmer Gaynesford findet sowieso, daß sein Sohn ein Tagedieb ist und die langen Telefongespräche sind ihm ein Dorn im Auge.«

»Lady Gaynesford sieht das anders?«

»Das tut sie. Sie lebt ja auch in einer anderen Welt, einer mehr geistigen, sozusagen. Da kann sie leichter verstehen, daß ihr Neffe alte Kulturen studiert. Und daß er jetzt Doktor werden will; und daß er seine Arbeit über so ägyptische Sachen schreibt, muß sie ja freuen, denke ich. Und überhaupt ist sie ein sehr großzügiger Mensch.«

Dorothy kam winkend in den Gemüsegarten. »Miss Olivia, Ihr Telefongespräch ist gekommen. Ein Herr Milne ist am Apparat. Sie gehen am besten in die Bibliothek, da sind Sie ungestört. Ich stelle dahin durch.« Weg war sie. Olivia lief ins Haus und schloß die Tür zur Bibliothek hinter sich.

»Richard?«

»Ja, ich bin's.«

»Richard, aus unserem ‚netten kleinen Problem', wie Du es genannt hast, ist ein Verbrechen geworden. Unsere Person XY wurde zum Mörder, als ich daneben stand. Und ich bin so ahnungslos, daß ich vor Wut und Hilflosigkeit alles hinschmeißen könnte.«

»Das paßt nicht zu Dir! Im übrigen bin ich notdürftig informiert. Du weißt ja, bei Mord an Ausländern, die in staatlichem Auftrag in England sind, wird Scotland Yard unweigerlich hinzugezogen. Die Nachricht aus Buckinghamshire kam genau zur Zeit der Routinekonferenz am Mittag herein. Ich habe mein Interesse bereits zu Protokoll gegeben und bin zuversichtlich, den Fall übertragen zu bekommen. – Ansonsten finde ich Deinen Weg gut, über Leonard Kontakt zu halten und bleibe Mr. Milne. Warum eigentlich gerade ‚Milne'?«

»Pooh, der Bär. Erinnerst Du Dich an ihn? Als ich mit den Händen auf dem Rücken durch den Garten ging, fiel er mir ein und ich fühlte eine gewisse Verwandtschaft – genau so wenig Verstand und so viel guter Wille. Immerhin ist Pooh manchmal viel klüger als er glaubt und tut dann sehr nützliche Dinge. Ich will also die Hoffnung nicht aufgeben.«

Richard lachte laut. »Olivia, Du bist unverbesserlich. Statt alles hinzuwerfen, hast Du sicher bereits angefangen, Licht in die Sache zu bringen.«

»Ich habe es versucht.«

»Sehr gut. Schreib alles auf, am besten gleich. Was wirst Du heute noch machen?«

»Sir Henry kommt zum Abendessen, der Sohn von Lady Gaynesford. Er war gestern ebenfalls hier.«

»Wunderbar. Du bekommst ein privateres Bild von ihm als die Polizei. – Wenn ich so nachdenke, halte ich es für das Nützlichste, Du machst Deine Aufzeichnungen auf Deutsch, mit möglichst vielen

Abkürzungen und, wenn es ohne Verwirrung zu stiften geht, ohne Namen. Eine reine Vorsichtsmaßnahme zu Deinem Schutz, man weiß ja nie. – Und noch etwas geht mir durch den Kopf. Der Täter oder die Täterin muß sich sehr sicher gewesen sein, daß der gestrige Zeitpunkt eine gute Gelegenheit war. Bitte, denk darüber nach, wo der Plan schiefgelaufen sein könnte. – Ich glaube, mehr fällt mir jetzt nicht ein. Olivia, im Geiste des Apfelbaumes, bis morgen.«

Olivia lachte, nicht gerade fröhlich, doch ein wenig leichter. Dabei hatte sie wohl das Klopfen an der Tür überhört, denn Dorothy stand mit allen Zeichen der Entschuldigung im Türrahmen: »Miss Olivia, Kommissar Taylor ist zurückgekommen und möchte Sie sprechen. Er wartet im gelben Salon.«

»Ja, ist gut. Danke, Dorothy.« Die Tür schloß sich wieder.

»Hast Du gehört, Richard? Unser hiesiger Polizeivertreter ist zurück und möchte herausfinden, was ich zur Aufklärung beitragen kann. Auch ihm gegenüber bin ich nur als Journalistin hier?«

»Sowieso!«

»Und auch er erfährt einstweilen nicht, daß wir uns kennen?«

»Natürlich nicht!«

Drei Minuten später streckte Olivia Kommissar Taylor die Hand entgegen. »Sie wollen mich sprechen?«

»Guten Tag. Miss Lawrence?«

»Die bin ich. Wir sind einander bereits gestern vorgestellt worden, erinnern Sie sich?«

»Ja, ich erinnere mich. Sie waren gestern bei der Tat anwesend?«

»Ich war anwesend, als Señor Ramos gestern nachmittag zusammenbrach, wenn Sie das meinen.«

»Genau das meine ich. Wir müssen der Tatsache ins Auge sehen, daß es sich um Mord handelt, Miss Lawrence, herbeigeführt durch ein Gift, das so schnell wirkt, daß Herr Ramos es vor Ihren Augen zu sich genommen haben muß. Unser Labor konnte Zyankali sowohl an der Leiche als in dem Schokoladenrest nachweisen, der sich in der Tasse befand, die wir dem Toten aus der Hand nahmen. Der Beweis ist zwingend. Wir müssen nun herausfinden, wer das Gift in die Tasse getan hat.«

Sie gingen hinüber in den grünen Salon.

Olivia dachte nach: »Mrs. Jonas brachte ein Tablett mit vier leeren Tassen, die nebeneinander auf Untertassen standen, jeweils mit einem Kaffeelöffel. Dazu eine Kanne heiße Schokolade, aus der sie allen eingoß.«

»Haben Sie ihr dabei zugeschaut?«

»Letztlich nein. Sie stand mit dem Rücken zu uns, so daß ihr Körper das Tablett verdeckte.«

»Gab Mrs. Jonas selbst jedem seine Tasse?«

»Beinahe. Sie gab die erste Tasse an Lady Gaynesford, wie sie das immer macht und Lady Gaynesford gab sie an Señor Ramos weiter.«

»Kann die Lady dabei das Gift hineingegeben haben?«

»Nein. Lady Gaynesford nahm die Tasse mit beiden Händen und reichte sie auch so weiter.«

»Wer reicht denn eine Tasse mit beiden Händen weiter?«

»Zum Beispiel ein älterer Mensch, dessen Hände manchmal leicht zittern, wie das bei Lady Gaynesford der Fall ist.«

»Also muß es Mrs. Jonas gewesen sein?«

»Oder ein Unbekannter, der das Gift bereits im Eßzimmer hineintat. Das Tablett stand dort auf dem linken der beiden Wandtische vorbereitet; es fehlte nur die Kanne.«

»Seit wann stand es dort?«

»Das müßten Sie Mrs. Jonas fragen. Lady Gaynesford und ich hatten gemeinsam Lunch und waren gegen ein Uhr mittags fertig. Das bedeutet einen Zeitraum von knapp drei Stunden.«

»Was taten Sie in diesen drei Stunden?«

»Nach einer kurzen Pause arbeitete ich in der Bibliothek, gegen viertel vor vier ging ich in mein Zimmer, um mich frisch zu machen und kam verabredungsgemäß kurz vor vier in den grünen Salon.«

»Hat Sie jemand in der Bibliothek gesehen?«

»Das weiß ich nicht, aber es ist eher unwahrscheinlich.«

»Was arbeiteten Sie?« Kommissar Taylor wollte weiter wissen, wie sie zu ihrem Auftrag gekommen war und wann und wo sie Lady Gaynesford kennengelernt hatte. Schließlich verabschiedete er sich. In der Tür, sie hatten die ganze Zeit über im grünen Salon gestanden, drehte er sich noch einmal um: »Sie hätten auch Gelegenheit gehabt, das Gift in die Tasse zu tun.«

»Sicher,« antwortete Olivia gelassen.

12

Henry schien unter seiner ruhigen Fassade einigermaßen aufgebracht zu sein. So kam es Olivia jedenfalls vor. Sie saß mit Lady Gaynesford und ihm im Eßzimmer beim Dinner, über eine Stunde verspätet, denn pünktlich mit Sir Henry hatte sich auch Kommissar Taylor eingefunden.

»Ich werde den Verdacht nicht los, Mutter, daß dieser Kommissar der Überzeugung ist, einer von uns Dreien muß der Täter sein; es sei denn, wir beweisen, daß es Dorothy ist.«

»Bitte, Henry.«

»Entschuldige, Mutter. Aber einen anderen Schluß läßt seine Art, Fragen zu stellen, nicht zu. – Hast Du heute von Fennimore gehört?«

»Ja, er kam kurz nach Mr. Taylor. Wir setzten unser unterbrochenes Frühstück gemeinsam mit ihm fort und hatten ein angenehmes Gespräch.«

»...das sich demnach nicht mit dem gestrigen Todesfall beschäftigte?«

»Ich halte Mord, wenn es sich einrichten läßt, nicht für ein geeignetes Thema bei Tisch.«

Henry nickte: »Señor Ramos starb an Zyankali, das sich in seinem Körper und der Schokolade in seiner Tasse nachweisen ließ. Ein völlig klarer Tatbestand, das wahre Vergnügen für jeden Richter. Bleibt die Frage, wie das Gift in die Tasse hineinkam. Wir drei standen mit ihm im Raum, dazu Dorothy, die einschenkte. Sie gab Dir die erste Tasse,« er sah seine Mutter gedankenvoll an, »Du reichtest sie an Señor Ramos weiter und bekamst die nächste Tasse von Dorothy, danach Miss Lawrence und ich. Während dieser Zeit hätte niemand von uns bemerkt, wenn Señor Ramos sich das Gift in seine Tasse gegeben hätte; umgerührt hat er, daran erinnere ich mich. Er trank und starb.«

Alle drei schwiegen und für eine Weile hörte man nur das Klappern des Bestecks.

Schließlich wandte sich Lady Gaynesford wieder an ihren Sohn: »Wenn ich Dich richtig verstehe, plädierst Du auf Selbstmord?«

»Es ist die einzige Möglichkeit.«

»Formal gesehen hast Du recht. Aber bitte, versuch, Dich an ihn zu erinnern. Wie aufrecht und konzentriert er dastand, höflich und mit einem festen Ziel vor Augen. Ich hatte den Eindruck, aber bitte, es war nur mein persönlicher Eindruck, daß ihm sehr viel an seinem Auftrag lag. Er gehörte nicht zu jenen Vollstreckungsbeamten, die dastehen: ‚Mein Ministerium beauftragte mich' und so weiter und so weiter – und zurückkehren, um genauso lapidar die Antwort zu überbringen. Er wollte wirklich etwas erreichen – nicht gleich gestern, aber schließlich doch. So ein Mensch begeht nicht Selbstmord. Ich halte das für gänzlich ausgeschlossen.«

»Er war Mexikaner.«

»Mexikaner bringen sich genausowenig um wie Engländer, wenn sie mit Energie und Anteilnahme bei ihrer Arbeit sind.«

Nachdenklich aßen sie weiter, bis sich Lady Gaynesford an Olivia wandte: »Miss Lawrence, meine Liebe, wir beschäftigen uns mit einem ausgesprochen unerquicklichen Thema. Dennoch werden auch Sie sich Ihre Gedanken gemacht haben?«

Olivia sah von ihr zu Henry hinüber. »Ja, ich habe mir meine Gedanken gemacht,« antwortete sie zögernd. »Ein Ergebnis ist, daß es zumindest eine weitere Möglichkeit gab, das Gift in die Tasse zu praktizieren: als ich gestern in den grünen Salon kam, stand das Tablett mit den blauen Tassen im Eßzimmer. Mir drängt sich die Frage auf, wie lange es dort stand und wer die Möglichkeit hatte, ungesehen daran vorbeizukommen.«

»Damit nehmen Sie die Mordthese der Polizei wieder auf.« Sir Henrys Stimme klang sehr kühl.

»Ja, das tue ich. Selbstmord ist die eine Möglichkeit, Mord noch immer die andere.«

»Und wie stellen Sie sich das vor?«

»Das Tablett stand im Eßzimmer. Das verwendete Zyankali ist eine durchsichtige Flüssigkeit, von der zwei bis drei Tropfen zur Vernichtung eines Menschen ausreichen.«

»Woher wissen Sie das?«

»Von Kommissar Taylor. Wenn man diese Flüssigkeit in eine innen weiße Tasse gibt, wie sie in diesem Fall verwendet wurde, und vielleicht noch die Nerven hat, sie etwas herumzuschwenken, werden die Tropfen Dorothy beim Einschenken mit Sicherheit nicht mehr auffallen, zumal sie weiß, daß sie das Geschirr ordentlich gespült und getrocknet hat und es keiner Kontrolle mehr bedarf.«

»Damit sind wir im Bereich der Spekulationen.«

Olivia erwiderte Henry Gaynesfords kühlen Blick. »Ja, das ist wahr. Doch ohne alle denkbaren Möglichkeiten zusammenzutragen, geht es nicht. Nur, indem man jede sorgfältig zu verifizieren versucht, wird man sich, hoffentlich, der Wahrheit nähern.«

»Es ist jedoch Zeitverschwendung, über Möglichkeiten zu sinnieren, bevor alle erreichbaren Fakten vorliegen.«

»Und welche fehlen?«

»Fast alle. Wir brauchen genaue Angaben über die Person des Toten, über den Auftrag, der ihn zu meiner Mutter führte, über denkbare weitere Aufträge in England und über mögliche private Beziehungen zu unserem Land. Es ist durchaus anzunehmen, daß der Fall auf diesem Wege geklärt wird.«

Olivia sah ihn aufmerksam an, während er sprach. Henry Gaynesford saß mit vollständiger Gelassenheit vor seinem Essen, die Empörung, die sie zu Anfang der Mahlzeit an ihm wahrgenommen hatte, war verschwunden. Konnte es möglich sein, daß er von einer rein innermexikanischen Angelegenheit so überzeugt war, daß er nicht einmal den Schatten einer anderen Möglichkeit in Erwägung zog? Arbeitete sein Gehirn wirklich so ökonomisch? Andererseits mußte sie einräumen, daß er von dem Zyankali im Wasser der Karaffe nichts wußte.

»Mein Sohn ist in beruflichen Zusammenhängen immer äußerst knapp. ‚Aus jedem Wort kann ein Strick werden.' In diesem Sinne. Sie verstehen, was ich damit sagen will?«

Als Olivia leicht nickte, fuhr Lady Gaynesford fort: »Im Fall von Señor Ramos mischen sich berufliche und private Elemente. Sehen Sie, ich begann schon zu spekulieren, als der so unbefriedigende Brief vom mexikanischen Kultusministerium kam. Das würde mein Sohn nie machen. Er ist immer, ganz im Gegensatz zu mir, mit einer naturwissenschaftlichen Sachlichkeit den Menschen gegenübergetreten; für seinen Beruf als Richter bedeutet das eine unschätzbare Qualität.« Sie legte ihr Besteck auf den inzwischen leeren Teller und schob ihn beiseite.

»Bleiben wir beim Privaten, es will mir heute besser gefallen. Wie, Henry, geht es Laureen? – Sie haben meine zukünftige Schwiegertochter gesehen,« wandte Lady Gaynesford sich an Olivia,

»wenn Sie sich an den Wirbel von Energie und Tatkraft erinnern, der durch den Speicher flog, als wir das allererste Mal dort oben Arbeiten von mir ansahen.«

Olivia holte sich die junge Frau mit der Überfülle blonder Haare ins Gedächtnis zurück.

Während Teller und Schüsseln abgeräumt und das Dessert serviert wurde, erfuhr sie weiter, daß Sir Henry nun doch, er mußte Mitte Vierzig sein, heiraten wollte. Vor etwa vier Monaten hatte er seine Mutter mit dieser Nachricht überrascht und durchaus erfreut. Laureen Brook, sie war zehn Jahre jünger als ihr Zukünftiger, stammte aus einer angesehenen Juristenfamilie und war Strafverteidigerin geworden. Sie kannte Henry seit zwei Jahren, im Juni wollten sie heiraten. Das erste Zusammentreffen mit ihrer Schwiegermutter geschah bei einem Abendessen in der Stadtwohnung der Gaynesfords, einer großzügigen Etage in der Charles Street, die seit mehreren Generationen in Familienbesitz war und inzwischen weitgehend von Sir Henry bewohnt wurde. Lady Gaynesford beanspruchte lediglich ein Schlafzimmer mit Bad für ihre kurzgewordenen Aufenthalte in London.

So weit die Fakten. Olivia stand in ihrem Bad und putzte sich die Zähne. Was für ein Typ Frau diese Laureen wohl sein mochte? Würde es ihr etwas ausmachen, daß im Haus ihrer zukünftigen Schwiegermutter ein Mord verübt worden war? Fürchtete sie einen Skandal? War Henry deswegen so erpicht auf Selbstmord? Oder war Selbstmord wichtig für seine fleckenlose Richterweste?

Spekulationen statt Fakten, stellte sie vergnügt fest und fand es äußerst unterhaltsam, sich das frische Ehepaar vor dem abendlichen Kamin vorzustellen: Lady Laureen würde über mögliche Emotionen, Verwirrungen und Spontanreaktionen des Straffälligen philosophieren, den sie gerade verteidigte, um dessen Tat zu verstehen und das Strafmaß abzumildern; Sir Henry ihr gegenüber würde immer nur wiederholen: »Das sind doch keine Fakten.«

Morgen beim Frühstück sollte ich mich mit Lady Gaynesford noch ein wenig über ihre Kindheit in Belize unterhalten, überlegte Olivia im Einschlafen, dann könnte ich die ersten, biographischen Kapitel für ‚Arts and Artists' schreiben.

13

Lady Gaynesford ging auf Olivias Wunsch bereitwillig ein. »Das Haus, in dem ich aufwuchs, war aus Holz gebaut, mit einem steilen Dach und weiten Veranden. Alle Farmhäuser in Belize sehen so ähnlich aus, unseres unterschied sich von den anderen durch die Begeisterung meiner Mutter für Farben: Geländer und Stützpfeiler der Veranden, Türen und Fensterrahmen waren dunkelgrün, der Boden und die Treppen weiß, die Außenwände des Hauses hellgelb. Die Sitzmöbel auf der südlichen Balustrade waren in dunklem Gelb gestrichen, auf der nach Westen in heiterem Orange, im Osten in einem wundervoll intensiven Blau und in Violett nach Norden. Die Flure, die von allen vier Seiten gerade auf die zentrale Eingangshalle und das Treppenhaus zuliefen, waren burgunderrot, aufgehellt durch weiße Türen und Fußleisten und das weiße Treppengeländer im Zentrum des Hauses. Hier waren auch die Möbel weiß. Auf dem Boden lag ein gewaltiger Teppich mit Indianermustern in allen vorstellbaren Rottönen.«

»Und die Räume?« fragte Olivia, der diese Farborgie beinahe den Atem verschlug.

»Jeder Raum hatte seine eigene Farbe, jeder war anders. Zum Beispiel der Empfangsraum. Er war grün gehalten: dunkelgrün der Teppich, sehr hellgrün die Wände, die Möbel aus einem hellen braunen Tropenholz, die Polster von grünschimmerndem Damast, die Vorhänge dunkel in der Grundfarbe mit Blättern, die die Wandfarbe wieder aufnahmen. Das Wohnzimmer war beige und hellbraun mit Ebenholzmöbeln, das Eßzimmer Mahagoni mit Goldtönen und so fort. Mein Kinderzimmer machte eine Ausnahme, die Wände waren weiß; die einzige Möglichkeit bei der Überfülle von Bildern, die ich dort aufhängte.«

»Was für Bilder waren das?«

Die alte Dame schaute ins Weite. »Es war wie in allen Kinderzimmern: Bilder vom Urwald, von Jaguaren und Vögeln; vom alten Europa. Später wechselte meine Neigung ein wenig zur Kunst, zu Renoir vor allem, es hing dort auch die nebelverhangene Themse von Monet.« Sie mußte lachen. »Doch eigentlich waren zunehmend mehr Bilder von mir selbst gemalt.«

Dorothy brachte frischen Toast und weiche Eier.

»Das Leben verlief wie auf allen Farmen. Meine Mutter führte das Haus mit seinem Personal. Als ich mal nachrechnete, kam ich auf ungefähr zwanzig Dienstboten, die meisten waren Indianer. Draußen auf den Plantagen arbeiteten Schwarze, sie machen noch heute den größten Teil der Bevölkerung von Belize aus, das war der Bereich meines Vaters. Er hatte von seinem Vater riesige Kiefernwälder geerbt und führte den Holzhandel fort. Um unabhängiger vom Weltmarkt und auch vom Wetter zu werden, ließ er Bananen- und Kaffeeplantagen anlegen und weitläufige Cashew-Haine großziehen, die seinen Kakaopflanzen sicheren Schatten gaben. Im Schatten des Kakao wiederum ließ er Ingwer pflanzen. In der Nähe unseres Hauses gab es ein riesiges Karree aus Stangen, an dem Vanille heraufrankte. Sie blüht von April bis August und ich liebte es, in diesem wundervollen Duft zu liegen und zu lesen.«

Lady Gaynesford hielt inne und sah Olivia an. »Sie werden all das, was ich Ihnen jetzt erzähle, aber nicht in Ihren Artikel schreiben, nicht wahr?«

Olivia lachte: »Nein, obwohl jedes Detail wert wäre, aufgeschrieben zu werden. Ich halte mich an die Richtlinien; vielleicht gelingt es mir, in dem einem Absatz, den ich Ihrer Kindheit widmen darf, ein wenig davon sehen und riechen zu lassen. – Erzählen Sie, bitte, was befand sich in dem Karree, umrahmt von Vanille?«

»Unser Garten. Es war vor allem ein Obst- und Gemüsegarten für die Küche. Natürlich wuchsen auch alle möglichen Kräuter hier, meine Mutter beriet sich oft mit den Indianerfrauen, deren Kenntnisse über die Heilkräfte der tropischen Pflanzen sie sehr interessierten. Besonders beeindruckte sie die vielseitige Verwendung jeder einzelnen Pflanzenart. Ich erinnere mich zum Beispiel an den Gänsefuß, eine Pflanze, die ungefähr einen Meter hoch wird, nicht sehr interessant aussieht, aber wundervoll duftet, als Kind wächst sie einem genau bis zur Nase. Die Indianer gewannen Medizin daraus, ich habe vergessen wofür. Man konnte die Blätter als Tee verwenden, in Europa kannte man ihn als Jesuitentee, bei uns wurde der Gänsefuß als Gewürz an Fleisch und Gemüse gegeben, und ich weiß, das er zur Likörherstellung und für Parfüms verwendet wurde.«

Olivias Interesse drängte die alte Dame weiter: »Oder die wunderbaren Cashewbäume. Sie lieferten das ‚weiße Mahagoni', ein

Holz, das kaum je fault und gern für Häuser und Schiffe verwendet wurde. Von dem lebenden Baum gewann man aus dem Stamm Gummi, aus den Blättern ein Desinfektionsmittel, aus den Früchten Obstsaft, Wein und Marmelade, eine köstliche noch dazu. Die Schale der Früchte lieferte Cashew-Öl, das wasserunlöslich ist und zum Imprägnieren, Lackieren und gegen Insekten verwendet wurde. Dann gibt es noch die Cashew-Nüsse, die zum Kochen dienten. Wir Kinder aßen sie auch einfach so, genauso wie die Menschen heute hier in England. Die Indianer stellten aus ihnen eine Medizin gegen Magenkrankheiten her. Sehen Sie, diese Vielfalt war es, die meine Mutter in ihren Bann gezogen hatte.«

»Ja, das verstehe ich. Ein Apfelbaum ist eben einfach ein Apfelbaum, wir freuen uns an seinen Blüten, essen seine Früchte und am Ende heizen wir mit ihm.«

»Dem Walnußbaum geht es etwas besser, sein Holz ist wundervoll, ich habe es sehr gern für meine Arbeiten benutzt.«

»Was wuchs im Garten Ihrer Mutter, erinnern Sie sich daran?«

»Ich erinnere mich an die Mandel- und Mandarinenbäume, sie waren ziemlich klein und kugelrund geschnitten. Die Kugelakazien hier sehen ihnen ein wenig ähnlich.« Ihr Blick wanderte in den Garten hinaus. »Ja, und es gab Tomaten und Paprikaschoten und Auberginen ... mir ist vor allem die Farbenpracht im Gedächtnis geblieben. So bunt waren auch meine Bilder, die ich im Kinderzimmer aufhängte.«

»Haben Sie damals schon geschnitzt?«

»Nein, überhaupt nicht. Es fehlte wohl ganz einfach die Anregung. – Ja, Dorothy?«

Sie hatten auf ihr Kommen nicht geachtet und eine leichte Verärgerung über die Unterbrechung war der Hausherrin anzuhören.

»Mylady, ich bitte sehr um Entschuldigung, daß ich auch heute Ihr Frühstück störe. Kommissar Taylor ist wieder da und er hat einen Kollegen aus London mitgebracht.«

Lady Gaynesford sah auf die Uhr. »Ich begreife, wir frühstücken zu lang für den normalen Lauf der Welt. Miss Olivia, es macht mir zu meiner eigenen Überraschung großes Vergnügen, in Kindheitserinnerungen zu stöbern, und ich danke Ihnen für diesen schönen

Tagesanfang. Sie haben genügend Material für den verbleibenden Vormittag?«

Als Olivia das bestätigte, erhob sie sich. »Sie wissen, alle Bücher und alle Skulpturen in diesem Haus stehen Ihnen jederzeit zur Verfügung. Bewegen Sie sich völlig frei. Ich werde jetzt wohl oder übel hören, was die Polizei zu sagen hat. – Dorothy, bitte führen Sie die Herren in den gelben Salon.«

Während die alte Dame leicht auf ihren Stock gestützt davonschritt, verschwand Olivia in der Bibliothek; hinter der nicht ganz geschlossenen Tür hörte sie Kommissar Taylor seinen Kollegen vorstellen: »Chiefinspektor Bates von Scotland Yard, Madam. Wir haben ihn hinzuziehen müs...« Olivia schloß leise die Tür. Richard hatte es also geschafft, den Fall zu bekommen. Das war gut.

Sie ging zum Schreibtisch hinüber, der in seiner ganzen ausladenden Größe mit Stößen von Arbeitsmaterial vollgehäuft war. Nach kurzem Nachdenken wandte sie sich ab. Der Text über Lady Gaynesfords Kindheit mußte bis zum Abend warten. Jetzt war die ideale Gelegenheit, anderen Fragen nachzugehen. Sie hinterließ zur Sicherheit eine kurze Nachricht, daß sie spazierengegangen und spätestens zum Lunch zurück sei. Behutsam öffnete sie die Terrassentür einen Spalt, auf keinen Fall sollte man vom gelben Salon her aufmerksam werden, deswegen ging sie auch nicht hier hinaus. Sie griff nach einer großen Strickjacke, rollte sie zu einem kleinen Bündel fest zusammen und klemmte sie unter den Arm. Dann öffnete sie das Fenster im Kabinett hinter der Bibliothek, stieg nach draußen und schob die Fensterhälfte wieder nach unten. Niemand würde bemerken, daß das Fenster nicht verriegelt war. An den Rosenbeeten vorbei gelangte sie durch die Mauer in den Obstgarten. An den Stamm eines Apfelbaumes gelehnt holte Olivia zweimal tief Luft. Alfred war heute nicht beim Gemüse, stellte sie im Weitergehen fest, und auch nicht im Hof. Lediglich die Polizeiwagen parkten neben ihrem Auto. Behutsam glitt sie durchs Tor und stand auf der Straße. Fabelhaft. Ob sie wohl jemand gesehen hatte? Nun, das würde sie schon noch herausfinden.

14

Genau ihr gegenüber lag der Eingang zu Farmer Gaynesfords Hof. Der war ihr Ziel. Die Tore standen weit offen und Olivia schritt unternehmend hindurch. Als erstes kam sie an einem riesigen Kuhstall vorbei, hinter dem ein weiterer genauso großer Stall lag, wenn Stall überhaupt das richtige Wort war. Die Türen waren weit geöffnet, alles wirkte lebendig und geschäftig. Niemand achtete auf sie. Geradeaus lag das Wohnhaus, rechter Hand erstreckten sich mehrere Wirtschaftsgebäude für landwirtschaftliche Maschinen und Futtermittel, wie ihr ihre Nase mitteilte. Sie ging daran entlang und an zwei offenen Scheunen vorbei; ‚Dutch Barns' nannten die Engländer diese ausladenden Dächer auf Stelzen, als wollten sie für so viel Sparsamkeit beim Bau von Lagerhallen nicht selbst verantwortlich gemacht werden. Die Dutch Barns im Rücken stand sie vor den Pferdeställen. Diese umschlossen drei Seiten eines gepflasterten Karrees und sahen sehr neu und sehr gepflegt aus. Zwischen die Ställe hatte man sechs Kastanien gepflanzt, die in einigen Jahren schützenden Schatten spenden würden. Als Olivia auf diesen Innenhof zuging, kam ein kapitaler Ziegenbock auf sie zu und senkte die Hörner. An ihm vorbei gab es kein Weiterkommen. Eine junge Frau drehte sich herum, stellte ihren Schubkarren beiseite und kam auf Olivia zu.

»Kann ich Ihnen behilflich sein?« Die Frage war freundlich und definitiv, bei den Pferden würde Olivia nicht mehr umstandslos herumschlendern können.

»Entschuldigen Sie, daß ich hier einfach eindringe. Ich bin Olivia Lawrence.«

»Oh, das ist schön, ich bin schon richtig neugierig auf Sie geworden.«

»Neugierig, auf mich?«

»Die interessantesten Nachrichten dringen seit einigen Tagen in meine Ställe. Und wenn man die Pferde striegelt, hat man viel Zeit, darüber nachzudenken. Entschuldigen Sie, bitte, ich bin Rebecca Gaynesford, die Nichte von Lady Gaynesford. Meinen Bruder David haben Sie schon kennengelernt. Er erzählte uns als erster von Ihnen. – Auf dem Land ist jedes neue Gesicht willkommener Gesprächsstoff,« fügte sie entschuldigend hinzu und streckte Olivia die Hand entgegen. Diese schaute in ein klares offenes Gesicht mit ungewöhnlich hellen braunen Augen; eine Vielzahl vorwitziger Locken, deren größter Teil mit einem bunten Tuch nach hinten gebunden war, umrahmten es. Die junge Frau trug einen riesigen Wollpullover in vielen Pastellfarben, darunter noch mehrere T-Shirts, Jeans und Stiefel.

»Ihre Erdbeeren waren ein großer Genuß, nicht nur für den Gaumen, auch für die Augen. Ich hoffe, Sie sehen mir nach, daß ich davon gegessen habe. Es gab sie gestern zum Lunch.«

»Gestern? Haben sie das Liegen ausgehalten?«

»Dorothy hat einen ausgezeichneten Vorratskeller.«

Rebecca lachte. »Sie haben recht. Es freut mich, daß sie Ihnen geschmeckt haben. Kommen Sie, wir holen uns welche und schieben einen Tee ein. Haben Sie Lust? Und Zeit? Ich will natürlich nicht über Sie herfallen. Aber Sie haben drüben alles miterlebt und müssen mir unbedingt genau davon erzählen.«

Olivia strahlte sie an. »Und ob ich Zeit habe. Und wie gern ich Ihr Angebot annehme. Ich drücke mich, genau betrachtet, vor meiner Arbeit, weil drüben die Polizei den Frieden stört. Sie verstehen?«

Natürlich verstand Rebecca das. In lebhaftem Gespräch gingen die beiden zum Gewächshaus hinüber. Olivia schaute sich um und stellte viele Fragen. Als sie schließlich mit einigen Erdbeeren auf das Wohnhaus zugingen, hatte sie einen klaren Eindruck von dem Geist gewonnen, mit dem Rebecca auf dem Hof ihres Vaters waltete.

Die beiden betraten eine große Wohnküche direkt vom Garten aus. Sie war mit alten Fichtenholzmöbeln eingerichtet. Olivia gefiel besonders die offene Anrichte, die fast bis zur Decke hinaufreichte und mit altem, farbigen Porzellan vollgeräumt war. Von der Decke herab hingen verschiedene Trockensträuße, vor den Fenstern grüngelb karierte Vorhänge. Auf dem Tisch stand eine Vase mit Osterglocken. Olivia folgte der Aufforderung und setzte sich, während Rebecca Wasser zum Kochen brachte und die Erdbeeren wusch.

»Sehen Sie Lady Gaynesford häufig?« pirschte Olivia sich vorsichtig näher an den Kern ihres Interesses.

»Nicht sehr oft, ich habe nicht viel Zeit. Die Erdbeeren und andere Aufmerksamkeiten in dieser Richtung ersetzen manches Händeschütteln. Ich mag sie, wissen Sie, aber wir haben nicht viele gemeinsame Themen.«

»Und Sir Henry?«

»Du lieber Himmel, verschonen Sie mich mit dem. Das ist ein Langeweiler, seit ich ihn kenne. Wir sehen uns nur noch bei Geburtstagen und zu Weihnachten und auch dann reden wir nicht viel.«

»Seinen juristischen Rat brauchen Sie auch nicht?«

»Vaters Angelegenheiten erledigt eine Anwaltskanzlei in London – seit ewig, das reicht.«

»London ist nicht gerade nebenan ...«

»Aber weit ist es auch nicht. Die Kanzlei in Lincoln's Inn existiert seit Generationen, und wahrscheinlich genauso lange arbeitet sie für unsere Familie. Daran etwas zu ändern, sieht Vater keinen Grund, schon gar nicht wegen Henry, außerdem ist er ja Richter.«

»Stimmt.«

»Haben Sie ihn kennengelernt?«

»Ja, ich sah ihn zweimal.«

»Und?«

»Nun, ich glaube, ich verstehe Ihre Meinung sehr gut. Das Gespräch beim Abendessen war etwas schwierig.«

»Sie Ärmste. Aber warum sprachen Sie denn nicht über den Mord, der bringt doch endlich ein spannendes Thema auf.«

»Sir Henry hält diesen Mord für Selbstmord, und Lady Gaynesford redet nur darüber, wenn es sich nicht vermeiden läßt; die Polizei zwingt sie oft genug dazu.«

»Aber Sie müssen es doch aufregend finden, oder nicht? Erzählen Sie mir, wie es passierte.«

Olivia tat ihr den Gefallen. Sie hielt sich streng an die Fakten und erlebte mit steigender Verwunderung, wie Rebecca durch immer neue Fragen eine Geschichte daraus zu machen begann. Auf diese Weise plauderten sie mehrere Teetassen lang. Schließlich erhob Olivia sich. Mit der ehrlichen Einladung, jederzeit wieder herüberzukommen, sei es fluchthalber oder aus Lust auf einen gemütlichen Tee, wurde sie am vorderen Hauseingang verabschiedet. Als sie wieder an den Kuhställen entlangschritt, rollte ein alter Landrover von der Straße herein und im Weitergehen hörte sie eine sehr private Begrüßung.

Von der Hofeinfahrt aus sah sie die Polizeiwagen noch immer neben ihrem Saab stehen, Richard arbeitete demnach noch in Greystone Manor. Keine Menschenseele war um die Wege. Sie wandte sich nach rechts und schritt zügig die schmale asphaltierte Straße in Richtung Copper Hill davon. Die Hecken zu beiden Seiten und die hier und dort darin wachsenden Bäume waren so hoch, daß sie in einem grünen Tunnel gefangen schien, die Straße verlief fast einen Meter tiefer als das Land ringsum. Ihr fielen Überlegungen eines westindischen Schriftstellers ein, die er sich zu diesen tiefen Wege, die England so weit durchziehen, gemacht hatte: manche sah er als das frühere Bett eines uralten Flusses, andere als Weg, auf dem vielleicht einst Gänse nach London getrieben worden waren, oder als alte Postkutschenstraße, durch das stete Rollen der Räder immer weiter in die Erde eingegraben. Und er stellte sich vor, wie sehr die Biegungen und Schatten, die uneinsehbaren Kurven eine Freiheit zur Heimlichtuerei befördern mußten, wie er es nannte. Zurückgezogen, unbeobachtet, geheim, das waren die Haupteigenschaften. Letzteres hatte Olivia nicht überzeugt. Wege wurden benutzt und die Menschen, die sie benutzten, sahen sich um und sie waren neugierig. Niemand ist wirklich unbeobachtet, dachte Olivia, während sie gerade so eine Straße entlangging, nichts ist wirklich geheim. Wer sich zurückziehen will, muß in die Stadt gehen.

Die Straße hatte sich wieder auf gleiche Höhe mit ihrer Umgebung erhoben, Häuser tauchten hinter der Kurve auf, die Kirche und schon war sie mitten in dem kleinen Ort. Die Türglocke schepperte, als sie den Dorfladen betrat, der auch eine Poststation führte. Die Blicke der Postlerin, einer molligen Frau mit leicht gerötetem Gesicht, verschlangen sie förmlich, während sie zwei Karten aussuchte und Briefmarken verlangte. Als sie das Wechselgeld bekam, platzte es aus der Frau heraus: »Sind Sie die junge Dame aus dem Manor House? Sie haben so wunderschöne Stricksachen an und Mrs. Wotheridge, das ist die Pfarrersfrau, erzählte, wie schön Sie stricken können und daß Sie alles selber entwerfen und jetzt kann ich es mit eigenen Augen sehen.« Sie hielt inne. Wahrscheinlich nur, um Luft zu holen, dachte Olivia bei sich. Sie war verblüfft, ließ sich das jedoch nicht anmerken. Stattdessen bestätigte sie freundlich, daß sie war, für wen man sie hielt, und daß es sie freue, wenn ihre Kleidung so viel Gefallen finde. So ermutigt, redete die Frau weiter: »Bleiben Sie länger im Manor House? Ich meine, wo doch jetzt diese schreckliche Sache passiert ist. Ich hätte ja sofort meine Sachen gepackt. Keinen Schluck hätte ich dort mehr heruntergebracht.« Olivia lachte, nicht zum ersten Mal, wie sie feststellte, obwohl sie sich mit Mord beschäftigte. »Ich glaube nicht, daß dort ständig jemand Gift in die Tassen tropft,« antwortete sie, immer noch mit einem leisen Lachen weit hinten im Hals.

»Aber sicher sein kann man nicht,« insistierte die letztendlich gutmütig aussehende Frau.

»Nein, das kann man nicht. Und ich versuche auch, vorsichtig zu sein.« Olivia beugte sich ein wenig vor. »Aber wer könnte denn dort umgehen? Hat Lady Gaynesford Feinde?«

»Das weiß ich nicht so genau. Aber beliebt ist sie nicht. Ich meine hier im Dorf. Immer zurückgezogen und irgendwie fremd, so als wäre sie hierher verschlagen worden und es gefiele ihr nicht besonders. Auf die Dauer mag man so was nicht. Und wer ist sie denn schon? Sie ist in den Kolonien aufgewachsen, hat keine ordentliche Schule besucht und dann dieser Mexikaner, mit dem sie gelebt hat, ganz allein als junges Mädchen. So eine ist das. Und das in ihrer Generation, ich meine nur mal.«

»Aber deswegen wird sie doch niemand umbringen wollen, oder halten Sie das für möglich?«

»Von uns hier im Dorf sicher nicht. Wir machen unsere Geschäfte, so gut wir können und kümmern uns nicht weiter um sie. Aber dieser Mexikaner hat doch was gewollt. Wer weiß, was sie damals alles hat mitgehen lassen, ich meine diese alten Figuren, von denen ihr Haus voll sein soll, die kommen ja irgendwo her. Oder Rauschgift. Man hört ja so manches von Mexiko und diesen ganzen Ländern da. Ich denke, irgendwoher muß sie ihr Geld ja haben.«

»Aber sie ist Künstlerin,« warf Olivia ein.

»Wer ist nicht alles Künstler, nur verdienen die doch nicht viel, nein, das glaube ich nicht.«

»Die Figuren auf der Versteigerung vor anderthalb Wochen haben hohe Preise erzielt.«

»Das war für einen guten Zweck. Nein, nein, ich weiß, was ich weiß.«

»Sind häufiger Mexikaner in Greystone Manor?«

»Nein, dem Himmel sei Dank, nein. Aber das wundert auch niemanden. Bis zu ihrer schweren Krankheit im Winter – «

»Was für eine Krankheit war das?«

»Lady Gaynesford wurde am Herzen operiert, das war sehr gefährlich, – aber wie gesagt, davor war sie regelmäßig in London. Es ist doch klar, daß sie ihre Geschäfte dort abgewickelt hat. Die Polizei wird das schon herausfinden. – Der Sohn tut mir leid. Das ist ein feiner Herr und jetzt das. Noch dazu, wo er Richter ist.«

»Vielleicht muß er uns gar nicht leid tun, weil sich alles ganz anders auflöst,« versuchte Olivia ihren Abgang einzuleiten. »Ich kenne Lady Gaynesford noch nicht sehr lange, aber in den letzten Tagen haben wir uns sehr viel unterhalten und ich kann mir einfach nicht vorstellen, daß sie mit dem Gift etwas zu tun haben soll.«

»Aber es ist doch schließlich in ihrem Haus passiert,« empörte sich die rundliche Frau.

»Ja, ich weiß,« bestätigte Olivia zögernd und griff zur Türklinke.

»Auf alle Fälle müssen Sie auf sich aufpassen.« Das klang richtig besorgt.

Olivia schaute nachdenklich lächelnd zurück: »Bestimmt. Das werde ich.« Damit stand sie wieder an der frischen Luft. Die Sonne schien und die Stare bevölkerten den Rasen um die Kirche. Olivia sah sie eifrig picken Die Vögel stocherten mit ihren Schnäbeln in einem leichten Bogen von links nach rechts vor sich durch das Gras, gingen zwei Schritte weiter, stocherten wieder von links nach rechts vor sich hin, gingen weiter, stocherten weiter und immer so fort, scheinbar ohne aufzublicken. Dabei bewegte sich die ganze ungeordnete Armee annähernd in dieselbe Richtung, so daß die Vögel trotz aller Geschäftigkeit und allem Vorwärtskommen einen ungefähr gleichbleibenden Abstand zueinander einhielten. In der Luft um den Kirchturm schossen die ersten Schwalben hin und her.

Doch es ging jetzt nicht um Vögel. Sie riß sich los, lief die Dorfstraße ein kleines Stück hinunter, überquerte sie und betrat die Apotheke. Gleichzeitig verließ jemand im Hintergrund den Raum, dessen Rücken so viel Heimlichtuerei ausdrückte, daß Olivia aufpassen mußte, nicht hinterherzustarren. Die Frau hinter dem Ladentisch, sie hatte die Fünfzig überschritten, war sehr gepflegt, fast elegant, dabei derart distanziert, daß Olivia einen Moment innehielt, bevor sie die Tür endgültig hinter sich schloß. Lächelnd trat sie auf die Frau zu: »Die Schwalben sind wieder da, haben Sie sie schon gesehen?«

»Wie sollte ich das hier drinnen wohl bemerken, ich habe zu tun. – Sie wünschen?«

»Ich brauche Zahnpasta und etwas gegen Kopfschmerzen.«

»Lady Gaynesford nimmt immer diese Tabletten.» Der Ton war knapp und bissig, aber nicht gleichgültig.

«Dann werde ich sie auch versuchen.« Olivia ließ sich die Dosierung erklären. »Ich habe noch eine Frage.« Sie schien zu zögern.

»Was?«

»Sie sind doch Fachfrau, sozusagen, für Chemikalien. Bitte, sagen Sie mir, wie Zyankali aussieht.«

»Wozu?«

»Ich würde mich sicherer fühlen.«

»Bei Zyankali können Sie nie sicher sein. Warum reisen Sie nicht ab?«

»Weil ich einen Auftrag angenommen habe und ihn erfüllen will. Außerdem brauche ich das Geld.«

»Ich verstehe.«

»Würden Sie mir sagen, wie Zyankali aussieht?« Olivias Stimme klang fast bittend, allerdings nur fast und ihre Haltung war sehr aufrecht. Die Apothekerin sah sie scharf an. Schließlich schien sie sich zu entschließen. »Zyankali ist in zwei Formen auf dem Markt, einmal in flüssiger Form, durchsichtig und Wasser zum Verwechseln ähnlich, und zum anderen als Pulver, weiß, etwas feiner als Zucker, aber nicht so fein wie Puderzucker.«

»Könnten Sie es mir zeigen?«

»Nein. Dr. Trevor hat Montag alles abgeholt und ich habe noch nicht nachbestellt. Die flüssige Form wird in winzigen braunen Flaschen vertrieben. Einen Augenblick.« Nach kurzem Suchen in kleinen Schubladen an der Rückwand der Apotheke wandte sie sich wieder um.

»Dr. Trevor ist der Tierarzt, nicht wahr?« Olivia versuchte, ihre Überraschung zu verbergen und griff nach der kleinen Flasche, fast ein Röhrchen, so klein war sie, mit Schraubverschluß und ziemlich stabil.

»Ja. Er ist auch Pharmazeut und bestellt viele reine Stoffe für Versuche, zum Teil mischt er auch die Medizin für die Tiere selber. – Feinen Zucker können Sie sich doch auch so vorstellen und außerdem hilft Ihnen das nichts. Am ehesten könnten Sie noch auf einen leisen Bittermandelduft achten, wenn Sie Ihre Tasse zum Mund führen.«

Olivia gab ihr das leere Fläschchen zurück.

»Brauchen Sie sonst noch etwas?« In diesem Ton war die Frage ein eindeutiger Rausschmiß.

Olivia zog ihr Portemonnaie aus der Hosentasche: »Nein danke. Wenn Sie mir noch sagen, wo ich einen Bäcker finde.«

»Zurück zur Kirche, gleich dahinter links in die Straße hinein, nach fünfzig Metern sehen Sie ihn.«

Wieder an der frischen Luft, begrüßte Olivia das fröhliche Lärmen der Stare. Sie sah ihnen zu, während sie die Kirchhofmauer entlangschritt. Hübsch ungemütlich war es in diesem Dorf. Daß die Menschen so gar keinen Hehl aus ihrer Ablehnung gegenüber Lady Gaynesford machten, überraschte sie. Was würde man wohl in der Bäckerei sagen?

Hier mußte sie zuerst einmal warten. Zwei Frauen kauften ein und unterhielten sich dabei eifrig miteinander und mit der Frau hinter dem Tresen. Es waren ganz alltägliche Themen und der Ton freundlich. Schließlich kam sie an die Reihe. Sie legte eine Tafel Schokolade auf die Glasplatte: »Das hätte ich gern und zwei Buns.« Die Bäckermeisterin bediente persönlich, soviel hatte Olivia den Gesprächen entnehmen können. Sie war mittleren Alters und vom Typ her der Frau in der Post nicht unähnlich, wiewohl von zupackenderem Temperament. Während sie die Buns in eine Tüte steckte, musterte sie ihre Kundin interessiert.

»Ich habe Sie noch nie in meinem Laden gesehen. Sind Sie der Besuch vom Manor House?«

»Ja, das bin ich. Aber ich trage doch kein Schild um den Hals.«

Die Frau lachte, fast ein wenig verlegen. »Dorothy, Mrs. Jonas, hat vor einer Viertelstunde angerufen und Gebäck für den Lunch bestellt. Dabei erfuhr ich es. Bleiben Sie länger?«

»Ich fürchte fast, ja. Die Unterbrechungen und die Unruhe beschleunigen meine Arbeit nicht gerade.«

»Das ist gut. Am besten bleiben Sie, bis alles aufgeklärt ist. Lady Gaynesford ist seit dem Tod ihre Mannes doch sehr allein. Früher führte sie so ein geselliges Haus und jetzt gibt es Wochen, in denen niemand zu Besuch kommt.«

»Nicht einmal ihre Familie? Die bräuchte doch nur über die Straße zu gehen.«

»Die Brüder haben sich sehr gut verstanden, die Lady war allen wohl etwas zu anstrengend, heißt es.«

»Ihr Neffe scheint häufiger zu kommen, wenn er hier ist.«

»Das ist ziemlich neu. Ich denke mir, daß sie für sein Studium mehr Verständnis hat als sein Vater. Vielleicht unterstützt sie ihn auch, aber das weiß ich nicht. Jedenfalls ist sie mehr allein als einem Menschen guttut, das ist meine Meinung.«

»Nach ihrer Operation ist sie noch nicht wieder stark genug, um zu arbeiten, das ist für einen Künstler nicht einfach,« faßte Olivia nach.

»Man hört so dies und das und macht sich seine Gedanken.« Die Bäckermeisterin machte eine Pause. Olivia schaute sie schweigend und abwartend an.

»Ich denke, Gift hat man doch nicht einfach so im Haus, damit verbindet sich doch eine Absicht, verstehen Sie?«

Nach einer weiteren kleinen Pause antwortete Olivia: »Sie deuten doch nicht etwa Selbstmord an?«

»Man kann es nicht ausschließen, nicht wahr? Alt. Krank. Allein. Gift. Das reimt sich schon zusammen.«

»Ist Lady Gaynesford dazu nicht viel zu aktiv und realistisch?«

»Das muß kein Widerspruch sein. Sie ist zu alt und zu geschwächt, um noch richtig aktiv zu sein. Ob sich daran noch so viel ändern läßt, daß ihr Leben wieder ausgefüllt ist, weiß ich nicht.«

»Ich verstehe. – Sie mögen Lady Gaynesford?«

»Ja, ich mag sie. Als Mädchen habe ich sie bewundert. Sie war so attraktiv und elegant und immer schwebte der Geruch der großen weiten Welt um sie. Das hat mir sehr gefallen. Und jetzt ist sie krank und alt, nicht einmal für London reicht die Kraft länger als einzelne Tage hindurch. Früher lebte sie oft Wochen oder sogar Monate in der Stadt. Diese Einschränkung ist doch schrecklich.«

»Wenn Sie das so sehen, scheint es vernünftig, wenn ich meine Arbeit nicht so bald beende. – Soll ich die Dinge, die Mrs. Jonas bestellt hat, gleich mitnehmen?«

»Das wäre furchtbar nett; ich muß sie aber noch einpacken, haben Sie so lange Zeit?«

»Ich werde eines meiner Buns essen.«

»Das ist gut! Ich beeile mich.« Die Bäckermeisterin verschwand. Olivia drehte sich um und schaute aus dem Fenster, während sie aß. Copper Hill war wieder ein wenig angenehmer geworden.

»Herein!« Das war Dorothys Stimme.

Olivia öffnete die Tür zum Wirtschaftsraum, Dorothy saß am großen Tisch in der Mitte des Raumes und schien Abrechnungen zu machen.

»Bitte sehr, die Bestellung vom Bäcker!«

»Das ist fein. Danke. – Was haben Sie denn im Dorf gemacht? Die Polizei wollte Sie sprechen.«

Olivia schnupperte: »Haben Sie für mich womöglich auch einen heißen Kaffee?«

»Sicher doch. Mit Vergnügen. Soll ich ihn in den Salon bringen oder mögen Sie ihn hier trinken?«

»Lieber trinke ich ihn hier.«

Dorothy brachte die Tüte vom Bäcker in die Küche, während Olivia sich setzte, holte einen Becher und neue heiße Milch. Toast lehnte Olivia ab, doch der heiße Kaffee tat wohl. »Die Polizei war lange hier,« berichtete Dorothy unterdessen, »und dieser neue Polizist aus London gefällt mir besser. Er ist höflicher und zurückhaltender und wirkt nicht so vorwurfsvoll oder wie man sagen soll. Ich meine, bei diesem Kommissar Taylor glaubt man immer, er hält uns alle für Mörder.«

»Gibt es denn Neuigkeiten?«

»Ich glaube nicht. Natürlich weiß ich nicht, was die beiden mit Lady Gaynesford geredet haben. Mit Alfred und mir hat dieser Mr. Bates, so heißt der Polizist aus London, nur kurz gesprochen. Ich dachte mir noch, was das für ein Aufwand ist, daß er sich alles von uns noch mal anhört, was Kommissar Taylor im Protokoll stehen haben muß. – Ach ja, fast hätte ich es vergessen, dieser Mr. Bates will Sie auch sehen und fragt, übrigens sehr höflich, ob Sie wohl nach dem Lunch ins Dorf kommen könnten, in den ‚Eagle', möglichst zwischen halb drei und drei Uhr. Alfred würde Sie selbstverständlich fahren.«

Olivia gefiel es, sich außerhalb von Greystone Manor mit Richard treffen zu können. Es schien ihr leichter, ihre Rolle zu wahren, wenn niemand zuschaute, der sie kannte; und die Sicherheit, daß kein dritter zuhörte, war angenehm. Der ‚Eagle' lag neben der Kirche, das hatte sie aus dem Fenster der Bäckerei gesehen; und sie bestand darauf, mit ihrem Auto hinüberzufahren.

»Wie hat Lady Gaynesford den Besuch der Polizei überstanden?«

»Nun, sie ist ein bißchen müde, habe ich den Eindruck, ansonsten scheint sie weiterhin sehr gelassen zu sein.«

Dazu gab es nicht mehr zu sagen, also lenkte Olivia das Gespräch auf Copper Hill.

»Die Apothekerin war sehr kurz angebunden. Wenn ich mir vorstelle, ich sollte mir dort einen Rat holen, wenn es mir schlecht geht ...«

»Sie meinen Mrs. Thornhill? Elegant. Mitte Fünfzig.« Als Olivia bestätigte, daß sie diese Dame meinte, nickte Dorothy: »Ja, das sagen viele. Früher war sie freundlicher, wenn auch nie so, daß man gern einen Tee mit ihr getrunken hätte. Aber es war auch kein Problem, sie um medizinischen Rat zu fragen oder nach Schädlingsbekämpfungsmitteln für den Garten. Sie selbst hat einen wunderschönen Garten hinter der Apotheke und versteht viel davon.« Dorothy nahm einen kräftigen Schluck aus ihrem Kaffeebecher.

»Vor ein paar Jahren hat ihr Mann eine zweite Apotheke in High Wycombe übernommen, er sagte, diese hier reiche nicht mehr zum Leben. Ob das stimmt oder ob er seiner Frau auf dezente Weise entkommen wollte, weiß man nicht. Seitdem ist sie viel allein und vor allem angebunden. Zwei Tage in der Woche kommt eine Angestellte aus der Apotheke ihres Mannes herüber, die übrige Zeit muß sie selbst hier sein. Ich weiß nicht, ob das immer ein Spaß ist.«

»Wie ist ihr Kontakt zu den Leuten im Dorf?«

»Nicht besonders. Es gibt den einen oder anderen näheren Umgang wie zur Frau des Pfarrers, am besten versteht sie sich wohl mit Miss Turner, einer Lehrerin, die inzwischen in High Wycombe arbeitet. Früher gab es ein Damenkränzchen, das sich einmal im Monat traf, unsere Lady und Mrs. Harrison, die Frau des Doktors, dazu Mrs. Thornhill, Mrs. Wotheridge, sie ist die Pfarrersfrau, aber das wissen Sie ja, Miss Turner und die Frau des damaligen Tierarztes. Man traf sich einmal im Monat, bei sechs Damen bedeutet das zweimal im Jahr hier im Herrenhaus. Mir schien es immer ziemlich steif zuzugehen, so als würde man nicht warm in einer Umgebung, in der man nicht häufiger zu Besuch ist. Dazu kam, daß Mylady nicht regelmäßig zu den anderen Nachmittagen ging, sie wäre deswegen nicht extra aus London hierhergekommen. Seit die Frau von Dr. Harrison gestorben ist, existiert diese Runde endgültig nicht mehr, schon vorher war das alte Tierarztehepaar nach Cornwall übersiedelt und zu Miss Turner nach High Wycombe fuhren die Damen auch nicht, warum auch immer. Mrs. Thornhill machte unserer Lady eine Visite nach ihrer Operation im letzten Winter, sonst wüßte ich nicht, daß sie hier gewesen wäre.«

Olivia nickte nachdenklich und Dorothy redete weiter: »Ich denke manchmal darüber nach, daß das Leben auf dem Dorf schwieriger geworden ist. Und einsamer. Früher gab es selbstverständliche gesellschaftliche Zirkel, in denen man sich traf und aus denen man so ohne weiteres keinen ausschloß, der von seiner gesellschaftlichen Stellung dazugehörte. Heute ist das kaum noch so. Hier bei uns gibt es noch eine Gruppe älterer Damen, die einen Wohltätigkeitskreis bildet, dem Mrs. Wotheridge vorsitzt. In dessen Umfeld existiert die eine oder andere Kaffeerunde. Mein Mann hat jeden Mittwoch seinen Stammtisch, Farmer Gaynesford jeden Samstagabend. Das sind die alten Leute. Rebecca Gaynesford ist eine Einzelkämpferin, genauso wie die anderen Jungfarmer hier in der Umgebung.«

Sie unterhielten sich noch eine Weile über das Leben in Copper Hill, bis sie sich schließlich trennten, Dorothy, um den Lunch vorzubereiten und Olivia, um zu ihren Pflichten zurückzukehren, wie sie es nannte. Dazu ging sie auf ihr Zimmer und notierte das Wesentliche der morgendlichen Gespräche – auf deutsch. Ob sich aus irgendwelchen dieser Informationen schließlich Fäden spinnen lassen würden, in denen der Mörder sich verfangen mußte, war bestenfalls eine Hoffnung. Sie stand am Fenster und sah hinunter auf den aufrechtsitzenden Jaguar im Garten. Die Tiere waren noch geradlinig, sie töteten, um zu fressen, und fraßen, was sie töteten. Hier in diesem Haus tötete jemand und verschwand ungesehen wie ein Jaguar. Was er fressen wollte, war nicht, was er tötete, es lag dahinter. Was gab es innerhalb dieser Mauern, um dessentwillen jemand tötete? Olivia fuhr herum. Es hatte geklopft und Dorothy trat in den Türspalt.

»Hier sind Sie. Entschuldigen Sie, Miss Olivia. Lady Gaynesford möchte Sie sprechen, in ihrem Schlafzimmer. Wenn Sie so freundlich wären.«

»Kommen Sie herein, meine Liebe, und vergeben Sie mir, daß ich Sie hier empfange. Der grüne Salon unten ist mir im Moment verleidet.«

Die alte Dame saß in einem bequemen Sessel und deutete auf den anderen. Nachdenklich und angespannt, verhielt sie sich Olivia gegenüber unverändert herzlich: »Ich muß Sie bitten, den Lunch allein einzunehmen. Dorothy hat entsprechende Anweisungen bekommen. Ich bin zu müde zum Essen. – Sind Sie mit dem Verlauf Ihres Vormittages zufrieden?«

Olivia blickte ihre Gastgeberin heiter an: »Ich fürchte, die Frage ist nicht ganz einfach zu beantworten. Die Anwesenheit der Polizei lenkte meine Gedanken so nachhaltig ab, daß ich mich heimlich wie ein Lausbub davonmachte. Bei Miss Rebecca trank ich Tee, dann ging ich ins Dorf. Ich habe damit nicht gerade Pflichtbewußtsein demonstriert.«

»Sie ahnen nicht, wie sehr mich Ihre Antwort freut. – Nach dem heutigen Gespräch mit der Polizei verstehe ich den Fall des Señor Ramos so wenig wie am Montag; wohl aber vermag ich zu akzeptieren, daß die Polizei das anders sieht. Wenn ich nun höre, daß Sie durch die Unruhe nicht so konsequent vorankommen wie geplant, wage ich, meine Hoffnung auszusprechen, daß Sie länger hier in Greystone Manor bleiben, jedenfalls so weit Ihre anderweitigen Verpflichtungen es erlauben.«

Es entstand eine längere Pause. Ernst, fast düster blickte Lady Gaynesford auf ihre Hände, die unablässig über eine Holzfigur fuhren, einen jungen Menschen, fast noch ein Kind, das, mit dem einen Knie auf dem Boden, eine riesige Kappe über sich ziehen wollte. Die Figur hatte ihren Platz unter einem der fremden Farne in diesem Raum. Olivia wartete schweigend ab. Endlich hob die alte Dame den Blick: »Ich muß gestehen, daß die Situation mich weit über Gebühr belastet. Es war mir mein ganzes Leben hindurch ein Greuel, wenn die menschlichen Beziehungen um mich herum nicht durchsichtig, mitvollziehbar waren. Jetzt erschüttert ein Schicksal den Boden, auf dem ich stehe, ohne daß ich auch nur die leiseste Verbindungslinie zu irgendwem erahnen kann. Das setzt mir zu.«

Sie faßte Olivia eindringlich ins Auge: »Die Gespräche mit Ihnen, meine liebe, junge Freundin, sind wie Sonnentage. Und das nicht nur, weil ich mich zur Zeit lieber in der Vergangenheit aufhalte. Wenn ich mit Ihnen gemeinsam über den Vorfall, über die Polizei und die Neuigkeiten, die noch kommen mögen, rätseln dürfte, sähe ich dem allen weitaus zuversichtlicher entgegen.« Sie schwieg gespannt.

Olivia schaute in die alten Augen. Sie spürte grausige, kalte Krallen nach sich greifen und einen schweren Nebel niedersinken: gebannt zwischen hohe graue Mauern, Todesgefahr mit jeder Tasse Tee und lähmende Verantwortung Seite an Seite mit Ratlosigkeit und Angst. »Ihr Vertrauen macht mich dankbar,« hörte sie sich behutsam antworten. »Ich will bleiben. Am Ende sind wir im Rätsel lösen besser als wir jetzt ahnen.«

»Herein!« Es hatte wieder geklopft und es war wieder Dorothy. Olivia ließ die Notizzettel resignierend in den Schoß sinken. Allerdings hatte sie selbst hier oben in ihrem Zimmer bleiben wollen, also brachte Dorothy den Lunch herauf. Wenigstens eine Kleinigkeit. Darauf hatte sie bestanden. Olivia schaute ihr zu, wie sie leise und zügig alles zurechtrückte und den Tee eingoß. Die Tür knackte leise, als Dorothy sie von außen zuzog, und ihre Schritte verklangen. Olivia goß sich Milch in den Tee und rührte um. Werde ich gleich so daliegen wie Señor Ramos? blitzte es durch ihren Kopf. Sie schob die Tasse weg. Entsetzt blickte sie auf den Tisch. Mit steif durchgedrückten Armen brachte sie alles auf Abstand und schloß die Augen. Sie brauchte eine Weile, bis es ihr gelang, sich so weit in die Gewalt zu bekommen, daß sie an die Rücklehne sank. Noch immer mit geschlossenen Augen horchte sie in die Stille des Hauses. Alles war vollkommen ruhig. Durch das gekippte Fenster hörte sie das langgezogene, tiefe Muhen einer Kuh. Widerstrebend öffnete sie endlich die Augen. Die Möbel ihres Zimmers schienen weit von ihr weg und auseinandergerückt; sie sahen fremd und seltsam neu poliert aus. Wieder drangen Tierlaute von den Weiden hinter der grauen Mauer ins Zimmer. Allmählich ordneten sich die Möbel näher zueinander, verloren ihre abweisende Poliertheit und der vertraute Anblick kehrte zurück. Als Olivia schließlich das Tablett in die Küche brachte und sich ruhig und selbstverständlich für den Polizeitermin im Dorf abmeldete, konnte ihr Dorothy von den durchstandenen Schrecken nichts mehr anmerken.

Ich lebe noch, stellte Olivia fest, während ihr Wagen zwischen den hohen Hecken dahinrollte, eigentlich ganz schön.

15

Der ‚Eagle' war ein stattlicher Landgasthof, dessen dunkle, stille Räume in Olivia ein angenehm behagliches Gefühl wachriefen. Der Wirt führte sie in einen kleinen, abseitsliegenden Raum und benachrichtigte Chiefinspektor Bates. Der begrüßte Olivia wenig später äußerst höflich, bedankte sich, daß sie die Mühe des Weges auf sich genommen habe und fragte, ob er ihr etwas zu trinken bestellen dürfe.

»Ein irischer Whiskey auf Eis wäre genau das Richtige.«

Mit dem Auftrag, zweimal dasselbe zu bringen, verließ der Wirt den Raum.

»Olivia, was ist mit Dir?« Richard wandte sich ihr in ehrlicher Besorgnis zu. »Was ist passiert?«

»Nichts. Eigentlich nichts. In den letzten zwei Stunden habe ich nur kurz über den Rand der Panik geguckt und einen Anfall von Hysterie überstanden, einen leichten, nehme ich an. Du brauchst Dir keine Gedanken zu machen, beides ist vorbei.«

»Wie kam es dazu?«

»Ja, das habe ich mich auch gefragt, während ich hierherfuhr.« Sie trank langsam einige kleine Schlucke von dem Whiskey, den der Wirt inzwischen gebracht hatte. »Weißt Du, als ich heute Vormittag auf die Farm gegenüber ging und Rebecca Gaynesford meinen Namen hörte, wußte sie sofort Bescheid, wer ich sein mußte. Anschließend kaufte ich hier im Dorf Briefmarken und wurde an meinen Stricksachen erkannt. In der Apotheke bekam ich dieselben Kopfschmerztabletten wie Lady Gaynesford und beim Bäcker wurde ich als die Fremde identifiziert, für die Mrs. Jonas gerade Gebäck bestellt hatte. Als ich nach Hause ging, begannen all diese Menschen sich in meinem Kopf zu bizarren Eisenstäben zu verformen und um mich zu kreisen. Ich sah nur noch tanzende Eisenstäbe und in meinem mit Nebel angefüllten Kopf kreiselte es: Gefangen. Du bist gefangen. Gefangen. Eingefangen.«

Olivia trank wieder einen kleinen Schluck Whiskey und blickte dankbar auf Richards teilnehmendes Gesicht. »Bei Mrs. Jonas bekam ich heißen Kaffee,« fuhr sie fort, »und während wir über die Leute im Dorf plauderten, formten sich die Eisenstäbe allmählich in menschliche Gestalten zurück. Doch nur vorübergehend. Als Lady Gaynesford mich bat, länger zu bleiben, nahmen sie ihren Tanz wieder auf. Das war der Moment der Panik. Wie soll ich einem anderen Menschen das Leben erhalten, wenn ich selbst in einem Käfig gefangen bin und die Welt dahinter zu Schemen verschwimmt. Als Mrs. Jonas mir wenig später den Lunch auf meinem Zimmer zurechtrückte, drehte ich durch. Überall sah ich Zyankalipulver. Wohlgemerkt, das weiße Pulver, über das ich mit der Apothekerin gesprochen hatte, nicht die wassergleiche Lösung, mit der wir es tatsächlich zu tun haben. Es begann mit der Milch im Tee. Dann griff ich nach einem der Gebäckteile, die ich selbst aus dem Dorf mitgebracht hatte, an der Unterseite haftete eine Mehlschicht. Woher konnte ich wissen, daß es nur Mehl war? Die Krapfen waren mit Puderzucker bestreut, war es nur Puderzucker? Der Zucker für den Tee war brauner Zucker, immerhin. Aber zwei der Käsesorten hatten eine weiße Rinde, auch ein wenig bestäubt. Ich roch an der Sauce, die neben dem Schinken stand. Es war eine Krensauce, Kren zu Schinken mag ich wirklich gern, aber auch Kren war weiß. Stell Dir jemanden vor, der mit steifem Grauen auf Gespenster starrt, und Du hast mich in der Situation vor Augen. Zu meiner Ehrenrettung kann ich sagen, daß ich nach einer langen Weile aufstand, etwas zitterig meine Notizzettel aufs Bett legte und die Teetasse im Bad ausleerte und spülte. Ich überredete mich, neuen Tee einzugießen, er roch ganz normal, schnitt ein Stück von dem Käse mit gelber

Rinde ab und begann zu essen. Da Käse und Schinken ohne Brot auf Dauer etwas stark schmecken, rieb ich das Mehl sorgfältig von der Brotstange und aß, auch die weiße Käserinde ließ sich abschneiden. Der Appetit kam beim Essen. Als ich mich nach der zweiten Tasse Tee immer noch gesund fühlte, gefielen mir auch die Krapfen schon viel besser. Ich klopfte den Puderzucker herunter und aß einen davon zu einer dritten Tasse Tee. Nun war ich satt und bei genauerer Betrachtung gänzlich unvergiftet.« Olivia holte tief Luft.

»Aber wie Du weißt, bin ich in Notsituationen eine große Magierin. Als ich vorhin hier vor dem Gasthaus einparkte, fielen mir zwei Gedichtzeilen ein. ‚Ihm ist, als ob es tausend Stäbe gäbe und hinter tausend Stäben keine Welt.' Ich sprach sie vor mich hin und wußte, daß der Schrecken besiegt war, und wann immer er zurückkommen sollte, werde ich ihn mit meinen Zauberversen vertreiben.«

Olivia schwieg und sah Richard an. In seinem auf ihr ruhenden Blick lag so unverbrüchliche Freundschaft, daß ihre Courage zurückkehrte. Sie würden den Mörder finden und sie würden alle Kräfte vereinen, um ihn vor dem nächsten Mord zu finden. In dieser Gemeinsamkeit konnte Olivia sich selbst wieder aus ihren Gedanken fallen lassen. »Das Gedicht, aus dem meine magischen Verse stammen, heißt ‚Der Panther'. Hast Du die Jaguare im Park von Greystone Manor gesehen? Auf ihre Weise sind auch sie vollendete Kunstwerke.«

»Nein, habe ich nicht. Ich habe versucht, mir ein Bild von Lady Gaynesford zu machen.«

»Eben. Ihre Arbeit ist ein wesentlicher Teil des Bildes.«

»Schon. Aber ich will keine Monographie schreiben, sondern herausfinden, wer ihr nach dem Leben trachtet.«

»Und? Hat sie Dir weiterhelfen können?«

»Nein. Es war ein merkwürdiges Gespräch. Ich habe den Eindruck, daß sie noch unter Schock steht. Das führt dazu, daß sie so weit als möglich zur Tagesordnung übergeht. Nur den Tod als Thema kann sie nicht wegblenden, darum scheinen viele ihrer Gedanken zu kreisen und darüber bin ich ein wenig zu ihr vorgedrungen, hoffe ich wenigstens.«

»Ja, das ist möglich. Sie hat wohl einen großen Teil des Vormittags über Euer Gespräch nachgedacht und akzeptiert, daß der Tod von Señor Ramos Mord ist. Da er in ihrem Haus und in ihrem Beisein erfolgt ist, fühlt sie sich inzwischen verpflichtet, zur Aufklärung beizutragen, soweit es ihr möglich ist. Sie versteht das Ganze nicht, aber da ergeht es ihr ja nicht viel anders als uns.«

Diese Bemerkung fand Richard überflüssig: »Was erwartest Du denn? Ist Dir klar, daß der Mord gerade mal zwei Tage her ist? Seitdem wurde die Todesursache einwandfrei geklärt und brachte das glückliche Faktum mit sich, daß sich die Tatzeit auf eine dreiviertel Stunde maximal eingrenzen läßt. Scotland Yard wurde hinzugezogen und ich habe geschafft, den Fall zu bekommen.« Jetzt brauchte Richard einen beruhigenden Schluck Whiskey.

»Taylors Protokoll hält sechs Personen fest, die zur Tatzeit in Greystone Manor waren: mit Lady Gaynesford, Mrs. Jonas und Mr. Jonas habe ich ein erstes Gespräch geführt, mit der vierten Person unterhalte ich mich gerade, die verbleibenden zwei, Sir Henry und David Gaynesford, bringt Taylor hoffentlich dazu, heute am Spätnachmittag nach Scotland Yard zu kommen. Die Anfragen an die mexikanischen Behörden habe ich eine halbe Stunde nach Übernahme des Falls abgeschickt. Die Zeitverschiebung eingerechnet, werden sie zwei bis drei Tage für die Antwort brauchen. Also?«

»Entschuldige! Ich wollte Dich gar nicht ärgern.«

»Sehr freundlich! – Außerdem habe ich, da Zeuge Nummer 4 am späten Vormittag spurlos verschwunden war, im Farmhaus von Greystone Manor vorgesprochen und bei Dr. Harrison.«

»Und?«

»Im Farmhaus sprach ich mit dem alten Herrn, der mir mitteilen mußte, daß sein Sohn seit Dienstag Mittag wieder in London ist.«

»Wie sieht Farmer Gaynesford aus?«

»Erstaunlich sonnengebräunt für die Jahreszeit.«

»Das meine ich nicht. Was für ein Mensch ist er Deinem ersten Eindruck nach?«

»Ach so. Ja.« Richard grinste, nun wieder oben auf. Dennoch antwortete er präzise: »Er hat etwas von einem Herrn, aufrechte Haltung, gut einen Meter achtzig groß; aufmerksame, intelligente Augen, grau; genau und knapp in den Antworten. Alter schätzungsweise Anfang siebzig, Haare fast weiß und dicht, kurz geschnitten; in jeder Hinsicht gut erhalten, lediglich die Hände sind zu weich –

vielleicht Wasser, wohl ein Anzeichen für jene Altersstufe, die bei größeren Entscheidungen oder Änderungen auf der Farm Unterstützung braucht. – Zufrieden?«

»Begeistert! – Und worüber hast Du mit Doktor Harrison gesprochen?«

»Als erstes habe ich mir die medizinische Seite des Mordes noch einmal zusammenfassen lassen. Dann fragte ich nach dem momentanen Zustand von Lady Gaynesford.«

»Was sagte er?«

Richard stopfte sich in Ruhe seine Pfeife. »Nimmst Du an ihr nicht etwas zu persönlich Anteil?«

»Von Deinem Standpunkt aus gesehen kann das sein, aber ich bin nicht bei der Polizei. Mach weiter.«

Richard steckte den Tabaksbeutel wieder in die Jackentasche und ließ die Pfeife sinken. »Dr. Harrison meint, Lady Gaynesford stehe unter äußerster Anspannung. An sich ist ihm das kein unbekannter Zustand. Früher seien es Phasen höchster künstlerischer Kreativiät gewesen. Besorgt macht ihn, daß ihre Kräfte nach der Krankheit des letzten Winters noch nicht ausreichend zurückgekehrt sind, um sich künstlerischer Arbeit zuzuwenden, so sagte er mir. Und er fragt sich, offensichtlich ernsthaft beunruhigt, welchen Ausweg sie unter diesen Bedingungen aus den gegenwärtigen Spannungen finden wird.«

»Ist er gestern Vormittag deswegen gekommen, hat er dazu etwas gesagt?«

»Nein. Warst Du bei diesem Besuch nicht dabei?«

»Doch, war ich.«

»Wieso hast Du es dann nicht herausgefunden?«

»Weil Lady Gaynesford ihn mit seinem Anliegen nicht zu Wort kommen ließ.«

»Schlechtes Benehmen. ... Ich denke, er wird heute nach der Sprechstunde wieder in Greystone Manor vorbeikommen. Vielleicht wirst Du dann klüger.«

»Also ein echter Freund?«

Richard dachte nach. »Ja. Ja, ich denke schon. Zuverlässig und treu, aber nicht unverbrüchlich. In allererster Rolle ist er Arzt, einen Mord würde er wohl nicht decken.« Er griff zu der Streichholzschachtel auf dem Tisch. »Du bist dran.«

Olivia sah ihm zu, wie er seine Pfeife in Gang brachte. Sie mochte das. »Kommissar Taylors Liste der Personen, die zur Mordzeit in Greystone Manor waren, kann ich fortsetzen: Rebecca Gaynesford brachte Erdbeeren in die Küche, zuvor unterhielt sie sich auf der Straße mit dem Tierarzt dieser Gegend, der am selben Tag eine neue Bestellung Zyankali-Pulver aus der Apotheke abgeholt hatte; der Botenjunge aus der Molkerei brachte ebenfalls an diesem Nachmittag frischen Käse, obwohl er das normalerweise Dienstags tut.«

»Das macht drei Verdächtige mehr. Woher weißt Du die Sache mit dem Zyankali?«

»Von der Apothekerin.«

»Das hat sie Dir einfach so erzählt?«

»Nun, zumindest hat sie es mir erzählt. Aber bitte, es war Pulver, nicht die Form Gift, mit der der Mörder umgeht. – Und dann war gestern noch das Blumengespenst da, aber sicherlich später.«

»Was soll das sein?« Olivia berichtete ihm von Alfreds Bedrängnis.

»Warum hat er das mir gegenüber nicht erwähnt?«

»Weil Du ihn nicht gefragt hast!«

»Aber Du?«

»Ja, am Sonntag war eine erste Akelei im Garten aufgeblüht, extrem früh und von herrlich blauer Farbe. Ich vermißte sie am Dienstag und fragte ihn danach.«

Richard nahm einen tiefen Zug aus seiner Pfeife. »Was weißt Du noch?«

»Ich könnte mit vorstellen, wo der Plan des Täters schiefgelaufen ist...«

»...oder der Täterin. Über das Geschlecht haben wir noch keinerlei Anhaltspunkte,« beharrte der Polizist auf den Fakten.

»Ich weiß, daß es auch eine Frau gewesen sein kann, aber bitte erlaß mir, das jedesmal mitformulieren zu müssen. Also: ich weiß, wo der Plan schiefgelaufen sein könnte.«

»Wo?« Richard beugte sich gespannt vor.

»Lady Gaynesford hat als Nebenbeschäftigung Geschirr entworfen, als Fingerübung sozusagen. Vielleicht hast Du mal in einer Ausstellung indigene peruanische Gefäße gesehen, viele von ihnen sind als menschliche Köpfe gearbeitet mit einer Öffnung oben auf dem Haupt, um beispielsweise Öl einzufüllen. Nach diesem Vorbild hat Lady Gaynesford Tassen für ihren persönlichen Gebrauch entworfen. Jede von ihnen hat ein Gesicht, das eine bestimmte Stimmung ausdrückt. Das heißt, jede Tasse ist anders als alle anderen. Ich kenne zwei Serien, eine tonfarbene für den Tee und eine blaue für die Schokolade. Lady Gaynesford hat nun in beiden Fällen ihr spezielles Gesicht, die Tasse, aus der sie immer trinkt und, soweit ich das beurteilen kann, niemand sonst. Verstehst Du?«

»Ich beginne zu ahnen.«

»Das Tablett mit vier dieser Tassen stand im Eßzimmer, Kommissar Taylor hat vielleicht inzwischen herausgefunden, wie lange?«

»Sir Henry kam kurz vor vier, ungefähr eine halbe Stunde vorher hat Dorothy das Tablett ins Eßzimmer gestellt. Punkt 16.00 Uhr erschien Señor Ramos, zehn Minuten später wurde Dorothy gerufen, um die heiße Schokolade zu servieren. D.h., das Geschirr stand eine dreiviertel Stunde im Eßzimmer. Und Du vermutest, daß in diesem Zeitraum das Gift in die spezielle Tasse kam?«

»Ganz genau! Die Spanne Zeit ist lang genug, um einen unbeobachteten Augenblick abzupassen und einige Tropfen Gift in Lady Gaynesfords Tasse zu klopfen. Der Plan lief schief, weil Mrs. Jonas gewohnheitsmäßig die erste Tasse an Lady Gaynesford reichte. Wir befanden uns aber in einer hochoffiziellen Situation, in der der Gast als erster bedient zu werden hatte. Lady Gaynesford glich den Fehler aus, indem sie ihre Tasse weiterreichte. Damit war es passiert.«

»Konntest Du irgendwelche Reaktionen beobachten.«

»Mir schien ein leiser Unwillen an der alten Dame sichtbar, der sich aber unmittelbar in die leichte Geste auflöste, mit der sie ihre Tasse weiterreichte. Das irritierte Mrs. Jonas sichtlich, die ihrerseits gerade im Begriff war, Señor Ramos die nächste Tasse zu bringen. Nach kurzem Zögern reichte sie diese nun Lady Gaynesford, die sie ihr ganz selbstverständlich abnahm. Ohne weitere Irritationen bekamen Sir Henry und ich unsere Schokolade.«

»Sagen die Verhaltensweisen der beiden Frauen für uns etwas aus?«

»Kaum, dazu sind sie zu normal. Person 1 macht einen Fehler, Person 2 bereinigt ihn, bevor Nummer 1 ihn als Fehler erkannt hat, also ist sie irritiert. Das ist so alltäglich, daß darüber nie wieder geredet worden wäre.«

»Gut. – Bist Du nach wie vor sicher, daß Lady Gaynesford in dieser Situation das Gift nicht in die Tasse geben konnte?«

»Absolut.«

»Bleibt zu überlegen, was uns der Ablauf über den Täter sagt. Als erstes muß ich meine Vermutung revidieren, daß er das Ableben von Lady Gaynesford als natürlichen Tod erscheinen lassen will. Das kann richtig sein, ist aber keinesfallls mehr sicher. Was erfahren wir weiter? Darüber hast Du sicher auch nachgedacht?«

Olivia sah ihn an und fuhr mit einer leise resignierten Handbewegung über die Tischplatte. »Im Grunde nichts, was nicht ohnehin klar ist: er kennt sich im Haus aus und er kennt die ‚dampfenden Geister' sehr genau. Da wir über sein optisches Vermögen nichts wissen, können wir nicht entscheiden, ob er sie dafür viermal oder zwanzigmal anschauen mußte. Er muß nicht einmal mit Lady Gaynesford Tee getrunken haben, es reicht eine regelmäßige Anwesenheit im Haus. Meiner Erfahrung nach stehen immer einige der Tassen offen da. Außerdem trinkt Lady Gaynesford jeden Morgen heiße Schokolade und jeden Nachmittag Tee, zumindest ihre beiden ‚Geister' sind immer optisch präsent.«

»Warum erwähnst Du so ausdrücklich das optische Vermögen unseres Täters?«

»Weil es nicht ganz einfach ist, die Gesichter auseinanderzuhalten. Sie drücken Heiterkeit, Gelassenheit, Melancholie, Nachdenklichkeit und so weiter aus. Es sind keine Masken – die lachende, die tragische. Deshalb braucht es einige Übung, sie auseinanderzuhalten, vielleicht sogar einen konzentrierten Gedanken, um sich bewußt zu machen, was die Gesichter mitteilen.«

»Hilft uns das weiter?«

»Täter und Mörder sind mit größtmöglicher Sicherheit eine Person und also hier im Haus gewesen zu der fraglichen Dreiviertelstunde. Denn es wäre äußerst riskant, beispielsweise den Botenjungen zu beauftragen: ‚Bring den Käse in die Küche, gehe anschließend da und dahin und tropfe aus dieser Flasche in die und die Tasse.'«

»Hervorragend.« Richard betrachtete Olivia mit ehrlichem Respekt.

»Was hilft uns das schon. In Wahrheit schließt es nicht einmal den Botenjungen aus, kann er der fraglichen Tasse doch oft genug begegnet sein, und über seine Beziehung zu diesem Haus weiß ich nichts. Aber ich weiß, wie es erwiesenermaßen machbar ist, ungesehen zu gehen und damit ja wohl auch zu kommen.«

»Erwiesenermaßen?«

»Ich habe es Dir heute morgen vorgemacht.«

»Stimmt. Du mußt es mir jetzt erklären.»

«Ich kletterte aus dem rückwärtigen Fenster der Bibliothek und verschwand durch die Mauer im Obstgarten. Alfred war nirgends um die Wege. Also sah mich niemand und also muß der Täter nicht auf Eurer Liste stehen.» Olivia ballte beide Hände zu Fäusten. «Ich könnte wahnsinnig werden bei dieser Vorstellung!»

«Das ist nicht professionell,« reagierte Richard herzlos. »Menschen sind keine Geister. Irgendwer muß unseren Mann oder unsere Frau gesehen haben und irgendwelche Spuren muß es geben.«

16

Die beiden Damen hatten im gelben Salon Tee getrunken und sich über Belangloses unterhalten, eine entspannende Beschäftigung, die beiden guttat. Doch allmählich nahm in Olivia das Drängen zu, sich den bestehenden Problemen wieder zu nähern und so wagte sie einen ganz direkten Vorstoß in dieser Richtung. »Mögen Sie die Leute hier? Ihre Nachbarn, Copper Hill?«

»Du lieber Himmel, was für eine Frage!«

»Vielleicht führt sie weiter. Es gibt einigen Anlaß zu vermuten, daß der oder die für den Mord an Señor Ramos Verantwortliche in der Umgebung lebt, und weiter ist die Ansicht nicht ganz von der Hand zu weisen, daß das Gift wohl für Sie bestimmt war, Mylady.«

»Miss Lawrence, Sie erwarten doch nicht von mir, daß ich jetzt die Leute um mich herum Kopf für Kopf durchgehe und mich frage, ob ich sie eines Mordes für fähig halte. – Jeder, auch der stillste Mensch ist dazu fähig, wenn er ausreichend in die Enge getrieben wird. Das ist meine Meinung.«

»Verzweiflung ist nur eine Möglichkeit. Es könnte Rache sein, oder Habgier.«

»Habgier ist unsinnig. Außer einigen kleinen Schenkungen erbt alles mein Sohn. Und Henry ist selbst gut situiert. Er kann es abwarten, da bin ich ganz sicher. Darüber hinaus hat tatsächlich niemand etwas von meinem Tod.«

»Haben Sie Feinde?«

»Sie machen mir Spaß. – Ob ich Feinde habe?« Lady Gaynesford stand auf, im Moment ein wenig mühsam. Dann straffte sich ihre Gestalt, sie ging einige Male auf und ab, griff schließlich nach ihrem Stock, trat an die westliche Terrassentür und blickte hinaus in den im verdämmernden Licht liegenden Garten und auf den ruhenden Jaguar. Jedenfalls vermutete das Olivia.

»Wissen Sie,« begann die alte Dame schließlich, noch immer in den Garten schauend, »die meisten Menschen haben irgendwelche Feinde. Und je aktiver sie gelebt haben desto mehr. Das ist ganz natürlich. In meinem Fall kommt die gesellschaftliche Stellung hinzu, auch wenn sie zum überwiegenden Teil im Schatten meines Mannes lag. Noch aus einer zurückgenommenen Position kann man jemanden kränken oder Neid auslösen, aber doch nicht so schwerwiegend, daß er darüber zum Mörder wird. Überdies werden diese Art Probleme mit zunehmendem Alter seltener, wenigstens ist das meine Erfahrung.«

Sie war zum Kamin zurückgekehrt. Ihr Blick blieb an der kleinen Skulptur hängen, die auf der Konsole stand: eine in sich versammelte Frauengestalt mit leicht angehobenen Händen, als wollten sie den Betrachter abwehren, zögerten aber noch. Eine alte Hand glitt langsam die Linien entlang, die sie vor vielen Jahren selbst geschaffen hatte. »Ob mein Leben als Künstlerin mir Feinde eingebracht hat, kann ich nicht sagen.«

Lady Gaynesford setzte sich wieder Olivia gegenüber ans Feuer: »Zwar englische Staatsbürgerin, habe ich meine gesamte Kindheit und Jugend im Commonwealth verbracht. Obwohl Engländerin, wuchsen meine künstlerischen Wurzeln in den Indianerkulturen Mittelamerikas. Zwischen den Figuren und Bauwerken von Chichén Itzá und der Weite Yucatans bildete sich meine künstlerische Identität aus. Erst danach begegnete ich der Kunst des alten Europa. Sie vermochte mich tief zu erschüttern, aber sie gehörte nicht zu mir. So bin ich eine Außenseiterin geblieben, in mir und aus der Sicht meiner Kollegen.«

Olivia führte einen nächsten Vorstoß. »Ein ganz entscheidender Einfluß für die künstlerische Entwicklung von Henry Moore ist dessen Begegnung mit der altmexikanischen Figur des Chac Mool in den zwanziger Jahren in Paris. Und wiederum eine der eindrücklichsten Darstellungen dieses rätselhaften Chac Mool steht vor einem Tempel in Chichén Itzá. An diesem herausragenden Punkt kreuzt sich Ihre künstlerische Entwicklungslinie durchaus mit der von Henry Moore. Wieso ergeben sich daraus keine Gemeinsamkeiten?«

»Der Chac Mool brachte ihm den Durchbruch zu seinem Ureigensten. Die Liegenden, sein zentrales Thema, geht von hier aus. Er wurde im Laufe der Jahre immer abstrakter. Er schuf Hohlformen, die allerdings ihre Herkunft vom menschlichen Körper nicht leugneten. In sie wiederum paßte er andere Formen ein. Es entstanden Spannungen innerhalb dieser Formen und zwischen ihnen und dem sie umgebenden Raum. Die Frage nach der Wechselbeziehung von gestaltetem Raum und Natur verfolgte er beharrlich. An dem Punkt ist leicht zu sehen, daß uns verschiedene Grundfragen beschäftigen.«

»Ihr Grundthema ist der Mensch.«

Lady Gaynesford nickte zustimmend.

»Hatte die Begegnung mit der europäischen Antike und der italienischen Renaissance einen Einfluß?«

»Die offizielle Kunstgeschichte sieht es so,« bemerkte die alte Dame nicht ohne Ironie und setzte mit einiger Härte hinzu: »Dabei soll es auch bleiben!« Die Hände ruhten in ihrem Schoß, doch die Finger bewegten sich, als würden sie sehr feine Linien auf ihre Korrektheit überprüfen. Während einer längeren Weile war es still im Raum.

»Die Menschen. Sie sind das Unverständlichste überhaupt. Ganz klar wurde mir das erst hier in England. Die junge Frau, als die ich vor nun bald fünfzig Jahren voll Neugier und Lebensfreude auf dieser Insel ankam, traf auf eine Gesellschaftsschicht perfekt durchgestalteter Formen; und was immer in den Menschen vorgehen mochte, mir zeigten sie ein freundlich neutrales Gesicht. Das gleiche Lächeln, die gleiche Kopfhaltung, den gleichen Tonfall beim Sprechen. Ich versuchte alles mögliche, um sie zu persönlichen Reaktionen zu reizen. Es erwies sich als aussichtslos. So zog ich mich auf das zurück, was ich konnte: Skulpturen gestalten. Und ich gestaltete, was mir am meisten fehlte: Menschen. Ich versuchte, ihre Emotionen sichtbar werden zu lassen und genauer und genauer zu verstehen, was in ihnen vorging. Im Laufe dieses Prozesses wurden meine Figuren zwangsläufig immer konkreter, in einer Zeit, die dem Abstrakten huldigte.« Sie richtete sich in ihrem Sessel auf. »Aber bitte, das ist kein Klagegesang! Ich habe mich als Außenseiterin schließlich durchgesetzt, zuerst in den Staaten, dann auf dem Kontinent. Damit wurde ich allmählich ein gerngesehener Gast in der englischen Gesellschaft – was nichts daran ändert, daß sie alle weiter das gleiche Gesicht herzeigen.«

Die alte Lady lachte leise.

»Was bedeutet Ihnen auf diesem Hintergrund Greystone Manor?«

»Alles. Wenn Sie meinen verstorbenen Mann und meinen Sohn dazunehmen: alles. Unser privates Leben war sehr glücklich. Dieses Anwesen, umgeben von hohen Gartenmauern, war eine eigene Insel auf der großen Insel. Es hat mich auch immer beruhigt, daß die Rindviecher auf der anderen Seite der Mauer quasi noch zur Familie gehörten.« Ein Abglanz alter Heiterkeit flog über ihr Gesicht.

»Das Farmland bedeutete weitere Sicherheit gegen die Außenwelt. So herrschte große Ruhe im Innern. Zum Arbeiten, zum Lesen, zum Reden. Im Laufe der Jahre erwarben wir uns einen Kreis von Freunden, der zu vergnügten Wochenenden hier zusammenkam, hierher auf die Insel. Offizielle Einladungen spielten sich in unserem Stadthaus ab.«

Olivia hörte zu und versuchte sich ein Leben vorzustellen, das zu dem paßte, was ihr erzählt wurde. Oder war das Erzählte das Ganze? War es denkbar, daß der Gestaltungswille dieser Künstlerin so weit ging, eine saubere Grenze zwischen den Menschen zu ziehen, die sie als Freunde in die abgeschlossene, geschützte Welt innerhalb der großen Mauern einließ, und den anderen, die ihr zu künstlerischem Material wurden, das sie je nach Bedürfnis nehmen oder verwerfen konnte, das jedenfalls außerhalb von ihr blieb? Die Konfrontation mit Welt leitete sie um zum Ringen mit Material, das, wie widerständig auch immer, letztlich bezwingbar war, im schlimmsten Fall mißlang die Arbeit. Unberechenbarkeit, Gefahr, Chaos, Feindschaft, Intrigen, Haß – all das häßliche Leben blieb weit dort draußen, wohin man nie kam. So wie vor hundert Jahren eine Dame aus Mayfair niemals in die Hafengegend von Ostlondon verschlagen worden wäre. Leben ließ sich in peinlich gezogenen Linien halten. Und die Frage nach Feinden war nicht nur dumm, sie war irrelevant. Sie gehörten in jene pulsierende Welt, die die Frau ihr gegenüber nur als Vorübergehende, Suchende gastweise durchstreift hatte.

»Wenn von dem Land, das Ihr Schwager bewirtschaftet, eine beruhigende Wirkung ausging, galt das für seine Familie ebenso?« Olivia wußte, wie schwer es war, ihr Gegenüber zum Sprechen zu bewegen, wenn es sich um die Menschen der unmittelbaren Umgebung handelte. So war sie denn überrascht über die spontane Zustimmung.

»Ja, unbedingt. Mein Mann verstand sich ganz ausgezeichnet mit seinem Bruder. Sie besprachen auch alles, was mit dem Land und mit dem Wald zu tun hatte. Ihrem Land – es blieb ein gemeinsames. Ich persönlich mag die Familie ebenfalls, zu meiner verstorbenen Schwägerin hatte ich ein ausgesprochen herzliches, fast könnte man sagen vertrautes Verhältnis. Rebecca ist ihrer Mutter in vielem ähnlich und es freut mich besonders, daß sie all ihre persönlichen Pläne mit mir bespricht. Zum Beispiel die Pferdezucht und was sich daraus machen ließe, wurde hier bei vielen Tassen Tee entwickelt. Ich genieße das sehr.«

17

Olivia ging im Garten auf und ab. Die frische Luft eines neuen Tages und der Geruch nach Erde, der in dieser Jahreszeit besonders intensiv aufstieg, erzählten von Kräften, die auch den Menschen stärken konnten. Sie bewegte sich zwischen der Bibliothek und der Mauer zum Gemüsegarten, um Lady Gaynesford nicht zu stören, deren Fenster sämtlich auf die andere Gartenhälfte hinausgingen. Die roten Knospen an den Rosensträuchern brachten einen heiteren Glanz in das Grau und aus den Akeleiblättern arbeiteten sich tatsächlich schon wieder zwei Stengel mit Knospen himmelwärts. Olivia nahm die Natur um sich wahr, während ihre Gedanken um eine

Bemerkung des gestrigen Tages kreisten: ‚... bei vielen Tassen Tee'. Das klang ganz anders, als Rebecca es hingestellt hatte. Warum tat sie so, als wäre ihre Tante ein konventionelles Familienproblem anstelle des lebendigen Gesprächspartners, den sie in Wirklichkeit in ihr gefunden hatte? Das sollte sich herausfinden lassen.

Vorn im Hof knirschten Reifen auf dem Kies. Während der Motor abgestellt und eine Tür geschlagen wurden, zog Olivia sich vorsichtshalber um die Rosen herum zum Durchgang in der Gartenmauer zurück. Es war in der Tat Kommissar Taylor. Nicht gerade höflich, so früh am Morgen, fand sie und verschwand im Obstgarten. Nach kurzem Überlegen kam sie allerdings zu dem Schluß, daß es für einen Besuch bei Rebecca nicht zu früh war. Also schritt sie durch den Gemüsegarten und über den leeren Hof. Es war offensichtlich nicht sehr schwierig, Greystone Manor ungesehen zu verlassen und das galt dann ja wohl genauso für den umgekehrten Weg.

Rebecca hatte das Frühstücksgeschirr beiseitegeschoben und saß über einigen Papieren am Küchentisch. Bereitwillig holte sie einen weiteren Becher und goß Olivia heißen Kaffee ein.

»Ist die Polizei wieder im Manor House?« Neugierig sah Rebecca über den Küchentisch und die angenehme Atmosphäre war zerstoben.

Das ist ja eine nette Rolle, in die ich da gerate, schoß es Olivia durch den Kopf. Doch alles, was sie jetzt dagegen einwenden mochte, würde wohl als Verteidigung aufgefaßt, das konnte ihr Ziel nicht sein. Die Wahrheit ging schon überhaupt niemanden etwas an, also setzte sie ihren Becher mit zustimmendem Kopfnicken ab: »Genau so ist es.« Rebeccas befriedigter Gesichtsausdruck veranlaßte sie zur nächsten Frage: »Glaubt man, daß die Polizei an mir Interesse hat?«

»Und ob man das glaubt. Sie sind fremd, der Tote ebenfalls. Nach dem, was hier und im Ort durchsickert, muß man einen Unglücksfall ausschließen. Und daß einer von uns einen Wildfremden umbringt, macht doch keinen Sinn, nicht wahr?«

»Glauben Sie auch, was man zu glauben scheint?«

Rebecca zögerte eine kurzen Augenblick: »Ich habe keine Zeit, mich mit Gerede abzugeben,« wich sie aus.

»Immerhin kommt es Ihnen zu Ohren.«

»Das kann ich nicht ändern. Die Leute in den Ställen reden darüber, unsere Köchin ist ganz aufgeregt. Alle Tage passiert so etwas ja nicht!«

»Aber nehmen Sie es sich nicht zu Herzen,« meinte Rebecca aufmunternd, als Olivia sie schweigend ansah. »Die Leute genießen solche Themen, so ist das nun einmal.«

Olivia akzeptierte die versöhnliche Wendung des Gesprächs. »Störe ich Sie bei Plänen für den Pferdehof?« Sie deutete auf die Papiere auf dem Tisch.

»Ich bin am ersten kritischen Punkt. Mein Ziel ist ein Reiterhof, ich möchte, daß Menschen hierherkommen, mit neuen Gesichtern und neuen Gesprächsthemen, verstehen Sie? Dazu brauche ich als erstes Pferde. Einige habe ich nun und die müssen bewegt werden. Also brauche ich jetzt die Gäste, die das tun und auch noch dafür bezahlen. Wenn dieser heikle Punkt klappt, kann ich weiter Pferde züchten.«

»Und wo liegt das Problem?«

»Es liegt darin, daß ich alles haben will. Die Leute sollen nicht nur zum Reiten kommen, sondern auch hier wohnen. Ich will menschliches Leben hierherholen. Und sehen Sie, dazu muß ich ein Gästehaus bauen, ehrlicherweise aber ein Hotel mit Küche und Bar, sonst klappt es nicht. Das bedeutet immense Kosten und völliges Neuland.«

Vor Olivia wurden Gebirge von Schwierigkeiten aufgetürmt, doch mit ganz klaren Zielen dahinter. Am besten gefiel ihr ein sozialer Aspekt. Die meisten Gäste auf den Pferdehöfen hier in Buckinghamshire waren ältere Menschen mit viel Freizeit, die Nähe zu London spielte dabei wohl eine Rolle. Sie waren die erste Zielgruppe auch für Rebeccas Pläne. Die zweite sollten dann Jugendliche sein, die ihre ersten Ferien ohne Familie verbringen wollten. Der Gedanke bestand darin, zwei Gruppen mit viel Zeit von ihren weit auseinanderliegenden Punkten im Leben zusammenzubringen. Vielleicht konnte das gemeinsame Interesse für Pferde die jungen Menschen für das öffnen, was die alten an Lebenserfahrungen und Einsichten mitbrachten, und umgekehrt mochte sich das Zusammensein mit jungen Leuten belebend auswirken. Olivia wandte sich dieser Seite mit wärmerem Interesse zu, schon weil sie ihr zugänglicher war als die Probleme der Tierhaltung, und erntete einen wilden Sturm der Empörung.

»Sie sollen mich aushorchen, nicht wahr, deswegen tun Sie auf einmal so interessiert?«

»Wovon, um Himmels Willen, reden Sie?«

»Von meiner Tante! Sie haßt die Vorstellung, mehr Menschen hierher zu holen, fremde Menschen, mit nichts im Kopf als Pferden und Vergnügen. Mein Vater schwankt in seiner Meinung. Ich habe ihn überzeugt, eine gute Pferdezüchterin zu sein. Deswegen kann ich noch keinen Pferdehof leiten, das weiß ich so gut wie er. Aber er wußte im vorhinein genausowenig, ob seine Käsereipläne gelingen würden, auch wenn er heute behauptet, daß alles genau kalkuliert war.«

»Machen Sie sich Gedanken über den Einfluß von Lady Gaynesford auf Ihren Vater?«

»Was geht das Sie an? Ich mache meine Sachen, meine eigenen, und ich lasse mir von niemandem hineinregieren! Basta!« Rebecca war aufgesprungen. »Sie gehen jetzt besser, ich habe zu tun!«

Es klopfte an der Tür der Bibliothek. «Entschuldigen Sie bitte, Miss Olivia, Chiefinspektor Bates ist wieder hier.» Dorothy fühlte sich sichtlich unwohl, doch Richard ließ ihr nicht viel Zeit zu Entschuldigungen.

«Miss Lawrence, Sie erwähnten in unserem gestrigen Gespräch, daß Sie eben diesen Raum hier unbemerkt verlassen haben, während Kollege Taylor und ich drüben im gelben Salon saßen. Bitte, zeigen Sie mir, wie Sie vorgingen.» Dorothy zog die Tür von außen ins Schloß.

Olivia lächelte verschmitzt und zeigte ihm, daß die Tür der Bibliothek und die eine der beiden Türen des gelben Salons auf dieselbe Terrasse hinausgingen, so entstand die Illusion, vom einen Raum den jeweils anderen im Blick zu haben. In Wirklichkeit standen die Sitzmöbel aber meist so tief im Salon, daß man von innen aus die Bibliothekstür nicht sah, nur denjenigen, der hinaustrat. Also hatte sie sie unbemerkt öffnen können und ihr Fehlen erschien von jener Normalität, über die niemand weiter nachdachte. Sie führte Richard um den Schreibtisch herum in das kleine Kabinett, öffnete das Fenster, kletterte hinaus und zog den Fensterflügel wieder nach unten. Mit Hilfe eines unter einem Strauch liegenden alten Zweiges beseitigte sie die vagen Spuren, die ihr Fuß auf dem Laub hinterlassen hatte, das als Winterschutz unter den Büschen lag. Richard, der durch die Tür in den Garten hinauskam, mußte zugeben, daß auch sein trainierter Blick keine Spuren ausmachen konnte. Und der wohlgepflegte Rasen verriet ohnehin nichts. Sie gingen darüberhin zum Obstgarten, sahen Mr. Jonas bei den Frühbeeten arbeiten und kehrten zurück auf den sonnenbeschienenen Rasen, glücklich weit genug von allen zufällig lauschenden Ohren entfernt.

«Du hast mich überzeugt, Olivia, daß es mit einem Minimum an Aufwand machbar ist, sich ohne Spuren auf diesem Anwesen zu bewegen; daß sogar der Hauptweg im Gemüsegarten mit Kies bestreut ist, könnte ich gerade jetzt für übertrieben sorgfältig halten. Wenigstens knirscht er gelegentlich, aber natürlich nicht so laut, daß man es im Haus hört. Ich nehme also Phantom X auf meine Liste der Verdächtigen.» Er sah zum Haus hinüber. «Was sind das für Fenster?»

«Sie gehören zu den persönlichen Räumen des verstorben Sir Gaynesford. Unten die Bibliothek, oben Schlafzimmer und Bad. Ich glaube, inzwischen übernachtet Sir Henry dort, aber selten, meist fährt er in der Nacht noch nach London zurück. Der Grundriß des Hauses ist ein ‚T', das auf der südlichen Gartenmauer aufsteht. Die Bibliothek ist die eine Seite des Querstrichs, ihr entspricht der grüne Salon. Dazwischen liegen das Treppenhaus, der Aufgang beginnt neben der Tür zur Bibliothek, und das Eßzimmer. Im Längsstrich des ‚T' schließt sich an das Eßzimmer der gelbe Salon an. Du siehtst die Flügeltür dort rechts im von hier aus zurückgesetzten Teil des Hauses. Die nächste Tür nach rechts ist die heutige Eingangstür und führt in einen Gang, der über die volle Breite des T-Striches läuft und am anderen Ende ebenfalls eine Tür hat, die auf Wunsch von Lady Gaynesford seit dem Tod ihres Mannes geschlossen bleibt. Das weiß ich von Alfred. Der Schlüssel hängt in der Küche. Links von diesem Gang, ebenfalls in der ganzen Breite unseres ‚T', erstreckt sich der Wirtschaftsraum, der somit einen Teil der südlichen Begrenzung bildet. Als weiterer Teil dieser Begrenzung folgt die Küche, ihre Tür führt nach hier hinaus, Du kommst an ihr vorbei, dort, wo die Fassade der Wirtschaftsräume zurückspringt. Daneben liegt das Wohnzimmer des Ehepaares Jonas, das Atelier von Lady Gaynesford, der Raum für die Gartengeräte und die Garage, aber damit sind wir schon im Hof. Das Atelier hat große Fenster zum Garten und hinaus auf die Weiden. Die Wohnräume von Dorothy und Alfred schauen sämtlich nach draußen über die Hügel, auch die im ausgebauten Dach. Soweit alles klar?«

Richard hatte verstanden, was er sah.

»Im ersten Stock des ‚T' liegen über der Bibliothek und dem grünen Salon die Schlafzimmer von Sir Edward und Lady Gaynesford, die Erker wurden hier zu Badezimmern ausgebaut. Dazwischen mündet die Treppe auf eine große Fläche, die über dem Eßzimmer liegt und verhältnismäßig leer ist. Es gibt ein ausladendes Sofa, einige Beistelltische und ein Telefon, ein Regal mit olmekischen Figuren. Von hier geht ein Gang weg, an dem drei Gästezimmer, jeweils mit einem eigenen Bad, liegen, also über dem gelben Salon und dem Wirtschaftsraum. Die Fenster, die Du von hier aus siehst, liegen sämtlich am Gang, die der Gästezimmer schauen nach Osten in den Garten und ins Weite, wenn man mag, und nach Süden unmittelbar hinaus in die Landschaft.«

Olivia hielt inne: »Noch einmal zurück zu der freien Fläche: neben der Tür zu Lady Gaynesfords Räumen beginnt die Treppe zum Speicher und stützt sich damit an ihre Schlafzimmerwand. Der Speicher läuft über die Länge der Gästezimmer, der Querstrich hat einen eigenen Speicher, zu erreichen über eine Falltreppe, jedenfalls deute ich die Klappe in der Decke über dem Sofa dahingehend.«

»Genau recherchiert.«

»Natürlich.«

»Also zu Sir Henry. Er empfing mich in seiner Stadtwohnung, distinguiert und mit kühler Sachlichkeit. Er ist entschlossen, an seiner Sebstmordthese festzuhalten, bis wir schlüssige Fakten für einen anderen Ablauf vorlegen, weil für ihn definitiv niemand der Anwesenden in Frage kommt.«

»Das ist doch nett von ihm. Wenn man bedenkt, daß Kommissar Taylor mich für die Mörderin hält und die hiesige Nachbarschaft sich dem anzuschließen beginnt.«

»Du hast davon auch schon gehört?«

»Habe ich. Heute morgen vor dem Frühstück. Nicht gerade gemütlich. Oder siehst Du das anders?«

»Ich finde es äußerst praktisch. Der wahre Mörder wird sich ins Fäustchen lachen, und genauso macht man Fehler.«

»Ich danke für Dein Mitgefühl; und beginne, eine höhere Meinung von Sir Henry zu haben. Wie hat er Dir begründet, warum er Montag so termingerecht hier ankam?«

»Er sagte dasselbe, was Du im Treppenhaus mitgehört hast: Alfred habe ihn am Vormittag über seine Sekretärin im Gericht verständigt. Die Sache hat nun zwei Fehler: Alfred weiß von diesem Telefonat nichts und Lady Gaynesford ist ganz sicher, nichts in dieser Richtung veranlaßt zu haben.«

»Und was verraten die Computer der Telefongesellschaften der Kriminalpolizei?«

»Sir Henrys Sekretärin wurde um 10.12 Uhr vormittags von einer öffentlichen Telefonzelle in High Wycombe aus angerufen.«

»Fein. War Alfred in High Wycombe?«

»War er, in Abarbeitung einer einigermaßen langen Besorgungsliste für das Herrenhaus.«

Olivia legte nachdenklich die Hände auf den Rücken und schlenderte um den Flügel des Hauses herum zu der bärbeißigen Steinfigur an der hinteren Gartenpforte.

»Hat Alfred sonst noch etwas gesagt?« sie drehte sich zu Richard um.

»Wie er erzählt, ist er fast jeden Montag in High Wycombe, weil Mylady an diesem Vormittag das Auto so gut wie nie gebraucht. Er erledigt alles, was im Laufe der Woche für Haus und Garten anfällt. Manchmal begleitet ihn seine Frau, dieses Mal nicht.«

»Schade.«

»Nicht wirklich. Sie wäre kein sehr starker Entlastungszeuge. – Sir Henry hat übrigens auch feste Gewohnheiten. Er kommt jeden Dienstag zum Dinner zu seiner Mutter. Mal später, mal früher, aber zuverlässig immer. Daran bemerkenswert ist, daß die Pflanze in Lady Gaynesfords Schlafzimmer, der das Zyankali so wenig bekam wie Señor Ramos, Mittwochmorgens gegossen wurde.«

»Aber er hat kein Motiv! Den Worten seiner Mutter zufolge ist er finanziell unabhängig. Das persönliche Verhältnis der beiden scheint mir eher überdurchschnittlich gut zu sein.«

»Er hat jedenfalls kein Motiv, das wir schon herausgefunden hätten,« räumte Richard ein. Sie gingen langsam in die Sonne zurück und wandten sich in Gedanken David zu.

»Dieser junge Mann ist mir ein wenig zu überheblich, aber möglicherweise harmlos. Er gehört tatsächlich zu der Stimme, die Alfred im Garten gehört hat, er telefonierte mit einem Kollegen von 15.26 Uhr bis 16.18 Uhr. Sir Henry erinnert sich, daß er David hinter dem Schreibtisch sitzend antraf. Mehr oder weniger gleichzeitig drückte er auf die Telefongabel und riß David den Hörer aus der Hand, um Dr. Harrison anzurufen. – Einer meiner Assistenten sprach mit diesem Lewis Milford, der wohl etwas aufgeregt war, in einem Mordfall befragt zu werden, aber alles bestätigte. Das Gespräch sei abrupt beendet worden, vermerkte er noch immer leicht indigniert, zeigte sich aber erfreut, nun eine einwandfreie Erklärung zu erhalten. Seine Probleme möchte ich haben.«

Olivia sah ihn abwartend an.

»Ich weiß, ich weiß, Du fragst wieder, wann Dorothy das Geschirr brachte: kurz vor halb, wie wir wissen. Auf die Minute weiß sie das natürlich nicht, aber sie hörte David telefonieren, daran erinnert sie sich.«

»Und Sir Henry ging daran vorbei, als er Señor Ramos empfangen wollte.«

»Richtig. Und Du auch.«

»Genau. Einstweilen kommen wir hier nicht weiter.«

»Sieht so aus.« Richard schob die Hände in die Hosentaschen und bewegte sich wieder. »Ich unterhielt mich heute morgen noch mit Doktor Trevor, das ist der Tierarzt. Er hatte offensichtlich schon damit gerechnet, daß wir uns für ihn interessieren und öffnete umstandslos seinen Giftschrank: eine eindrucksvolle Sammlung von Drogen und Giften, muß ich schon sagen. Überflüssig zu erwähnen, daß flüssiges Zyankali nicht darunter war. Er erläuterte ausführlich und, wie mir schien, sich zunehmend an dem Thema erwärmend, welche pharmazeutischen Wege er beschreitet, mit welchen verbesserten Heil- und Zuchterfolgen und Langzeitwirkungen.«

»Also ein engagierter, praktisch orientierter Wissenschaftler, der mangels Labor die Herden seiner Farmer als Versuchstiere benutzt. – Sympathisch?«

»Möglich. Mir erschien er ein wenig zu nüchtern, um sich in seiner Nähe zu erwärmen. Aber Rindern und Schafen ist das vielleicht nicht so wichtig.«

»Hoffentlich erwärmt er wenigstens Rebecca Gaynesford und interessiert sich nicht am Ende mehr für ihre Pferdezucht.«

»Ihr Problem. Er war wegen eines leicht fiebernden Pferdes am Montag gegen 10.00 Uhr, gegen 16.00 Uhr und gegen 20.00 Uhr auf der Farm und bestätigt damit Alfreds Aussage.«

»Ist auch mal schön. Bleibt herauszufinden, wo er sein flüssiges Zyankali versteckt und ob er all seine sogenannten Rohstoffe bei Mrs. Thornhill bestellt oder mehrere Quellen hat.«

»Dafür wird sich die Polizei bis auf weiteres nicht interessieren. Ich habe mich längere Zeit mit ihm unterhalten und den sicheren Eindruck gewonnen, daß er mit der Sache nichts zu tun hat.«

»Bei Rebecca bin ich mir nach dem heutigen Gespräch nicht mehr so sicher wie ich es gern wäre,« meinte Olivia nachdenklich. »Lady Gaynesford sieht ihr Verhältnis zu Rebecca beinahe idealisiert, umgekehrt ist es mit dramatischen Spannungen befrachtet.«

»Das interessiert mich. Komm, laß uns zum Obstgarten hinübergehen,« schlug Richard vor, »vielleicht ist Mr. Jonas mit dem Gemüse für heute fertig.«

»Oh, da sind Sie ja!« hörte Olivia eine fröhliche Frauenstimme rufen und schon ruderte Mrs. Wotheridge mit ausladenden Armbewegungen über den Kies des Gartenweges.

»Und wie das knirscht,« murmelte Richard hinter Olivias Rücken.

Schon hatte die Frau des Pfarrers Olivias Hände gegriffen und sie derart nah zu sich gezogen, als wollte sie sie an ihr mütterliches Herz nehmen. »Ich bin so empört über das, was die christlichen Schäfchen in Copper Hill denken, daß ich kommen mußte. Sie haben von dem Verdacht gegen sich schon gehört, nicht wahr? Gestern beim Handarbeitstee im Pfarrhaus wurde noch darüber gesprochen, wie besorgt man über die Gefahr ist, in der Sie schweben und heute das. Wie kommen die Leute nur auf solch ehrabschneidende Gedanken!«

»Vielleicht aus berechtigter Sorge,« mischte sich Richard ein.

Mrs. Wotheridge hob erstaunt den Kopf: »Aus was für einer Sorge heraus, was soll das heißen?«

»Nun.« Richard ließ sich Zeit. »Ihre Damen werden unausgesetzt über den Mord reden, den Mord in ihrem Dorf. Und je länger und genauer sie sich nach und nach ausmalen, wie es möglich sein konnte, wächst die Einsicht, daß nur jemand es getan haben kann, der die Verhältnisse genau kennt, also einer aus dem Dorf. Und dieser unangenehmen Wahrscheinlichkeit weichen sie aus, indem sie den Verdacht gegen einen Außenstehenden wenden. – Das ist ganz normal,« schloß Richard freundlich.

»Das mag normal sein, es ist aber unchristlich! Und sehr häßlich! – Liebe Miss Lawrence,« Mrs. Wotheridge drückte Olivias Hände fest und teilnehmend. »Kümmern Sie sich nicht um das Gerede. Mein Mann und ich sind fest davon überzeugt, daß Sie es bestimmt nicht waren. Das wollte ich nur sagen.« Damit ließ sie Olivias Hände frei, schaute kurz von einem zum anderen und verabschiedete sich hastig: »Ich sehe jetzt erst, daß ich mitten in die Ermittlungen der Polizei geplatzt bin. Bitte entschuldigen Sie mich! Wenn Sie wieder im Dorf zu tun haben, Miss Lawrence, schauen Sie im Pfarrhaus vorbei, wir haben immer Zeit für einen Tee.« Eilig ruderte sie durch den Obstgarten davon, noch immer mit bewegten Armen, und verschwand hinter der Mauer. Auch Alfred war nicht mehr zu sehen.

Während Olivia ihr verblüfft hinterherschaute, lachte Richard in sich hinein. »Wenn Du mal eine Verschnaufpause brauchst, besuche den Pfarrer. – Es beruhigt, so etwas zu wissen,« fügte er kameradschaftlich hinzu, »außerdem wissen Pfarrer manches, was andere Leute übersehen. – Wir waren bei Rebecca stehengeblieben.«

Olivia seufzte: »So ist es. Wenn wir zurückblicken, haben wir einen Jahrzehnte hindurch stabilen familiären Kontakt zwischen den Gaynesford-Familien diesseits und jenseits der Straße vor uns. Die Brüder verband eine lebenslang gewachsene Gemeinsamkeit, die Ehefrauen hatten ein offenes, herzliches Verhältnis, man nahm wechselseitig am Leben der anderen teil. Daraus läßt sich mit einigem Recht schließen, daß Lady Gaynesford ihre Nichte und ihren Neffen sehr gut kennt und offensichtlich nimmt sie auch heute noch jeden Anteil an deren Leben, der ihr gestattet wird. Und damit sind wir bei dem kritischen Punkt. Rebecca ist von allem Anfang an zwischen den Schafen und Rindern ihres Vaters herumgekugelt und es stand ziemlich früh fest, daß sie dies alles später weiterführen würde. David war mit dieser Perspektive immer zufrieden, er hat schon mit drei Jahren nicht gern schmutzige Kleider angehabt. – Vor sechs oder sieben Jahren starb nun Rebeccas Mutter und die Tochter übernahm deren Pflichten, wurde aber auch weiterhin nicht an Entscheidungen ihres Vaters beteiligt. Also mußte sie sich etwas Eigenes aufbauen.«

»Das geht uns allen so,« brummte Richard.

»Es gibt hier irgendwo ein Altersheim für Pferde, in dem Rebecca zahllose Ferien hindurch gearbeitet hat,« fuhr Olivia unbeirrt fort.

»Ideen haben die Leute.«

»Du lebst eben nicht auf dem Land!« Olivia fühlte sich beinahe zur Verteidigung aufgerufen. »Ich finde es eine sehr menschliche Idee.«

»Sehr menschlich. Oder am Ende: zu menschlich?«

»Können wir darüber ein andermal nachdenken?«

Auf eine entgegenkommende Geste von Richard hin sprach Olivia weiter: »Jedenfalls entstand aus dieser Situation heraus der Plan, Pferde zu züchten und einen Reiterhof eigener Prägung aufzuziehen. Ein Reiterhof ist zwangsläufig mit Gästen verbunden, provozierender formuliert: mit Touristen, und gegen dieses Vorhaben scheint Lady Gaynesford sich vehement zu verwahren. Zwar hat Rebecca mit der Pferdezucht etwas ganz Eigenes aufgebaut, davon versteht nur sie etwas,«

»...und Doktor Trevor,« warf Richard dazwischen.

»Einen Arzt brauchen wir alle mal. Und vergiß nicht, wenn die Beziehung zwischen den beiden so intim ist wie es den Anschein hat, entwickelt sich hier etwas äußerst Eigenes! Gegenargument?«

»Keines!«

»Dennoch gibt es zwei ‚Aber'. Die Pferde, die jetzt im Stall stehen, und das sind einige, müssen bewegt werden, und genau das sollten zahlende Gäste tun. Um diese auf die Farm zu bekommen, bedarf es einer Unterkunft. Du siehst das zweite ‚aber'?«

Richard war ihrem Gedankengang gefolgt.

»Für jede größere Entscheidung braucht Rebecca die Einwilligung und die Investitionsbereitschaft ihres Vaters. Was Farmer Gaynesford zu der ständigen Anwesenheit von Fremden auf seinem Hof sagt, weiß ich nicht, ebensowenig, ob er über solche Fragen mit seiner Schwägerin auf der anderen Seite der Straße redet. Jedenfalls hält Rebecca die Gefahr für sehr groß, daß Lady Gaynesford ihren Vater gegen die Pläne des Reiterhofes beeinflußt, möglicherweise sogar Druck ausübt.«

»Kann sie das?«

»Es scheint, als habe Sir Edward die Farm an seinen Bruder nur verpachtet.«

»Ja, dann.« Richard wurde nachdenklich.

»Außerdem verstehe ich nicht, warum Rebecca mir gegenüber den Eindruck erzeugen wollte, Ihre Tante nur äußerst selten zu sehen.«

»Was nicht stimmt?«

»Nein. Sie ist häufig zum Tee hier, Lady Gaynesford sprach davon und Dorothy bestätigte es mir; sie ging sogar so weit, Lady Gaynesford als mütterliche Vertraute zu bezeichnen.«

»Wir haben es demnach mit einer tatkräftigen, intelligenten jungen Frau zu tun,« faßte Richard zusammen, »die sich durch die ältere Generation massiv beengt und eingeschränkt fühlt. Die Möglichkeit, alles hinter sich zu lassen, um woanders wirklich Eigenes aufzubauen, ist auszuschließen, weil sie von allem Anfang an mit diesem Land, auf dem sie aufgewachsen ist, elementar verbunden war. Also muß sich die Empörung gegen die Menschen richten. Und Du überlegst, wie tief sie sich in solch eine Empörung hineingesteigert haben könnte.«

»Genau das ist die Frage. Das Gift dürfte ihr zugänglich sein und Kenntnis von Ort und Gewohnheiten besitzt sie mehr als genug.«

»Sie hat sogar den Vorteil, daß sich niemand über ihre Gegenwart, wo auch immer in diesem Anwesen, wundern würde,« sinnierte Richard. »Und doch reicht mir das nicht.«

»Das ehrt dich,« konterte Olivia, »also stellen wir die Frage, was hätte Rebecca vom Tod ihrer Tante über die persönliche Freiheit hinaus?«

»Damit beauftragst du mich, das Testament einzusehen?«

»Es zu kennen, könnte weiterhelfen.«

»Du hast Glück. Ich habe bereits Auftrag erteilt, die entsprechenden Anwälte zu ermitteln und einen Termin auszumachen. Allerdings richtet sich mein Interesse eher auf eine Spur nach Mexiko.«

»Du glaubst wirklich ...?« Olivia zögerte.

».... Deine alte Dame könnte es gewesen sein. So ist es. Das wäre zum Beispiel eine Erklärung dafür, warum Sir Henry diese absurde Selbstmordthese derart zwingend hinstellt.«

»Aber die Pflanze spricht dagegen.«

»Möglicherweise ein Vorversuch.«

»Quatsch! Wer probiert an einer Palme aus, wie er einen Menschen umbringen könnte.« Olivia hielt kurz inne. »Zumindest hätte sie mich dann nicht auf das gelungene Ergebnis aufmerksam gemacht!«

»Das stimmt,« gab Richard zu. »Und auch wieder nicht, sie konnte ja nicht ahnen, daß ihre nette Journalistin auf der Stelle detektivische Energien entfalten würde. Die Menschen reden oft zu viel.«

Das mußte Olivia ihrerseits einräumen. Ein leise lauerndes Unbehagen kam in der ländlichen Stille aus den hohen, grauen Mauern gekrochen und brachte ihr das Blumengespenst in den Sinn zurück. Immerhin war es nach einem langen Winter ausgerechnet am Tag des Mordes wieder aktiv geworden. Richard hatte diesen Punkt, wie abwegig er ihm auch erscheinen mochte, in seine Gespräche einbezogen. Lady Gaynesfords einzige Reaktion dazu war eine entschieden ungeduldige Handbwegung gewesen; Alfred im Gegenteil hatte sich ausführlich auf das Thema eingelassen, allerdings ohne neue Informationen zu bieten. Richard fand es eingestandenermaßen merkwürdig, daß das Ehepaar Jonas überhaupt keinen Verdacht in irgendeiner Richtung zu haben schien, aber er mußte sich damit abfinden. Sollte dieser Fall mit dem Mord in Verbindung stehen, würde sich früher oder später ein Hinweis finden, andernfalls mußte Alfred das Problem selber lösen. Allerdings konnte Richard Olivia die Bestätigung liefern, daß das Phantom ausschließlich durch das Tor oder die danebenliegende Gartentür hereingekommen sein konnte. Demnach mußte es einen Schlüssel besitzen. Zumindest behauptete Alfred, daß auch dann Blumen gestohlen wurden, wenn das Tor verschlossen war. Kommissar Taylors Leute hatten die Mauern und die Außenwände des Wirtschaftstraktes, der das Anwesen zum größten Teil nach Süden abschloß, genau untersucht und nicht die kleinste Spur einer menschlichen Kletterübung gefunden. Ein undurchdringlicher Wall von Brombeerranken ringsum hielt jedes Schaf und jede Kuh auf Abstand und nirgendwo gab es gebrochene Zweige, die von einem Menschen erzählen würden, der gewaltsam vorgegangen wäre. Oben war die Mauer mit Moos bewachsen, an der Straßenseite mit Efeu und nirgends war eine Beschädigung der Pflanzen zu bemerken.

»Das Gespenst ist also ein ganz lebendiger Dieb mit Schlüssel, falls die Blumen nicht in Mrs. Jonas' Wohnzimmer stehen. Oder es gibt ein Familiengespenst, von dem niemand eine Ahnung hat,« endete Richard. »Dabei fällt mir ein, betätigst Du Dich eigentlich als abendlicher Wassergeist?«

»Es sind die aufregendsten Minuten des Tages,« verriet Olivia, »wenn ich das Wasser in Lady Gaynesfords Schlafzimmer austausche. Bisher habe ich keiner Pflanze geschadet, also war wohl auch kein Gift mehr untergemischt. Doch wenn ich noch lange so weitermache, versumpfen die Pflanzen und das tut ihnen auch nicht gut. Ich warte ohnehin darauf, daß Lady Gaynesford der mangelnde Wasserbedarf ihrer Palmen auffällt, aber am Ende hat sie dafür im Augenblick nicht viel Konzentration übrig.«

18

Olivia hatte sich mehrere Stunden mit den besonderen Techniken auseinandergesetzt, die Lady Gaynesford bei ihren Skulpturen verwendete und fühlte sich jetzt erschöpft und entspannt. Draußen wurde es langsam dunkel, doch als sie durch die Bibliothekstür auf die Terrasse hinaustrat, fand sie es gerade noch hell genug, um ein weiteres Mal dem vermaledeiten Blumengespenst nachzuspüren. Es hatte etwas zutiefst Beunruhigendes, daß jemand immer wieder im Garten war, ohne je gesehen worden zu sein. Wer garantierte, daß dieser Jemand nicht im Haus genauso ungesehen herumgeisterte? Eine Bemerkung von Rebecca kam ihr in den Sinn darüber, wie wundervoll sich Kinder hinter den dicken, bodenlangen Vorhängen, die es vor allen Fenstern im Haus gab, verstecken konnten. Wenn man nicht gerade Falstaffs Statur hatte, boten sie sicher auch einem Erwachsenen einen Unterschlupf.

Vielleicht waren die Blumen nur ein Trick, um gerade diesen Gedanken nicht aufkommen zu lassen. Olivia zog ihre Jacke fester um sich und ging leise um die Bibliothek herum in die östliche Hälfte des Gartens. Sie hielt sich dieses Mal dicht am Haus und sah durch die Fenster, an denen sie vorbeikam: in das Kabinett neben der Bibliothek, ins Eßzimmer, ins Kabinett neben dem grünen Salon, in dem der Schreibtisch von Lady Gaynesford stand. Alle Räume waren übersichtlich und klar möbliert; ein kurzer Blick reichte aus, um festzustellen, ob sie menschenleer waren. Ein helles Fenster im ersten Stock zeigte ihr, daß sich Lady Gaynesford in ihrem Bad befand, wahrscheinlich, um sich für das Dinner zurechtzumachen. Olivia blieb dicht neben dem großen Fenster des grünen Salons stehen und sah auf die Rosen- und Kräuterbeete. Die Mauer warf tiefe Schatten. Wenn man hier wartete, bis oben das Licht ausging, war man völlig sicher und die Zeit, bis Lady Gaynesford im Eßzimmer ans Fenster treten könnte, reichte aus, um die drei Blüten, für die man sich während des Wartens entschieden hatte, abzuschneiden und an eben dem fraglichen Eßzimmerfenster vorbei in jenen Teil des Gartens zu gelangen, auf den zu dieser Tageszeit niemand einen Blick warf. Da alle Fenster der Wirtschaftsräume und der Wohnung des Ehepaares Jonas nach draußen auf die Wiesen schauten, war für den restlichen Teil des Abends nichts mehr zu befürchten.

Olivia hatte sich auf den Rückweg gemacht, schließlich durfte sie »ihre« alte Dame zum Abendessen nicht auf sich warten lassen. Ihre Augen schweiften über die Versteckmöglichkeiten des Gartens und sie versuchte, sich Alfred vorzustellen, der auf der Lauer lag. Ein Lächeln huschte über ihr Gesicht. Nein, das tat er bestimmt nicht. Er war nett und fleißig und präzise, aber auch ängstlich und, wenn es darauf ankam, sicher feige. Er hatte sich den ganzen Sommer lang geärgert, wohl auch das Tor früher geschlossen, aber kaum im Finstern hinter einem Busch gesessen und mit einem Stock in der Hand gewartet.

Konnte sie selbst etwas tun? Kaum. Wenn das Blumengespenst auch nur den geringsten Verstand besaß, würde es, solange die Polizei sich für das Herrenhaus interessierte, seinen Appetit auf Blumen unterdrücken. Es machte also keinen Sinn, daß sie es einmal mit einem Knüppel in der Hand hinter einer Mauer abzufangen versuchte. Was konnte dann helfen? Und plötzlich stand eine absurde Idee vor ihrem inneren Auge: hier auf dem Lande schob man keinen Sack unter den Briefkasten, in den dann die Post hineinpurzelte. Die roten Kästen waren zumeist in Hauswänden oder Mauern eingelassen, so auch in die hiesige vielberedete Gartenmauer. Der Postbote schloß die Tür auf, um die Handvoll Briefe herauszunehmen und im Auto in eine Kiste zu werfen. Sie hatte in der Vergangenheit mehr als einen dabei beobachtet, wie er die Briefe und Karten beiläufig durchblätterte. Es wäre ausgesprochenes Pech, wenn der hiesige Briefträger ein Muster an Diskretion darstellen sollte und das ausgerechnet am Briefkasten in der Mauer eines Mordhauses. Man müßte also ... Irgendwo hatte es geknackt. Olivia lauschte. ... Es war nichts mehr zu hören. Behutsam zog sie sich hinter das Kabinett der Bibliothek zurück und wartete regungslos. Ihre Augen liefen den Gang unter den Kugelakazien entlang zu der zugewachsenen Eichentür und über die Mauer hin, die nie jemand überstiegen hatte. Sie spähte um die Hausecke und ihre sorgfältigen Bewegungen machten dabei nicht das leiseste Geräusch. Sie ahnte die neu erblühte blaue Akelei, aber keine Geisterhand streckte sich nach ihr aus. Inzwischen war es fast finster geworden. Eine vage Kälte kroch über ihren Rücken. Es war nicht sehr klug gewesen, sich ausgerechnet im dämmrigen Garten Gedanken darüber zu machen, wie man einem Gespenst eine Falle stellen könne. Das Knacken hatte sich nicht wiederholt, gesehen hatte sie nichts Fremdes, was also tat sie noch hier draußen? Aufmerksam um sich schauend und sehr leise ging Olivia ins Haus. Sie schloß die Tür der Bibliothek hinter sich und stieg hinauf in ihr Zimmer.

'Lieber Leonard, ich lebe noch und meine Arbeit macht gute Fortschritte. Die Polizei wird sich immer sicherer, daß der Mörder des Mexikaners derselbe ist, der seit einem Jahr hier im Garten regelmäßig Blumen stiehlt. Wenn es bald zur Verhaftung kommt, leben wir wieder ruhiger.'

Olivia stöhnte. Himmel, klang das naiv. Aber es war eine einfache Information, die sich ohne Probleme weiterverbreiten ließ, darauf kam es an. Entschlossen schrieb sie Grüße und ihren Namen darunter, alles klar lesbar, und stand auf. Die offene Karte sollte noch vor dem Frühstück in den Briefkasten und ihren hoffentlich aufstörenden Weg nehmen. Sie hatte diese zugegebenermaßen bizarre Idee überschlafen und keine bessere geträumt, also wurde jetzt gehandelt.

Die Mahlzeiten von Gast und Gastgeberin blieben ausgedehnt. Dabei kreiste das Gespräch um die Arbeit und das Leben der Künstlerin Victoria Gaynesford, nur ungern und dann möglichst kurz ließ sie sich auf die neuen Aspekte der polizeilichen Ermittlungen ein und noch seltener auf Spekulationen, die Olivia anzuregen versuchte. Ihre Vergangenheit war ihr im Moment das Gegenwärtigste und wie zur Bekräftigung saß sie oft mit einer ihrer Figuren in den Händen am Kamin, oben in ihrem Schlafzimmer oder unten im gelben Salon, niemals in dem Raum, in dem der Mord geschehen war, darin lag immerhin ein Zugeständnis an die Realität. Olivia beobachtete all dies sehr genau. Daneben versuchte sie, Dorothys und Alfreds Tätigkeiten möglichst umfassend im Blick zu behalten und die der Putzfrau, die jeweils Dienstag und Freitag für mehrere Stunden im Haus war. Wirkliche Fortschritte machte sie indes nur bei ihrer Arbeit für ‚Art and Artists'. Sie konnte die einzelnen Schaffensperioden inzwischen klar voneinander abgrenzen. Und wieder ging sie hinauf in den Speicher, um einige Figuren genauer anzuschauen. Es machte ihr großen Spaß, immer präziser zu verstehen, was sie sah, und in der Konsequenz ihren Text immer klarer formulieren zu können. Inzwischen war sie guten Mutes, den Lesern der Kunstzeitschrift ein plastisches Bild der abseits moderner Sehgewohnheiten liegenden Kunstwerke und ihrer schöpferischen Außenseiterin vorstellen zu können.

An diesem Freitag Vormittag richtete sie ihre Fragen noch einmal an einige Figuren von Onetti und wandte sich dann den olmekischen Kleinskulpturen zu, die für ihn und und seine Schülerin gleichermaßen wirkungsmächtig gewesen waren. Ein Museum in Deutschland hatte vor Jahren in einer Mittelamerika-Ausstellung olmekische Kunst gezeigt, darunter Leihgaben von Lady Gaynesford. Olivia hatte den Katalog des Hildesheimer Museums in der Hand, in dem jede einzelne Figur abgebildet und detailliert beschrieben war. Einfach fabelhaft, dachte sie, so wird man auf angenehme Weise klüger. Behutsam stellte sie die mehr als tausend Jahre alte Figur zurück auf den Speicherboden. Die nächsten zwei im Katalog abgebildeten Figuren standen nicht da. Mit einem jähen Schreck in den Gliedern sprang sie auf. Der Speicher war groß und die Kleinskulpturen, die sie gerade studierte, waren es nicht. Sie zwang sich zur Ruhe und ging die beiden Seiten ab, leicht konnte eine so kleine Gestalt von einer größeren verdeckt sein. Aber dem war nicht so. Olivia lehnte sich mit den Schultern an einen der mächtigen Querbalken und schaute auf die Figuren hinunter. Lady Gaynesford hatte am letzten Sonntag ausführlich vor ihnen verweilt und sie schließlich in einer geschlossenen Gruppe beieinander stehen gelassen. Und da standen sie noch. Sie selbst war seitdem ziemlich oft hier oben gewesen und hatte ihrem Gefühl nach von Mal zu Mal alles unverändert gefunden. Sie glaubte auch jetzt, daß dieser Eindruck richtig gewesen war, doch Gefühle waren keine Argumente.

Donnerwetter, warum regt mich diese Entdeckung derartig auf? grollte sie. Einige Figuren aus dem Katalog in ihrer Hand fehlten da unten vor ihren Füßen, dafür standen etliche da, die im Katalog nicht abgebildet waren. Man soll die Dinge nie zu einfach werden lassen, schimpfte Olivia vor sich hin. Entschlossen kniete sie nieder und trennte sehr vorsichtig und sorgsam die Figuren aus dem Katalog von den anderen. Sie erstellte eine Liste der fehlenden Kleinskulpturen und darüber hinaus eine Liste der vorhandenen, was gar nicht so einfach war, mußte sie doch jede knapp und treffend charakterisieren. Nun, für den Augenblick würde es reichen und photographieren konnte man sie ja immer noch.

Jetzt bräuchte sie erst einmal einen großen dampfenden Kaffee, ein Stück Käse aus der hiesigen Molkerei wäre auch nicht zu verachten und gleichzeitig konnte sie Dorothy hoffentlich in ein Gespräch über altamerikanische Figuren verwickeln.

Als sie die Speichertreppe hinunterstieg, klang Richards Mahnung in ihr an, nichts herumliegen zu lassen, das auf den detektivischen Teil ihrer Tätigkeit schließen lassen konnte. Widerstrebend gab sie sich zu, daß die Aufstellungen, die sie gerade gemacht hatte, ohne Abstriche dazugehörten und somit in ihrem Zimmer unter Verschluß zu bringen waren. Schon schoß die Aufregung wieder durch ihre Glieder. Nichtsdestotrotz legte sie die Papierblätter zu den übrigen, die ersten, die sie in Englisch geschrieben hatte, verschloß die Reisetasche und schob sie zurück auf den Schrank.

Anschließend ließ sie in ihrem Bad minutenlang kaltes Wasser über Hände und Unterarme fließen. Angenehm erfrischt nahm sie den Hildesheimer Katalog wieder auf und wanderte, wie gerade vom Speicher kommend, in die Küche.

Dorothy und Alfred saßen bei einem kleinen Imbiß am Küchentisch und luden Olivia sofort ein, mitzuhalten. Ihr Gespräch drehte sich um die Organisation des Wochenendes. Lady Gaynesford wollte nach einem relativ zeitigen Frühstück am Samstag nach London fahren. Olivia, somit ihrer Beobachtungspflicht entbunden, war mit ihrer Gastgeberin übereingekommen, mit in die Stadt zu fahren und in den Sammlungen und der Bibliothek der Tate Gallery noch offenstehende Fragen zu klären. Am Sonntagnachmittag würde sie wieder mit nach Buckinghamshire zurückkommen. Alfred schrieb sich Olivias Adresse in Fulham auf, Uhrzeiten wurden abgeklärt, er wäre auch gern bereit gewesen, Olivias Gepäck zu ihr nach Hause zu bringen, doch das lehnte sie freundlich ab. Das Ehepaar sprach die Termine der beiden Tage weiter durch, Alfred notierte, was jeweils zu beachten war und wo er Aufträge für seine Frau am passendsten unterbringen konnte. Olivia wärmte ihre Hände am Kaffeebecher, schob sich gelegentlich ein Stück Käse in den Mund, und während sie scheinbar in Gedanken versunken war, hörte sie aufmerksam zu.

Endlich blieben Dorothys Augen an dem Katalog neben Olivias Teller hängen: »Sind die alten Figuren für Sie auch interessant?«

»Oh ja, die Kunstgeschichte fragt immer nach Vorbildern und Einflüssen. Für meine Arbeit sind diese Figuren besonders wichtig, weil sie mir hoffentlich ein wenig verdeutlichen können, warum die junge Frau von damals bei der Begegnung mit den alten mittelamerikanischen Kulturen zur Künstlerin wurde. Nach Mexiko zu fahren, wäre doch zu viel Aufwand.« Das sah das Ehepaar Jonas selbstverständlich ein.

»Ich komme gerade aus dem Speicher«, fuhr Olivia gleichmütig fort, »gibt es woanders im Haus noch alte Figuren?«

»Die Figuren im ersten Stock vor Myladys Schlafzimmer, aber die kennen Sie sicher.«

»Stehen dort immer dieselben?«

»Ja, immer; seit mein Mann und ich hier arbeiten und das sind bald dreiundzwanzig Jahre.«

»Und sonst stehen nirgendwo welche oder standen? Es sind ja außerordentlich eindrucksvolle Figuren darunter.«

»Nein, nie.«

Alfred räusperte sich: »Vor vielen Jahren hatte Mylady einige im Atelier. Weißt Du noch?« wandte er sich an seine Frau. »Das war damals, als Sir Edward die Fenster dort vergittern ließ und eine neue Tür eingebaut wurde.«

»Richtig, wenn Du das sagst, erinnere ich mich. Mylady wollte sie dort haben, zur Anregung, sagte sie.«

»Wissen Sie noch, welche Figuren es waren und womöglich, welche Arbeiten von Lady Gaynesford damals entstanden?« faßte Olivia nach.

Dorothy trank viele Schlucke Kaffee, doch am Ende schüttelte sie den Kopf. »Nein, ich erinnere mich, daß sie gelegentlich wechselten, und insgesamt etliche Jahre zusammenkamen, in denen alte Figuren im Atelier standen. Jetzt allerdings schon lange nicht mehr.«

»Standen sie auch manchmal im Speicher?«

»Nein, nie. Die alten Figuren nicht und auch die von Herrn Onetti nicht. Höchstens mal für ein, zwei Wochen, wenn ein Museum um Leihgaben gebeten hatte und Mylady sich nicht gleich klar darüber war, welche Werke sie auswählen wollte. Aber wenn sie sich entschieden hatte, verpackten wir die Figuren wieder. Dazu kamen die Galeristen, wissen sie, nachdem Mylady berühmt geworden war, fielen sie immer wieder ein, um Arbeiten zu kaufen, oft auch frühe. In den Jahren standen ihre Skulpturen im Speicher so wie jetzt und alles andere war verpackt, um jedes Mißverständnis zu vermeiden.«

»Hat Lady Gaynesford je alte Figuren verkauft oder die eine oder andere von Onettis Arbeiten? Ich vermute, daß sie sehr wertvoll sind.«

»Nein, nein, nein. Niemals. Das würde sie nie tun. Dazu hängt sie viel zu sehr daran.«

»Wüßten Sie, wenn so etwas doch mal stattfände?«

»Mit Sicherheit! Ich verpacke ja immer alles. Das will gekonnt sein. Schauen Sie, wie zerbrechlich die alten Figuren zum Teil sind. Ich bin immer heil froh, wenn die Museen den glücklichen Empfang bestätigen. Früher hat Mylady das Verpacken überwacht. Seit nun schon vielen Jahren überläßt sie es mir allein.«

»Meine Frau ist sehr geschickt in diesen Dingen,« bekräftigte Alfred.

Olivia sah vom einen zum anderen und lächelte. »Ich begreife erst jetzt, daß in diesem Haus eine ganz ungewöhnliche Sonderausstellung stattfindet, einzig zu Ehren von Señor Ramos, der sie aus widrigsten Gründen nicht würdigen konnte, und mir. Und ich immerhin erfreue mich außerordentlich daran. Aber ist es nicht ein großes Sicherheitsrisiko?« wandte sie sich an Alfred. »Wenn Sir Edward das Atelier schon für wenige Figuren sichern ließ?«

»Ja, wahrscheinlich ist es das,« stimmte Alfred bedächtig zu. »Wir halten das Haus seitdem auch verschlossen. Jeder, der herein will, muß hier an der Küchentür klopfen oder vorn läuten.«

»Obwohl im Grunde niemand davon weiß«, raunzte Dorothy. »Und wertvolle Sachen stehen immer herum.«

»Ich denke ja auch, man sollte das Tor überhaupt verschlossen halten!« ließ sich Alfred nachdrücklich vernehmen.

»Und jedesmal zum Tor vorgehen, wenn es läutet. Da würde mir jede zweite Sauce anbrennen«, wehrte seine Frau ab, »das ist tagsüber einfach zu unpraktisch. Es ist doch auch nie etwas passiert, bei uns nicht und in der Nachbarschaft auch nicht.«

Offenbar hatte Olivia ein altes Streitthema berührt, dessen Positionen klar waren. Sie zog sich mit herzlichem Dank für den Imbiß in die Bibliothek zurück. Dort setzte sie sich auf die Lehne des großen Lesesessels und ließ die Beine baumeln. Oben im Speicher fehlten zwei olmekische Figuren, von denen es in dem Katalog Abbildungen gab, das stand fest. Die Hildesheimer Ausstellung hatte vor vier Jahren stattgefunden, danach waren keine Figuren mehr ausgeliehen worden. Das stand ebenfalls fest. Daraus ergab sich, daß nach dem großen Auspacken vom letzten Sonntag erstmals seit vier Jahren alle alten Figuren nebeneinanderstanden. Es waren aber nicht alle! Warum hatte Lady Gaynesford das nicht bemerkt? Oder hatte sie es bemerkt und dazu geschwiegen? Oder wußte sie, daß einige fehlten und sah keinen Anlaß, dazu etwas zu sagen? Aber wenn sie es wußte, mußte sie die Figuren selbst aus dem Speicher geholt haben. Warum und was hatte sie mit ihnen gemacht, denn im Haus standen sie nicht. Sie mußte sie demnach verkauft oder verschenkt haben. Olivia ließ einige Gesprächspassagen der vergangenen Tage durch ihren Kopf ziehen und schloß diese Möglichkeiten weitestgehend aus. Es war also wahrscheinlicher, daß jemand anderer im Speicher zugegriffen hatte. Dorothy kam in Frage, sie hatte selbst erzählt, daß ihre Herrin sie allein dort oben arbeiten ließ. Aber sie hatte vorhin in der Küche so arglos reagiert wie es nur ein sehr abgebrühter Dieb schaffen würde, wenn er plötzlich vor der Gefahr stand, aufzufliegen, – oder aber ein unschuldiger Mensch. Alfred war zu feige zum Stehlen. Henry kam in Frage, er hatte vermutlich einigermaßen konkrete Vorstellungen von den Schätzen oben im Speicher, und, um bei der Verwandtschaft zu bleiben, Rebecca, David und theoretisch auch Farmer Gaynesford, den Olivia immer noch nicht selbst gesehen hatte. Damit war sie wieder im weiten Raum der Spekulationen. Darauf ließ sie sich nicht ein, sondern überlegte stattdessen, ob sie sich weitere Fakten verschaffen konnte. Sie rutschte von der Sessellehne, suchte alles Material zu Lady Gaynesfords olmekischen Skulpturen zusammen und stieg wieder in den Speicher hinauf. Zum ersten Mal vermied sie, auf die zwei knarzenden Stufen zu treten. Oben angekommen, setzte sie die Fußspitzen statt der Fersen auf, um die Füße möglichst lautlos abzurollen, beides geschah automatisch. Während sie ihre Papiere mit den kleinen Figuren verglich, rührte sie sich nicht von der Stelle. Aller gegenteiligen Bemühungen zum Trotz kam sie nicht umhin, festzustellen, daß noch mehr Figuren fehlten. Mit klammen Gliedern zog sie sich schließlich zurück. Als sie an Myladys Tür vorbeikam, blieb die nicht ganz neue Frage in ihrem Bewußtsein hängen, was die alte Dame in den vielen Stunden zwischen den Mahlzeiten machte. Las sie, telefonierte sie mit Freunden? Nein, ein Blick zum großen Sofa zeigte ihr, daß das Telefon an der Wand hing. Schlief sie oder dachte sie nach? Das Nächstliegende war wohl, daß sie über ihr Leben nachdachte, ausgehend von den Gesprächen bei den Mahlzeiten. Was geschähe, wenn sie jetzt klopfen und den Raum mit der Frage betreten würde: Im Speicher fehlen sechs Kleinskulpturen, was sollen wir unternehmen?

Einen Augenblick verharrte Olivia an der Treppe und sah sich um. Alles atmete Ruhe. Ebenso war es im Erdgeschoß. Nahezu lautlos ging sie durch die leeren Räume, sie waren still, sicher und behaglich. Als sie den grünen Salon verließ, war ihr, als würde die einzige Figur in diesem Raum ihr nachschauen. Sie drehte sich um.

Der Bücherwurm, wie sie die männliche Figur bei sich nannte, kämpfte mit den Stößen rutschender und kippender Bücher um sich herum, heute kam er ihr eher wie der Geist dieser Bücher vor, der sich erfolgreich aus seinem Käfig befreit hatte und nun mit einem endgültigen Sprung in die Freiheit hinter ihr hersetzte. Rasch zog sie die Tür hinter sich ins Schloß und schüttelte den Kopf, daß die braunen Haare für Sekunden waagerecht in der Luft standen. Sie brauchte keine Geister, wahrhaftig nicht. Das Eßzimmer und der gelbe Salon waren so ruhig wie das übrige Haus. Eine einzige Tür nach draußen war tagsüber geöffnet. Sie führte in den großen Garten, umgeben von einer hohen Mauer; deren einzigen Ausgang behielt das Ehepaar Jonas im Blick, zumindest halbwegs. Und trotzdem hatte sich irgendjemand quer durch diese friedliche Welt hinauf in den entferntesten Raum geschlichen, um zu stehlen. – Nein, im Moment war es nicht dienlich, zu reden, entschied Olivia. Die alte Dame sollte nach London fahren und sich ablenken, danach war der richtige Zeitpunkt, sie mit der Nachricht eines weiteren Verbrechens in ihrem Haus zu beunruhigen.

19

Die Teezeit näherte sich. Olivia hatte sich zu konzentrierter Arbeit gezwungen und eine längere Liste mit Fragen für Lady Gaynesford zusammengestellt als üblich. Sie fühlte sich friedlich und so ruhig, als gäbe es kein Zyankali in der Welt und keine fehlenden olmekischen Figuren; die Polizei war nicht aufgetaucht und auch sonst niemand. Ein Tag, um das große Tor geschlossen zu halten und dahinter in Frieden zu leben. Sie öffnete die Terrassentür der Bibliothek und empfand es sofort als Fehler. Durch die kahlen Ranken an den Säulen, die das Dach vor den Wirtschaftsgebäuden stützten, sah sie eine Frau in offensichtlicher Empörung auf die Küchentür zusteuern. Das vehemente Klopfen hörte Olivia noch, während sie die Terrassentür von innen wieder schloß. Das war der nächste Fehler, wie ihr sofort klar wurde. Es ging nicht darum, die wundervolle Ruhe der letzten Stunden aufrechtzuerhalten, sondern den langfristigen Frieden in diesem Haus wieder herzustellen. Wer war diese Frau? Am Ende konnte sie weiterhelfen.

Es klopfte an der Bibliothekstür. Mit allen Zeichen der Verwirrung bat Alfred Olivia, in die Küche herüberzukommen.

Demnach kann diese Frau mir tatsächlich weiterhelfen, hoffte Olivia im Stillen, während sie vor Alfred her durch den gelben Salon ging. Gesehen hatte sie die Besucherin bisher nicht. Doch bevor sie sich noch mit einer entsprechenden Frage zu Alfred umgewandt hatte, hörte sie einen hektischen Wortschwall durch die zwei offenstehenden Türen hindurch.

»Wie kann die Polizei nur auf so was kommen. Wo ich noch nie in meinem Leben jemandem was zu Leide getan habe. Und wo ich doch so lange nicht in diesem Haus gewesen bin; und den Toten nie nicht gesehen habe und nichts von ihm weiß. Und von Gift auch nichts. Wie kommen die nur auf so was?«

»Trinken Sie erst einmal einen Schluck Tee!« hörte Olivia Dorothys beruhigende Stimme.

»Ich hab' nie jemandem was zu Leide getan, bestimmt nicht. Und jetzt so was.« Die Stimme war etwas leiser geworden.

»Wann war die Polizei denn bei Ihnen?« fragte Dorothys Stimme vorsichtig. Olivia und Alfred waren im Wirtschaftsraum stehengeblieben.

»Gar nicht. Der Doktor hat's erzählt, drüben auf der Farm. Er hat's im Wirtshaus gehört.«

In Olivia schlugen Staunen, Begeisterung und Aufregung bis zum Hals, während sie sich zäh bemühte, nach außen gleichmütig zu bleiben.

»Doktor Trevor?«

»Ja, der.«

»Das verstehe ich nicht.« Dorothys Stimme klang noch immer beruhigend. »Die Polizei würde doch nicht im Dorf herumerzählen, daß sie Sie verdächtigt, bevor sie mit Ihnen gesprochen hat.«

»Hat sie ja auch nicht. Da ist ...«

Olivia hielt es an diesem Punkt für notwendig, dem Gespräch eine andere Richtung zu geben. Energisch stieß sie die Küchentür auf, musterte die hagere Frau mit dem knallroten Kopf einige Sekunden sehr sachlich und fragte dann: »Warum stehlen Sie seit dem letzten Sommer regelmäßig Blumen in diesem Garten?«

Stille trat ein. Olivia spürte, wie Alfred hinter ihr nach dem Türrahmen griff. Dorothy rückte fast unmerklich ein wenig vom Küchentisch ab und die Frau, die gerade noch voll strömender Empörung gewesen war, starrte mit leicht geöffnetem Mund auf den Tisch. Olivia trat noch zwei Schritte auf sie zu. »Reden Sie! Nur die Wahrheit kann Ihnen heraushelfen. Warum haben Sie die Blumen gestohlen?«

Langsam löste sich die Erstarrung und die Frau griff zitternd nach ihrer Teetasse. Olivia schätzte sie auf Ende Vierzig, nicht unintelligent, doch einigermaßen ungebildet, vielleicht ein wenig verbittert, im Leben zu kurz gekommen; in der Konsequenz eher zu Selbstmitleid als zu Härte neigend. Sie trug kurzgeschnittene, fahlbraune Haare, einen hellblauen Kittel über einem einfachen Pullover und die Hände, die die Tasse wieder absetzten und sich ineinander verknoteten, waren abgearbeitet und ungepflegt. Zögernd hob die Frau den Blick. »Ich sollte ...«

Olivia schaute unnachgiebig auf sie herunter: »Sie haben. Also reden Sie!«

Die Frau rutschte auf ihrem Stuhl herum. Dorothy und Alfred waren so still, als wären sie zu Skulpturen verwandelt. Von ihnen war keine Hilfe zu erwarten, das mußte die Frau schließlich einsehen. »Ich wollte sie treffen! Die alte Hexe! Hält sich für wer weiß wie fein und glaubt, meine Arbeit sei für sie nicht gut genug. Nicht sauber genug, hat sie gesagt.«

»Was meinen Sie mit nicht sauber genug?« Olivia hatte sich der Frau gegenüber an den Küchentisch gesetzt.

»Ich machte ihr zu viel mit den Händen und so, verstehen Sie?« Allmählich kehrte der Redefluß zurück: «Kochen Sie mal ohne die Sachen anzufassen! Geht doch nicht! Aber wenn ich die Sachen anfasse, mag sie es nicht mehr essen, die feine Dame. Die hat leicht reden, läßt sich alles fertig vorsetzen. Da braucht sie nichts mehr anzufassen, ist doch klar. Aber ich esse meine Kartoffeln auch mit der Gabel!«

»Sicher tun Sie das, Mrs. ...?« Die Frau guckte Olivia unsicher an. »Wie heißen Sie?«

»Betsy Maugham, Madame.«

»Also, Mrs. Maugham, Lady Gaynesford wird doch kaum in dieser Weise mit Ihnen gesprochen haben?«

»Die hat überhaupt nicht mit mir gesprochen. Sogar dazu war sie sich zu fein. Man hat mich nur nicht mehr gebraucht, den ganzen vorletzten Winter, wissen Sie. Und im Frühling hat Miss Gaynesford drüben sich dann verplappert. So kam's raus. Und ich war so wütend, daß ich mich rächen wollte. Ich laß mich nicht einfach abschieben. Laß ich mich nicht!«

»Und wie kamen Sie auf die Idee mit den Blumen?«

»Einfach so. Ich schob mein Rad von der Farm zur Straße. Da sah ich durch das Tor hier Narzissen im Garten. Ich war noch so wütend, daß ich hineinging und einen Strauß pflückte. Als der in meiner Wohnung stand und so schön war, dachte ich mir, daß die alte Hexe sich schwarz ärgern würde, wenn sie das wüßte. Und Dorothy und Alfred gleich mit und das geschähe ihnen ganz recht, denn sie hatten mir ja auch nichts gesagt.« Sie warf einen auftrumpfenden Blick um sich. »So bin ich immer gegangen, wenn ein Strauß verwelkt war, und habe mir einen neuen geholt.«

»Ganz so harmlos, wie Sie jetzt tun, sind Sie dabei aber nicht vorgegangen. Immerhin wollten Sie nicht gesehen werden.«

»Glauben Sie denn, die hätten mir die Blumen freiwillig gegeben? Nicht doch. Ich bin gegangen, wenn niemand da war. Oder mindestens Alfred nicht. Seine Frau ist doch meistens in der Küche, da konnte man auch mal Blumen holen, während sie kochte.« Betsy Maugham kicherte lautlos vor sich hin.

»Wenn Mr. Jonas in der Zwischenzeit das Tor verschlossen hatte, wie kamen Sie wieder hinaus?« Olivia spürte, wie Alfred hinter ihrem Rücken einen Schritt näher kam, ohne indes den Türrahmen loszulassen.

»Mit dem Schlüssel, wie sonst!« Die Antwort klang fast ein wenig herausfordernd.

»Mit welchem Schlüssel?«

»Ja, das wüßten Sie gern. Kann ich mir denken. Ich will's Ihnen sagen, Madam, wo Sie mich sowieso gefunden haben. Mit dem Schlüssel von der Gartenpforte von der Apotheke. Dort wohne ich. Der Schlüssel ist derselbe wie der von der Pforte hier in der Mauer neben dem großen Tor. Sehen Sie, da hängt er hinter der Küchentür, ein schöner, großer, alter Schlüssel. Genau derselbe hängt am Schlüsselbrett bei der hinteren Tür vom Apothekerhaus, durch die ich immer gehe, um mein Fahrrad aus dem Schuppen zu holen. Das ist mir wieder eingefallen, als ich nachgedacht habe, wie ich zu meinen Blumen komme.«

»Zu Ihren Blumen? Wie kommen Sie dazu, von Ihren Blumen zu reden?« In Alfred verschaffte sich jetzt gerechte Empörung Luft und ließ ihn auf Mrs. Maugham zutreten. Olivia beobachtete, wie unter dem physischen Andrang die Angst in der Frau erneut erwachte und damit die Erinnerung an den verstörenden Anlaß ihres sichtbarlichen Auftauchens in dem verhaßten Herrenhaus.

»Was wollen Sie. Ich werde es nicht mehr tun. Jetzt, wo Sie alles wissen, macht es auch gar keinen Spaß mehr.« Das klang mehr ängstlich als herausfordernd und schnell nutzte Olivia die Stimmungsschwankung: »Was haben Sie denn hier außer Blumen-Stehlen noch gemacht?«

»Nichts, was wollen Sie von mir?«

»Sie hatten ohne weiteres Gelegenheit, ungesehen auch ins Haus zu kommen ...«

»Bin ich nicht, niemals!« fiel ihr Mrs. Maugham erschrocken ins Wort. »Niemals! Ich war immer nur im Garten. Und außer Blumen habe ich nie etwas genommen. Und die wachsen ja wieder,« schloß sie etwas trotzig. Doch der Trotz wollte ihr nicht recht gelingen, die Angst war wieder da und mit aufgerissenen Augen starrte sie auf Olivia, die ihrerseits ganz ruhig dasaß und den Blick erwiderte.

Es herrschte erneut Stille, bis Mrs. Maugham es nicht mehr aushielt und heraussprudelte: »Sie glauben doch nicht auch, daß ich es war, warum sollte ich einen Wildfremden umbringen? Jeder kann es gewesen sein. Hier kann tagsüber jeder herein und nicht alle klopfen an der Küche, das habe ich selbst gesehen. So ist sicher auch der hereingekommen, der das getan hat und keiner hat was gemerkt. Das ist die Strafe für diesen verdammten Hochmut, der sich immer so sicher vorkommt!« Sie holte kurz Luft. »Ich sag's Ihnen, jeder kann hier herein!«

»Wen haben Sie denn gesehen, als Sie hinter den Büschen saßen?«

»Viele. Miss Rebecca und Master David natürlich. Und Sir Henry und Doktor Harrison. Und den Pfarrer – aber der hat an der Küche geklopft. Und fremde Leute, die ich nicht kannte. Die fuhren in den Hof und gingen einfach ins Haus.«

»Sie scheinen sich ziemlich häufig hier versteckt zu haben. War das so interessant?«

»Das war gar nicht so oft, aber manchmal bin ich überrascht worden und mußte mich verstecken, bis die Luft wieder rein war.«

»Ich dachte, Sie kamen, wenn niemand da war?«

»Tat ich auch, aber man kann sich ja auch irren, nicht?«

Olivia sah die Frau an; deren Finger hatten sich so stark verkrampft, daß die Knöchel weiß hervortraten; ihre Lippen waren blau, obwohl das Gesicht seine hochrote Farbe beibehalten hatte. In den letzten Minuten war immer mal wieder ein Zittern über ihren Körper gelaufen. Nein, mutig war Betsy Maugham nicht, eher ein wenig durchtrieben, befördert durch die Anspruchshaltung der Zukurzgekommenen gegenüber denen auf der Sonnenseite. Für das Planen und Durchführen der Giftanschläge in diesem Haus brauchte es eine risikobereite Kaltherzigkeit, die ihr mit Sicherheit fehlte. Also blieb nur noch eine Frage übrig: »Wieso stahlen Sie gerade letzten Montag die ersten Blumen nach dem Winter?«

»Sagen Sie doch nicht immer stehlen, ich habe mir halt ein paar Blumen genommen.«

»Ich nenne die Dinge gern präzise bei ihrem Namen! – Also!«

»Na ja, es war mehr Arbeit im Farmhaus gewesen und war schon ziemlich düster, als ich wegging. Und hier stand das Tor noch offen und nur das fremde Auto im Hof, das schon das ganze Wochenende dagestanden hatte, und alles war ganz ruhig, da hat es mich einfach überfallen.«

»Dafür waren Sie ganz schön kühn. Immerhin sind Sie gleich bis zu den Akelei vorgedrungen.«

Mrs. Maugham war die Überraschung anzumerken, daß Olivia so genau im Bilde war. »Ich wollte nur Narzissen aus dem Obstgarten. Aber es war so still und roch so gut, da habe ich durch die Mauer geguckt und die blauen Blumen leuchteten so schön. Und es war nur in der Küche Licht und im Treppenhaus. Da bin ich schnell gelaufen und habe sie geholt und war ganz schnell auch wieder weg. Das müssen Sie mir glauben.«

Olivia sah sie nachdenklich an: »Ja, ich glaube Ihnen. Aber denken Sie mal darüber nach, ob es nicht das Vernünftigste sein wird, zur Polizei zu gehen und alles, was Sie hier erzählt haben, dort noch einmal zu erzählen. Am Ende sind Sie der Polizei bei ihren Ermittlungen von Nutzen, man kann nie wissen.«

Betsy Maugham wollte protestieren, doch Olivia hatte sich bereits erhoben. Und da auch Dorothy aufgestanden war, löste sie ihre Hände auseinander, stützte sich auf den Küchentisch und stand mühsam auf. Mit einem ratlosen Blick vom einen zum anderen verließ sie schweigend die Küche.

»Das ist doch unglaublich. – Wie Sie das gemacht haben, Miss Lawrence!« stammelte Alfred, seiner Verwirrung langsam Herr werdend.

»Ein Rätsel haben wir gelöst, das ist doch immerhin ein Anfang,« stellte Olivia fest, »es würde mich sehr wundern, wenn diese Frau noch einmal hierherkäme, um Blumen zu pflücken. Was hat sie hier im Haus eigentlich gemacht?«

Dorothy hatte mit einem Blick auf die Küchenuhr automatisch begonnen, den Tee für Lady Gaynesford vorzubereiten. Jetzt hielt sie inne. »Sie hat mir geholfen, wenn mehrere Gäste zum Essen kamen, hier in der Küche. Sie arbeitet schnell und ordentlich, allerdings macht sie alles mit den Händen, was eben möglich ist: auch Pastetenfüllungen mischen zum Beispiel. Mylady war außer sich, als sie zufällig einmal in die Küche kam, während Betsy sich gerade mit dem Handrücken unter der Nase herwischte und dieselbe Hand umstandslos wieder in den Teig steckte. Sie hat am nächsten Tag mit mir darüber gesprochen und mir verboten, Betsy wieder als Hilfe hinzuzuziehen. Seitdem bestellen wir mitunter Teile des Abendessens in einem Feinkostgeschäft in High Wycombe.«

»Wann hat sich das ereignet?«

Dorothy dachte nach: »Im Oktober vor einem Jahr.«

»Und mit wem haben Sie darüber gesprochen?«

»Mit niemandem. Es war mir ziemlich peinlich, in gewisser Weise fielen Betsy Maughams Manieren ja auf mich zurück.«

»Woher, was meinen Sie, weiß es dann Miss Gaynesford?«

»Von Mylady, denke ich. Die beiden Damen verstehen sich sehr gut. Und Mylady lag es sicher am Herzen, ihre Nichte auf diesen

Mißstand aufmerksam zu machen. Schließlich kocht Betsy Maugham drüben auf der Farm, seit Mrs. Gaynesford tot ist.«

Das leuchtete Olivia ein. Mit einem Blick auf die Uhr räumte sie die Küche, um sich für den Tee frisch zu machen. Während sie die Treppe hinauflief, wehte sie für einen Augenblick Heiterkeit an: sie hatte ein Problem gelöst, im Handstreich, ganz einfach. Im ersten Stock angekommen, fiel ihr Blick auf die olmekischen Figuren vor Lady Gaynesfords Schlafzimmertür und als sie sich nach rechts wandte, um den Gang zu ihrem Zimmer hinunterzugehen, war die Heiterkeit einem tieferen Unbehagen gewichen als zuvor. Es war deprimierend deutlich, daß sie dem Mörder in keiner Weise näher gekommen war. Daneben schien es möglich zu sein, daß das Blumengespenst den Täter oder die Täterin als Gast gesehen haben könnte. Am entscheidenden, also am Mordtag aber war Betsy Maugham eindeutig zu spät im Garten gewesen, als daß sie etwas von Bedeutung beobachtet haben konnte; Rebecca müßte dies der Polizei noch bestätigen, aber Olivia zweifelte nicht daran.

20

Still und geräuschlos wie eine große Katze rollte der dunkle Bentley nach London hinein. Die Stadt strahlte unter der Frühlingssonne. Helles Grün begann sich unter die blühenden Bäume zu breiten, in den kleinen Vorgärten mehrten sich die Blumen und mit ihnen die Farben, und die Menschen, befreit von Schal und Mantel, schritten leichter aus. Lady Gaynesford und Olivia schwiegen, seit sie den Stadtrand erreicht hatten und schauten hinaus, bis die alte Dame sich ihrer Begleiterin zuwandte:

»Sie mögen diese Stadt?«

»Ja, ich liebe London!« bestätigte Olivia und als die alten Augen abwartend auf ihr ruhten, ergänzte sie: »Ich fühle mich nirgendwo so lebendig wie hier in dieser Fülle von Menschen und Häusern und Möglichkeiten. Und ich habe das Glück und die Ruhe eines eigenen kleinen Gartens. Ich könnte mir nichts Besseres denken!« Ihre Augen wanderten die Straße entlang: »Hinter jedem dieser aufgereihten kleinen Häuser liegt ein Garten. All die Menschen, die hier leben, haben mitten in der Großstadt ein eigenes Stück Erde. Und dazu gibt es für sie und die vielen, die dennoch in einer Wohnung oder einem Zimmer leben, die wundervollen Parks und Kew, den botanischen Garten. Für mich ist er Arkadien.« Sie lachte. »Entschuldigen Sie, bitte. London veranlaßt mich leicht zu Begeisterungsausbrüchen.«

»Aber mit Vergnügen. Wenn ich Ihnen zuhöre, stelle ich fest, daß ich so lange nicht mehr in Kew Gardens war, daß ich es gänzlich vergessen habe. Ich sollte mir diese Gärten wieder einmal ansehen. Vielleicht sollte ich mich überhaupt für eine Zeit dem Wirbel Londons anvertrauen, um mich zu entspannen, wenn die düsteren Ereignisse in Greystone Manor aufgeklärt sind.«

Sie hielten vor der Tate Gallery. Lady Gaynesford ergriff Olivias Hand: »Sie werden morgen Abend wieder mit zurückkommen? Im Augenblick kommt London mir so strahlend vor, daß Buckinghamshire zu den finsteren Wäldern der Märchen und Sagen verkommt und ich Sie guten Gewissens wirklich nicht mehr einladen kann, bei mir zu bleiben.«

»Natürlich komme ich wieder mit. Wir haben eine Aufgabe zu erfüllen, das habe ich nicht vergessen.« Für Sekunden war Olivia ernst geworden. Fest, fast feierlich drückten die beiden Frauen einander die Hand, als wollten sie einen Bund besiegeln. Dann stieg Olivia aus, nahm ihre Reisetasche von Alfred in Empfang, beugte sich noch einmal, nunmehr wieder lächelnd, zum Autofenster und sah dem davonrollenden Wagen nach. Als sie ihn im Getriebe verloren hatte, schweiften ihre Augen über den Fluß, über die finsteren Ziegelsteinmauern von Lambeth Palace flußabwärts am gegenüberliegenden Ufer, über die Dächer und den Fluß zurück und ein Gefühl, kindlicher Dankbarkeit nicht unähnlich, erfüllte sie, daß diese Stadt sie wieder in ihren Schutz genommen hatte. Sie drehte sich um und mischte sich unter die vielen Menschen, die redend und lachend das Museum besuchten.

Olivia arbeitete einige Stunden hochkonzentriert, ließ sich dann angesichts der Uhrzeit und ihrer Reisetasche von einem Taxi zum Britischen Museum bringen, kaufte sich Sandwiches und einen Becher Milch und rastete auf einer der langen Steinbänke vor dem Eingang. Während sie aß, schrieb sie die wenigen Punkte zusammen, die sie hier hoffentlich noch klären konnte. Dann würde sie nach Hause fahren. Immerhin, ihre journalistische Arbeit schritt weiter mit erfreulicher Konsequenz voran. Das bedeutete Trost und moralische Stärkung und sie beschloß, als sie zwei Stunden später mit ihrer Arbeit fertig war, sich noch mehr Stärkung zu verschaffen. Durch das riesige, seit Kindertagen vertraute Gebäude eilte sie zu den ägyptischen Sarkophagen. Der Raum war heute fast leer, das kam selten vor und ermöglichte ihr, unbehelligt und versunken an den Glasvitrinen entlangzustreifen. Die Schönheit der bemalten Särge nahm sie jedesmal vollständig gefangen, bei einem Besuch sprachen die Muster sie am direktesten an, bei einem anderen die dargestellten Szenen aus dem ägyptischen Leben. Heute waren es die Farben. Das Blau der Haartracht einer thebanischen Priesterin schien ihr zum ersten Mal von tiefverborgenen Geheimnissen zu künden, blau waren auch die Federn der ausgebreiteten Schwingen, die an der Stelle auf den Sarkophag gemalt waren, wo man die vor der Brust gekreuzten Arme der Toten denken mußte. Blau war die Farbe des Himmels, überlegte Olivia, ein anderes Blau die des Meeres und ein sehr dunkles Blau stand für die Unterwelt, in der zu bestehen die Aufgabe dieser Toten war. Blau stand demnach für jene gewaltigen Weltenräume, die den Menschen ihre Geheimnisse vorenthielten, vor dreitausend Jahren allemal, im wesentlichen wohl auch heute noch. Blau – das den Menschen immer am kostbarsten erschienen war.

Ihr Blick löste sich von dem Sarg, vor dem sie stand, und schweifte auf der Suche nach weiterem Blau über die Ausstellungsstücke, als er irritiert in die Gegenwart zurückgezwungen wurde. David Gaynesford lehnte an der Wand in einem der Zugänge zu diesem Raum und beobachtete sie. Olivia konnte gerade noch ihren Ärger hinunterschlucken, während David sich mit einer lässigen Schulterbewegung von der Wand löste und lächelnd auf sie zukam:

»Überzeugen Sie sich davon, daß die Kunst des Alten Ägypten weit über der der Indianer Mittelamerikas steht?«

»Ich überzeuge mich von gar nichts,« reagierte Olivia so nebensächlich wie möglich, »ich dachte über Farben nach, warum zum Beispiel Blau die Menschen ganz besonders zu faszinieren scheint.«

Sie hatte ihn verblüfft. Eine Feststellung, die ihren Ärger ein wenig abschwächte.

»Sollten Sie zu diesem Zweck nicht lieber eines der Gemäldemuseen aufsuchen?« schlug David vor, eine leichte Ironie in seiner Stimme mochte Einbildung sein.

»Vielleicht sollte ich das«, stimmte sie ruhig zu. »Die Schwierigkeit liegt nur darin, daß ich über die Farbe Blau erst nachzudenken begann, als ich vor diesem wundervollen thebanischen Sarkophag stand.«

David warf einen flüchtigen Blick in die Vitrine: »Den Künstlern, die diese Holzwände bemalten, ging es um die Inhalte ihrer Bilder, sie versammelten darauf die Gaben, die dem Toten in die jenseitige Welt mitgegeben werden sollten, die Farben sind lediglich Hilfsmittel. Sie gehen völlig falsch an diese Darstellungen heran.«

»Kann es denn falsch sein, von Gegenständen begeistert zu sein, einfach weil sie schön sind?«

»Ohne zu verstehen, was man sieht, kann man Schönheit nicht begreifen. Das ist Dilettantismus!« Davids Ton war weiterhin ruhig und freundlich, aber verhalten ironisch.

Olivia sah ihn zunehmend belustigt an: »Mr. Gaynesford, Sie sind ja ein Snob, und dazu von einer besonders üblen Sorte: ein intellektueller Snob.«

Ein bißchen erschrak sie über diesen kühnen Angriff, doch David schien er zu gefallen: »Ich bin noch viel mehr, auch ein ästhetischer Snob und ein gesellschaftlicher sowieso.« Als er jetzt leise und nachdrücklich den Kopf neigte, war seine Ironie unverkennbar. Wogegen richtete sie sich? Gegen sich selbst, gegen sie, Olivia, oder gegen die Welt im Allgemeinen? Sie wagte es nicht zu entscheiden und zog es vor, das Thema zu wechseln.

»Sie wissen, daß ich für ‚Arts and Artists' über Lady Gaynesford schreibe?« fragte sie betont sachlich. »Könnten Sie mir, da wir uns nun einmal begegnet sind, ein paar fachliche Fragen beantworten?«

»Selbstverständlich, es wird mir ein Vergnügen sein. Allerdings,« fuhr er nach einem kurzen Blick auf seine Uhr fort, »darf ich Sie bitten, mit zu mir zu kommen? Ich bin mit einem Kollegen verabredet, der in einer viertel Stunde vor meiner Haustür steht. Es ist ein Fachkollege, er wird also zur Klärung nur hilfreich sein. Verschieben sollten wir unser Gespräch nicht, vielleicht wissen Sie, daß ich England am Freitag verlasse?«

»Sie fahren beruflich nach Ägypten, nicht wahr?«

»Ja, genau. Die Universität London ist an Ausgrabungen in Oberägypten beteiligt.«

»Waren Sie schon einmal dort?«

»Nicht genau dort, sondern an anderen Ausgrabungsstellen, aber in Ägypten war ich schon fünf Mal.« Davids Ironie war verschwunden und in lebhafter Unterhaltung über das Verhältnis des heutigen Ägypten zu seiner fünftausendjährigen Geschichte und die Unterstützung, die ausländische Wissenschaftler von der ägyptischen Regierung erfahren, machten sie sich auf den Weg. Er trug sogar ihre Reisetasche, wiewohl sie zu seiner hellgekleideten Eleganz so etwas wie einen Kontrapunkt abgab, schoß es flüchtig durch Olivias Kopf.

Davids Wohnung war schnell erreicht. Er wohnte in der Kenton Street. Samstagnachmittagsfrieden begann sich in die Straßen von London hinabzusenken. Der Verkehrslärm war so weit abgesunken, daß man die Tauben gurren hörte. Ein Mann, die Hände in den Taschen und eine Aktenmappe unter den linken Arm geklemmt, schlenderte die Straße herauf und entpuppte sich als Davids Kollege, der sie um so herzlicher begrüßte, als er erleichtert war, nicht umsonst gewartet zu haben. Sie stiegen in den ersten Stock hinauf und Olivia sah sich in einem großen hellen Raum, in dem alles sandfarben war: das Parkett ausgebleicht und neu versiegelt, die Wände sehr zart beige, einen Ton dunkler der Stoff der Sitzmöbel, sie waren sehr unterschiedlich, aber alle gleich bezogen; in dunklem Beige die einfarbigen, bodenlangen Vorhänge. Auf einem Piedestal stand eine kleine ägyptische Statue und dahinter, direkt vor dem Fenster, eine gewaltige Zimmerfeige. Olivia sank in einen der Sessel, von dem aus sie den Raum und die kleine Statue weiterhin betrachten konnte und legte leicht entspannt die Füße übereinander. Schon hielt sie einen Drink in der Hand, David sprach einen Toast auf seine Gäste und die drei tranken einander zu. Umstandslos zog er sich ein Sitzmöbel heran und ließ sich ebenfalls nieder. Er klärte Lewis Milford über Olivias Person und Tätigkeit auf, kurz und sehr nett, und umgehend waren sie wieder mit Kleinskulpturen befaßt. Die beiden Männer waren Spezialisten in dieser Sache, so daß sich

Olivia nach Ablauf fast einer Stunde vielmals bedanken konnte; ihre Fragen waren beantwortet und Zusammenhänge vor ihr geistiges Auge getreten, zu denen sie davor noch gar keine Fragen gewußt hatte. Sie bat darum, die wichtigsten Punkte schriftlich festhalten zu dürfen. Es wurde ihr bereitwillig zugestanden. David mixte neue Drinks und bald schwelgten die beiden Männer im schönsten Universitätsklatsch. Olivia ließ schließlich ihr Laptop sinken und sah David zu, der mit großem Genuß und beachtlichem Talent einen Professor vorstellte.

»Genau, genauso, dieser belehrend-klagende Ton!« Lewis Milford war begeistert und das offensichtlich nicht zum ersten Mal. »Kannst Du auch Thompson nachmachen?« David konnte, und nicht nur Thompson, manchen Kollegen und Kollegin ließ er in der langsam sich ausbreitenden Dämmerung seinen Gästen eine kurze Reverenz erweisen und grundsätzliche Lebensweisheiten in ihr Stammbuch sprechen. Milford zerbarst förmlich vor Lachen und Olivia, die natürlich niemanden der ihr auf diese Weise vorgestellten Personen kannte, amüsierte sich dennoch enorm.

Schließlich machte David Pause. Er wirkte fast ein wenig erschöpft, doch konnte das in der Dämmerung auch täuschen. Es wird Abend in der Wüste, dachte Olivia in der plötzlich entstandenen Stille. Das späte Licht ließ den Raum sehr farblos und die bemalte Figur sehr kostbar aussehen. Noch immer schwiegen sie. Olivias Augen schweiften unauffällig durch die Weite und Leere des Zimmers. Wo dieser Mensch wohl seine Bücher hat? Vielleicht hat er keine. Aber einen Schreibtisch wird er doch haben, schließlich ist er Wissenschaftler. Manche arbeiten nur in ihrem Institut, dort wären auch gleich die Bücher. – Na, so was. Ich gehe jetzt nach Hause!

Höflich entschlossen schob Olivia ihr Schreibzeug in die Tasche und erhob sich. Sofort standen auch die beiden Männer auf. David Gaynesford wirkte in der Tat etwas angegriffen, das schien auch sein Freund zu sehen, denn er wandte sich, kaum auf den Beinen, an Olivia.

»Miss Lawrence, ich hoffe, Sie werden mir nicht abschlagen, ihre Reisetasche dahinzutragen, wohin Sie mich weisen werden?«

»Ich kann sie durchaus selber tragen!« Sie lachte. »Aber ich sehe schon, daß ich mit diesem Vorschlag keinen Erfolg habe. Mein Ziel ist die Bushaltestelle am Woburn Place.«

Zufriedengestellt ließ Mr. Milford die in gespielter Empörung gehobenen Hände wieder fallen. »Und Du, David, sinkst jetzt wieder in Deinen Sessel und schließt die Augen, bis ich zurück bin. Erst dann, hast Du gehört, erst dann werden wir Licht machen und über die Exkursion sprechen.«

Olivia verabschiedete sich herzlich und sagte noch einmal Dank für die fachkundige Unterstützung.

Als sie auf die Straße traten, schien die Dämmerung für einen Augenblick zurückgewichen, soviel heller war es hier draußen.

»Eine wissenschaftliche Exkursion vorzubereiten, ist sehr aufwendig, nicht wahr?« eröffnete Olivia das Gespräch, während sie durch die leere kleine Straße gingen.

»Sie meinen, weil David jetzt müde war?« Lewis Milford zögerte kurz. »Ich bin nicht sicher, ob das mit den Vorbereitungen zu tun hat. Seit mehreren Wochen wirkt er sehr angestrengt und fährt immer gleich aus der Haut, wenn man ihn darauf anspricht. Ich glaube, ihm wird die Zeit für seine Doktorarbeit knapp. Er will sie unbedingt vor Reiseantritt abschließen. Ob er das noch schafft, weiß ich nicht. Es wäre sehr entlastend für die Zeit in Ägypten.«

Sie gingen wieder in belebteren Straßen.

»David ist auf seine Weise sehr stur,« fuhr Lewis Milford fort, »wenn er sich etwas vornimmt, hält er auch bis zum Ende durch. Das ist bei Ausgrabungen eine verdienstvolle Eigenschaft. Es passiert schon mal, daß wir anderen in Hitze und Sand mißmutig werden. Er macht ruhig und unbeeindruckt weiter, als würde er zum Spaß im milden englischen Klima in einem Garten graben. Das letzte Mal, wissen Sie, ...« Lewis Milford hatte sich in Schwung geredet und war nun vom Wort nicht mehr zu trennen, bis der Bus kam. Olivia fand es durchaus interessant und hörte gern zu, gleichzeitig wuchs ihr Staunen, wie fabelhaft dieser Mann reden und reden konnte, gänzlich unirritiert vom Schweigen seines Gesprächspartners. Selbst Kaninchen erwartete, daß Pooh gelegentlich ‚Ja, Kaninchen,' Oder ‚Nein, Kaninchen,' in seinen Redefluß einstreute. Mr. Milford schien von ihr gar nichts zu erwarten, außer daß sie zuhörte. Sie spürte, wie das Lachen unaufhaltsam in ihr aufstieg. Sie kämpfte es nieder, bis befreienderweise der Bus in Sicht kam. Mr. Milford stoppte seine Rede, verabschiedete sich höflich und nicht, ohne seine Hoffnung auszudrücken, ihr nach seiner Rückkehr von den Ausgrabungen berichten zu dürfen. Selbstverständlich zeigte sich Olivia erfreut über dieses Angebot. Als der Bus anfuhr, winkte sie ihm wie einem alten Bekannten zu und dann erlaubte sie sich – endlich – zu lachen, herzlich und entspannend. Ein derart unbeirrter Redefluß war, aus der richtigen Perspektive betrachtet, durchaus auch komisch. Während der Bus den Kingsway hinunterrollte, ging die Straßenbeleuchtung an. Nun wurde es wirklich Abend und Olivia freute sich, daß Leonard sie erwartete.

21

Und wie er sie erwartete: es roch nach Tee und Hot Cross Buns, als Leonard die Haustür öffnete, und nachdem er sie wieder geschlossen hatte, nahm er sie wortlos fest in die Arme. Sie spürte, wie ein lautloser Seufzer der Erleichterung davonflog, und legte zufrieden ihren Kopf an seine Schulter.

Nach einer intensiven Begrüßung und einem erfrischenden Bad fand sie sich schließlich vor den glimmenden, knisternden Hölzern im Kamin ein, die Buns waren nicht mehr heiß, aber noch warm genug, daß die Butter auf ihnen langsam zerlaufen konnte, und der Tee, in den sie sich einen Schuß Rotwein goß, duftete beinahe nach Tannenzweigen. Als das heiße Getränk ihre Kehle hinunterrann, schloß sie noch einmal kurz die Augen mit einem ganz neuen Bewußtsein für den Wert, zu Hause und in Sicherheit zu sein. Leonard saß ihr gegenüber, trank ebenfalls Tee, wenn auch ohne Rotwein, und sah ruhig auf die Glut. Olivia öffnete ihre Augen wieder und betrachtete ihn eine Weile mit tiefer Zuneigung, bevor sie das Schweigen auflöste:

»Leonard, was hast Du in der letzten Woche gemacht? Was gibt es Neues in der LSE?«

Er sah auf und ein breites Lachen überzog sein Gesicht: »Diese Frage habe ich in der letzten Zeit regelrecht vermißt, weißt Du das?« In wenigen Punkten stellte er die Verbindung von der vorletzten Woche zu diesem Abend knapp und anschaulich wieder her. Dann stand er auf:

»Olivia, ich brenne darauf, zu erfahren, was Du in der letzten Woche erlebt hast. Richard ist seit Montag brav gekommen, um mich auf dem notdürftigsten Informationsstand zu halten, aber das beschränkte sich ungefähr auf ‚Nichts Neues'. Ich konnte daraus gerade schließen, daß Du noch am Leben warst.« Sie lachte und erhob sich ebenfalls. Während sie den Schutzschirm vor die Glut schob, hörte sie aus der Küche:

»Es gibt normannischen Schweinebraten auf Äpfeln, ich hoffe, Du hast Appetit darauf?! Und vorher einen Salat – frisch gemischt, bitte sehr, dazu warmes Baguette.« Er stellte die Schüssel in bester Stimmung auf den Tisch in der Küche, Olivia zündete eine Kerze an, beide setzten sich an den Küchentisch und schon lief das Gespräch weiter.

»Da Lady Gaynesford immer noch lebt, ist Deine Pflichterfüllung auf Greystone Manor von erleichterndem Erfolg begleitet.«

»Überhaupt nicht! Um ein Haar hätte sie anstelle des Mexikaners vor meinen blinden Augen das Gift getrunken und der Fall wäre erledigt gewesen. Ich habe durchaus nicht meine Pflicht erfüllt, sondern dumm herumgestanden, als der Zufall mit dem Leben Katz und Maus gespielt hat. – Seitdem hat der Täter es nicht wieder versucht. Dafür gibt es zwei Anhaltspunkte: erstens lebt Lady Gaynesford glücklicherweise wirklich noch und zweitens war in ihrem nächtlichen Trinkwasser kein Zyankali mehr. Du siehst, nicht einmal die Tatsache, daß ich es jeden Abend austausche, war von Bedeutung.«

»Das klingt sehr unzufrieden ...«

»Ja, natürlich. Die einzige Erkenntnis, die diese Woche gebracht hat, ist die Bestätigung meiner Behauptung, daß das Leben der alten Dame in Gefahr ist. Und das um einen grausigen Preis!«

»Ich verstehe.« Leonard war ernst geworden. »Das heißt, solange die Polizei sich für Greystone Manor und alle dort ein- und ausgehenden Personen interessiert, hält der Mörder oder die Mörderin sich klugerweise zurück. Daraus ergibt sich immerhin der erfreuliche Schluß, daß im Augenblick keine akute Lebensgefahr besteht.«

»So ungefähr geht mein Gebet vor jeder Mahlzeit!«

Leonard nickte mitfühlend: »Hast Du denn die eine oder andere These, wer es gewesen sein könnte?«

Es pochte an der Haustür. »Vermutlich ist das Richard zu seinem abendlichen Rapport.« Leonard stand auf. »Vielleicht ist er heute etwas ausführlicher,« redete er über die Schulter weiter, während er das Wohnzimmer durchquerte.

»Hallo, Ihr zwei. Erste Wiedersehensfreude ausgelebt? Darf ich 'reinkommen? Oder lieber erst morgen zum Frühstück?«

»Die Rotweinflasche in Deiner Hand ist so unwiderstehlich, daß Du besser gleich hereinkommst,« reagierte Leonard gastfreundlich und schloß die Haustür hinter dem Ankömmling.

Richard grinste: »Das freut mich aufrichtig, alter Freund. Der Duft aus der Küche ist allerdings auch verlockend! Wer hat gekocht?«

»Ich, mein Lieber. Und da ich zu den harmlosesten Menschen in London gehöre, kannst Du unbesorgt mithalten.« Leonard stellte ein zusätzliches Gedeck auf den Tisch.

»Es erfüllt den Gast mit Dankbarkeit, zu wissen, daß Gifte nicht unter den gängigen Gewürzen Eurer Küche stehen.« Richard setzte sich aufgeräumt, nahm nur ein wenig Essen, schließlich kam er gerade vom häuslichen Abendbrottisch, und sah vom einen zum anderen. »Laßt Euch nicht stören, sicher wart Ihr gerade in einer spannenden Unterhaltung.«

Olivia schüttelte mit verhaltenem Unmut den Kopf.

»Nun,« sprang Leonard ein, »ich habe gerade die Frage gestellt, wer als Mörder denkbar sein könnte.«

»Olivia zum Beispiel!« Richard lehnte sich genüßlich zurück. »Kollege Taylor vertritt diese These seit seinem ersten Gespräch mit ihr. Er hält Olivias Scharfsinn in Bezug auf die Schokoladentassen für ein klug ersonnenes Ablenkungsmanöver. Und in Copper Hill macht man sich Gedanken, warum Olivia noch immer im Herrenhaus wohnt, obwohl dort Lebensgefahr für Gäste besteht. Also schließt man messerscharf, daß sie weiß, daß ihr nichts geschehen kann. Und wer kann das besser wissen, als die Mörderin?«

»Und warum hat sie den Mexikaner umgebracht, wissen die Leute das auch?«

»Wie naiv Du sein kannst, Leonard,« staunte Richard mit theatralischem Stöhnen. »Ein Fremder und noch ein Fremder ergeben nichts Gutes, so oder ähnlich lautet eine alte Lebensweisheit. – Kollege Taylor hat einen weiteren gewichtigen Grund: Lady Gaynesford erwähnte ihm gegenüber, daß Olivias Vater in Guatemala verschollen ist. Guatemala und Mexiko liegen beide in Mittelamerika – so bildete sich allmählich eine Theorie über alte, dunkle Beziehungen ...« Richard ließ den Satz ausschwingen.

»Dein Kollege hat zuviel ,Tim und Struppi' gelesen,« befand Leonard.

»Richard!« ergriff Olivia energisch das Wort. »Da Du die Kombinationsfähigkeit unserer Bevölkerung im allgemeinen und Deines Kollegen im besonderen ganz außerordentlich zu genießen scheinst, verrate uns bitte, welchen Nutzen Du für die weiteren Ermittlungen daraus ziehen willst.«

»Donnerwetter!« entfuhr es Richard, »scharfsinnig bist Du wirklich. Der allgemeine Verdacht gegen Dich hat in der Tat gravierende Vorteile: er müßte den Mörder aus seiner Erstarrung lösen, in die er angesichts der falschen Leiche und ihrer unangenehmen Folgen für die Ruhe des ländlichen Lebens mit großer Wahrscheinlichkeit verfallen ist. Die Betrachtung seiner ungewollten Situation bringt ihn hoffentlich dazu, einen neuen Versuch zu unternehmen, solange Du im Herrenhaus wohnst und damit automatisch die Rolle der Hauptverdächtigen weiter am Hals hast. Daraus ergeben sich zwei Folgerungen: erstens sollte unsere Frau oder unser Mann Anfang nächster Woche handeln, da sie oder er nicht weiß, wie lange Du noch bleiben wirst. Oder hast Du Dich dazu geäußert?«

»Nein, natürlich nicht. Auch das Ehepaar Jonas weiß lediglich, daß ich morgen mit Lady Gaynesford zurückkomme, aber nicht, für wie lange.«

»Prima! Achte also bitte darauf, daß Dein Gepäck morgen so gering wie möglich ausfällt. Ich hoffe, daß ein interessierter Beobachter daraus den Schluß zieht, daß Du keine umfangreichen Pläne mehr für Greystone Manor hast. – Zweitens bist Du persönlich in größtmöglicher Sicherheit, denn Du bist unserem Mörder nur lebendig von Nutzen.«

»Jedenfalls wenn der Zufall sich nicht wieder einmischt.« Olivia preßte für einen Moment die Lippen fest aufeinander, bevor sie weitersprach: »Wenn ich Deinen Gedankengang weiterführe, Richard, komme ich zu dem Schluß, daß das Leben von Lady Gaynesford ab morgen in extremem Maße von meiner Aufmerksamkeit abhängt, weil unser Täter versuchen wird, sie in meinem Beisein auszulöschen ...«

»Richtig.«

»Kannst Du etwas zu Olivias Unterstützung tun?«

Richard sah zu Leonard hinüber und seine Augen schienen zu lachen: »Habe ich schon: zwei Kollegen mittleren Alters haben die Anweisung, sich morgen im Laufe des Nachmittags als Ehepaar Gregory und Berta Shaw im ‚Eagle' einzumieten, um ein paar Tage auszuspannen. Sie haben nichts weiter zu tun, als herumzusitzen und zu bummeln und mit den Leuten zu reden, deren Hauptgesprächsstoff der Mord im Herrenhaus ist. Allerdings haben sie strikte Anweisung, niemals ohne Handy zu sein, nicht mal in der Badewanne, und sich nicht weiter als fünf Fahrminuten von Greystone Manor zu entfernen. Hier ist ihre Handy-Nummer, trage sie unbedingt bei Dir, im entscheidenden Moment vergißt man gern Zahlenkombinationen.« Richard schob Olivia eine kleine weiße Karte zu. »Und noch eins: die Shaws sind absolut incognito, auch Taylor weiß nichts von ihnen. Die Spur, die er verfolgt, ist für meine Pläne zu wertvoll, als daß ich ihn irritieren will. Jetzt muß es nur noch klappen, aber ich halte die Chancen für gut.«

»Darf ich mit den Shaws reden, falls wir zusammentreffen?«

»Sicher. Du redest ja auch mit dem Pfarrer.«

»Ich komme mir wie ein Moralapostel vor,« schaltete sich Leonard mit dem Blick auf Olivia ein, »aber Du scheinst vom Schutzengel der Lady Gaynesford zum Lockvogel für den Mörder zu werden. Da wir aus den zwei uns bekannten Zyankali-Fällen von seiner Raffiniertheit wissen, bleibt es offen, ob Du ihn dieses Mal aufhalten kannst. Wie aber wirst Du damit fertig, wenn Lady Gaynesford stirbt, obwohl oder gar weil Du in Greystone Manor warst?«

»Entschuldige, Leonard, wenn ich sofort dazwischengehe, aber solche feinsinnigen Fragen hindern bloß am Handeln. Sie zu verfolgen, können wir uns nicht mehr leisten. Als wir in der letzten Woche hier saßen, hatten wir es mit einer These zu tun. Sie ist inzwischen dahingehend Realität geworden, daß wir die Leiche von Señor Ramos haben. Sollte der Mörder es wirklich auf Lady Gaynesford abgesehen haben, so können wir sie nicht besser schützen, als ihn möglichst rasch aus dem Verkehr zu ziehen.«

Leonard akzeptierte diesen Standpunkt, da er sah, daß Olivia es fraglos auch tat.

»Richard, was hältst Du davon, Deine Flasche zu öffnen. Ich glaube, ich würde jetzt gern einen Schluck trinken.«

Olivia stand auf, um einen Korkenzieher zu holen. Sie legte Leonard die Hände auf die Schultern und drückte ihm sanft einen Kuß aufs Haar, bevor sie zum Kamin hinüberging und die Glut wieder entfachte.

»Könnten wir vielleicht hier weiterüberlegen, vor dem Feuer kann ich mir leichter einreden, daß dieses vom Wind hergewehte Abenteuer gut ausgeht.« Olivia setzte sich in ihre Sofaecke und streckte die Beine der Wärme entgegen. Langsam trank sie einige Schluck Wein.

»Richard, welche Informationen gibt es aus Mexiko?«

»Señor Ramos war beauftragt, über zwei Fragen mit Lady Gaynesford zu sprechen. Erstens: das Anthropologische Museum in Mexiko City plant eine umfassende Ausstellung über jene zeitgenössische Kunst, die sich aus den indianischen Traditionen entwickelt hat. Man hofft, daß sie Werke von Bartolo Onetti aus ihrem Privatbesitz leihweise zur Verfügung stellt.«

»Das wird sie bestimmt tun,« befand Olivia überzeugt.

»Zweitens möchte dasselbe Museum in Zusammenarbeit mit dem Innenministerium über den Rückkauf olmekischer Figuren verhandeln. Was weißt Du über diese Figuren?«

»Onetti hatte eine kleine, sehr repräsentative Sammlung olmekischer Figuren.«

»Wie war er dazu gekommen?«

»Er trug sie über zwei Jahrzehnte ganz offiziell zusammen. In den zwanziger und frühen dreißiger Jahren ging das in Mexiko noch. Er arbeitete, wie Du sicher weißt, als Restaurator bei verschiedenen Ausgrabungen.«

Richard nickte. »Weiter.«

»Die letzte Spanne seines Lebens verbrachte er wieder in Chichén Itzá in Yucatan. Dort traf ihn die damals neunzehnjährige Viktoria Gaynesford und wurde seine Schülerin. Im Laufe der sieben Jahre, die sie gemeinsam dort lebten, wurde das Verhältnis so eng, daß Onetti ihr seinen gesamten Besitz vermachte. Dazu gibt es ein offizielles Testament. Und genauso offiziell brachte sie diesen ererbten Besitz zusammen mit ihren eigenen Arbeiten 1953 nach England.«

»Was hat sie hier damit gemacht?«

»Sie war immer sehr großzügig mit Leihgaben an Museen. Die übrige Zeit lagerten die Figuren gut verpackt im Speicher.«

»Ist das die Möglichkeit!« entfuhr es Richard.

»Vergiß nicht, daß sie selber Bildhauerin ist ...«

».... und schließlich steht so viel herum, daß sie es verkauft.«

»Verkauft hat sie nur eigene Arbeiten.«

»Das heißt, die alten Figuren waren immer im Speicher?«

»Nicht ganz.« Olivia berichtete, was sie von Dorothy und Alfred erfahren hatte.

»Du hast Dich wieder mal gut informiert,« stellte Richard fest.

Olivia zögerte, warum wußte sie selbst nicht genau, bevor sie antwortete: »Nicht ganz zufällig. Es fehlen nämlich einige alte Figuren.«

»Wie hast Du das entdeckt?«

Auch das erzählte sie ihm. Anschließend holte sie die Kataloge aus ihrer Reisetasche und suchte die entsprechenden Abbildungen heraus.

»Genau,« kommentierte Richard.

»Was heißt ,Genau.'?«

Olivia und Leonard waren einigermaßen überrascht, als Richard, der an diesem Abend nicht nur Wein, sondern auch eine Mappe mit Papieren bei sich hatte, Photos derselben Figuren herauszog: »Diese Figuren tauchten im Laufe der letzten zwei Jahre auf dem Antiquitätenmarkt auf und zogen die Aufmerksamkeit mexikanischer Spezialisten auf sich. Sie gingen der Sache nach, kamen am Ende bei Lady Gaynesford heraus und schickten Señor Ramos nach England.«

»Geht die Geschichte noch weiter?« wollte Leonard wissen.

»Nicht sehr lang. Meine Leute schwärmten aus. Bis heute Mittag fanden sie zwei Händler. Der eine erzählte von einem alten Mann, der, soweit der Händler sich erinnert, nach dem Tode seiner Frau den düsteren Gesichtsausdruck dieser Figuren nicht mehr ertragen konnte. Weil er jetzt umfangreiche Dachreparaturen an seinem Häuschen machen lassen muß, nutzt er die Gelegenheit, sich endlich von den Figuren zu befreien. Es handelt sich um zwei Stücke. Der andere Händler kaufte vor fünf Monaten eine Figur. Er glaubt sich an einen gepflegten Herrn mittleren Alters zu erinnern, mit etwas dunklerer Haut und einem kleinen, ebenfalls gepflegten Bart, der diese Figur geerbt hatte und nun zu Geld machen wollte. Beide Händler nahmen die Figuren in Kaution und überwiesen den entsprechenden Betrag nach dem Weiterverkauf jeweils auf ein Lloyds-Konto: im ersten Fall 45.000 Pfund nach Lewisham, im zweiten 20.000 Pfund nach Chelsea. Beide Konten wurden nach Eingang des Geldes aufgelöst.«

»Also ist wirklich etwas faul an der Sache,« stellte Leonard fest.

»Es ist gewaltig faul. Die Figuren müssen nämlich vorher aus dem Speicher von Greystone Manor gestohlen worden sein.« Olivia schwieg kurz, bevor sie fortfuhr: »Lady Gaynesford hat das Fehlen der Figuren, um die es gerade geht ... von wie vielen wißt Ihr? « sie sah Richard fragend an.

»Von insgesamt sechs.«

»Das könnte stimmen. Wenn ich die Szene, die mir gerade vor Augen steht und die sich letzten Sonntag im fraglichen Speicher abspielte, in dieser neuen Beleuchtung betrachte, hat Lady Gaynesford das Fehlen ihrer Figuren an eben diesem Sonntag entdeckt.«

»Und wie hat sie reagiert?« forschte Richard.

»Sehr verhalten, wenn ich es unter dem neuen Aspekt betrachte. Mir ist damals nichts besonderes aufgefallen.«

»Kannst Du die Situation etwas genauer erzählen?« Richard saß auf der Sofakante und schaute Olivia gespannt an.

»Ja, sicher. Wir haben den letzten Sonntag damit verbracht, sämtliche Kisten im Speicher auszupacken und die Figuren aufzustellen. Das heißt, Dorothy und ich packten aus und stopften das Verpackungsmaterial gleich zurück in die Kisten, sonst hätten wir gute Chancen gehabt, allmählich darin zu ersticken. Lady Gaynesford schaute zu und ordnete die Figuren. Es waren vor allem eigene Arbeiten, die sie chronologisch aufreihte, ich half ihr und gruppierte unter ihrer Anleitung Onettis Arbeiten derart dazu, daß die Einflüsse sichtbar wurden. Die olmekischen Figuren, die übrigens ziemlich klein sind, standen in einer Gruppe beieinander. Ich hatte den Eindruck, daß Lady Gaynesford die Absicht hatte, sie ebenfalls ihren entsprechenden Arbeiten zuzuordnen. Sie beschäftigte sich eine Weile mit ihnen, entschuldigte sich dann mit Müdigkeit und zog sich zurück. Es schien, als würden ihre Gedanken sehr weit abschweifen, aber da wir uns viel über die Lehrjahre in Yucatan unterhielten, fand ich das ganz natürlich. Heute würde ich sagen, ihr fehlten Figuren und sie zog sich zurück, um darüber nachzudenken.«

»Hast Du sie zu diesem Punkt befragt?«

»Ich entschied, ihr dies Problem bis Montag zu ersparen.«

»So wichtige Fragen stellt man umgehend.«

»Die Polizei schon. Mir schien die Eile in einem schlechten Verhältnis zur psychologischen Belastung zu stehen.«

»Vielleicht richtig. Nur sind wie jetzt nicht dabei, wenn sie erfährt, daß diese fehlenden Figuren die Polizei beschäftigen. Ich sprach gestern Abend mit Sir Henry.«

Jetzt war die Reihe an Olivia, gespannt zu sein, doch Richard winkte ab. »Sir Henrys beherrschten Reaktionen war nichts zu entnehmen, es sei denn, man nimmt alles, was man sieht und hört, für lautere Wahrheit. Natürlich war er gebührend entsetzt, daß Besitztümer seiner Mutter auf dem Antiquitätenmarkt gehandelt werden und forderte lückenlose Aufklärung. Für ihn schien es so ausgeschlossen wie für Dich, Olivia, daß Lady Gaynesford die Figuren selbst veräußert haben sollte.«

»Sie sieht auch einem gepflegten, bärtigen Herrn mittleren Alters ganz und gar nicht ähnlich.«

Richard sah zu Olivia hinüber: »Vielleicht hat sie ihren Anwalt mit dem Verkauf beauftragt.«

»Dann hat sie mindestens zwei Anwälte, und daß die Geschichten erfinden statt sich auf ihre Mandantin zu berufen, glaubst Du doch selber nicht!«

»Also kommen wir bis auf weiteres zu dem Schluß, daß Lady Gaynesford mit großer Wahrscheinlichkeit nichts mit dem Verkauf ihrer Figuren zu tun hat. Das entlastet sie aber nur minimal in Bezug auf den Mordverdacht. Sie hatte dazu die Gelegenheit und die Mittel,« faßte Richard zusammen.

»Letzteres müßte noch bewiesen werden,« wandte Olivia ein. »Ich halte sie absolut nicht für die Mörderin, daran hat sich nichts geändert.«

Richard nickte: »Ich weiß, wir sind da verschiedener Ansicht. Mit fehlt allerdings das Motiv – ich sage das lieber, bevor Du es mir vorhältst. Was die Mittel betrifft, werde ich mich am Montag mal mit der Apothekerin, Mrs. Thornhill, unterhalten. – Kehren wir zu Sir Henry zurück. Er hat die Möglichkeit, an die Figuren zu kommen. Als Richter hat er genügend Wissen über die einschlägigen Szenen, um die Figuren durch Mittelsmänner verkaufen zu lassen; und solange seine Mutter es nicht bemerkt, bekommt er auch keine Schwierigkeiten. Wenn sie es bemerkt, wird sie zumindest keinen öffentlichen Skandal daraus machen. Es ist somit eine sichere Sache, an viel Geld zu kommen.«

»Hast Du seine finanziellen Verhältnisse untersucht?«

»Ich bitte kniefällig um Nachsicht, soweit habe ich mich nicht vorgewagt. Bevor nicht Anzeige wegen Diebstahls erstattet wird, bekomme ich dazu auch keine Erlaubnis.«

»Siehst Du oder auch Sir Henry denn einen Zusammenhang zwischen dem Mord und den Figuren?« wollte Leonard wissen.

»Sir Henry nicht. Ganz einfach deswegen, weil keiner der beim Mord Anwesenden die Figuren verkauft hat. Das ist für ihn eine Tatsache. Also bleibt er bei seiner Selbstmordthese,« antwortete Richard knapp und sachlich. »Ich für meinen Teil bin da nicht so sicher, halte es aber für vernünftig, den Mord unabhängig aufzuklären. Hängen die Fälle zusammen, werden wir automatisch auf die Figuren stoßen und dann haben wir auch die legalen Mittel, den Hintergrund der Verkäufe zu durchleuchten.«

»Hast Du das Testament von Lady Gaynesford eingesehen? Vielleicht führt uns das weiter!« Olivia wirkte ein ganz klein wenig ungeduldig.

»Zu Befehl, Madam! Das habe ich.« Richard deutete grinsend eine Verbeugung an, war aber sofort wieder ernst. Er zog ein Blatt mit Stichpunkten aus seiner Mappe: »Sir Henry ist ihr einziges Kind und erbt die Stadtwohnung, das Herrenhaus, durchaus nennenswerte Ländereien und mehrere Kapitalanlagen, dazu das Verfügungsrecht über die künstlerischen Arbeiten der Viktoria Gaynesford und ebenfalls über diejenigen von Bartolo Onetti. Die olmekischen Figuren, und hier haben wir eine Pointe, vermacht sie dem mexikanischen Staat.«

Als Olivia und Leonard schwiegen, fuhr Richard etwas enttäuscht fort: »Weiter ist eine sichere Kapitalanlage dazu bestimmt, dem Ehepaar Jonas eine lebenslange Rente zu zahlen. Nach deren Ableben fällt diese Anlage an Sir Henry.«

Richard machte erneut Pause und sah seine schweigsamen Freunde an. »Da Ihr keine Fragen zu haben scheint, komme ich zum nächsten Punkt: die Farm mit allen dafür ausgewiesenen Ländereien einschließlich der Molkerei und Käserei bleibt in der jetzigen rechtlichen Struktur erhalten bis zum Tode von Farmer Gaynesford. Wie Du richtig vermutet hast,« er sah zu Olivia hinüber, »existiert für die Farm mit allem Drum und Dran ein Pachtvertrag, Besitzer ist zur Zeit Lady Gaynesford. Der Vertrag endet mit dem Tod des derzeitigen Pächters. Danach geht dieser Teil des Gaynesfordschen Erbes mit allen Rechten und Pflichten an Rebecca Gaynesford als alleinige Besitzerin über.«

»Donnerwetter!« entfuhr es Olivia. Entschuldigend bat sie Richard, fortzufahren.

»Mehr ist nicht von Bedeutung. Du bist dran.«

Olivia hatte sich in ihre Sofaecke zurückgelehnt und dachte nach: »Ich habe ehrlich gesagt nicht erwartet, einen so deutlichen Vorteil für Rebecca in diesem Testament zu finden; und ob sie davon weiß, ist ja auch offen, nehme ich an?«

Richard bestätigte, daß Lady Gaynesfords Anwalt dringend um Diskretion gebeten habe, da niemand den Inhalt kenne außer Sir Henry.

»Naja, damit sind es zwei. Ob einer von ihnen Rebecca gegenüber in irgendeinem Zusammenhang irgendetwas angedeutet hat, bleibt der Spekulation überlassen. Fest steht, daß sie zutiefst an Farm und Land hängt, aber nicht damit zufrieden ist, alles nur weiterzuführen, sondern zusätzlich Pferde züchtet, mit denen sie weitere Pläne verfolgt. Sie bekommt dabei Unterstützung sowohl von Lady Gaynesford als auch von ihrem Vater, fühlt sich aber von beiden in ihrer Eigenständigkeit bedroht. Mit dem Tod von Lady Gaynesford wäre Sir Henry Alleinbesitzer des gesamten Erbes, für Rebecca bedeutet das keine Verbesserung, solange ihr Vater lebt.« Olivia sah Richard fragend an.

»Nein, der Tod ihrer Tante würde ihrer Unabhängigkeit nicht weiterhelfen,« bestätigte er.

»Allerdings lebt Sir Henry in London und hat damit vielleicht gegen einen Reiterhof weniger einzuwenden.«

»Das mag wohl sein. Daneben stehen die Fakten, daß sie Geld braucht, daß sie mit Doktor Trevor eng befreundet zu sein scheint und über ihn leicht zu Gift kommen kann, und daß auch Doktor Trevor Geld braucht ... Gelegenheit und Kenntnisse hat sie, auffallen würde sie niemandem. Und sie ist zumindest bis in die Küche gekommen, während Señor Ramos im grünen Salon stand.«

»Donnerwetter!« entfuhr es diesmal Leonard.

Die drei rollten diese Möglichkeiten eine Weile hin und her, ohne indes eine griffige Stelle zu finden. Schließlich stellte Olivia wieder konkrete Fragen: »Richard, wo liegt die Kanzlei von Lady Gaynesford?«

»In Lincoln's Inn. Sie ist im umfassendsten Rahmen für den Gaynesfordschen Besitz zuständig, seit Generationen.«

»Tatsächlich! – Hast Du über diese unzeitige Todesanzeige etwas erfahren können?«

»Nein, die habe ich völlig vergessen.«

»Hmm. – Übrigens war es auch Rebecca, die ihrer Köchin Mrs. Maugham weitererzählte, warum Lady Gaynesford sie nicht mehr in ihrer Küche beschäftigen wollte, was wiederum Mrs. Maugham derart empörte, daß sie ab sofort regelmäßig Blumen im Garten von Greystone Manor stahl.«

»Verstehe ich richtig: Du teilst mit gerade mit, daß die Köchin auf der Farm Gaynesford Dein sogenanntes Blumengespenst ist?«

»So ist es.«

»Bist Du sicher?«

»Ganz sicher, Mrs. Maugham hat es mir selbst erzählt.«

»Ist das zu fassen!« Richard trank einen kräftigeren Schluck Rotwein. »Darf ich fragen, wie es dazu kam?«

Leonard hatte während des kurzen Wortwechsels eine Ansichtskarte von Olivias Schreibtisch genommen: »Ich bekam heute morgen Post aus Copper Hill,« teilte er friedlich mit

»Aus dem Copper Hill, von dem wir die ganze Zeit reden?« wollte Richard ehrlich überrascht wissen.

»Schau her, womöglich erkennst Du die Kirche wieder.« Leonard hielt ihm das Bild hin und erntete ein Stöhnen. »So schlimm sieht sie auch wieder nicht aus, obwohl, zugegeben, Flint und roter Ziegelstein nicht jedermanns Geschmack sind,« stimmte Leonard zu, während Richard sich ins Sofa zurückfallen ließ.

»Kennst Du wirklich jemanden in Copper Hill?« begehrte er auf.

»Schon. Wer, glaubst Du, hat die Karte geschickt? Ein Gespenst?«

»Möglich wär's.« Damit fuhr Richard hoch: »Darf ich mal lesen?« Er streckte die Hand aus und griff nach der Karte.

»Ist ja nicht wahr! Sag mal, Olivia, bekommt Dir das Landleben nicht?«

»Im Gegenteil, es bekommt mir ausgezeichnet. Man hat die erfrischendsten Einfälle.«

»Liebe Freunde,« erhob Richard seine Stimme, »vor nicht weniger als fünf Minuten waren wir noch auf intelligente Weise mit dem Versuch beschäftigt, Licht in einen Mordfall zu bringen. Würde es Euch sehr unangenehm sein, auf den Pfad der Pflicht zurückzukehren?«

»Ach, Richard,« vergnügte sich Olivia, »vielleicht bist Du zu müde, um eben diesen Pfad zu erkennen. Aber wir wandeln getreulich darauf voran.«

»Könntest Du ihn ein wenig erhellen, damit auch so Nachtblinde wie ich ihn sehen können?«

»Schau, alles, was mit dem Mord im Herrenhaus zusammenhängt, interessiert die Leute brennend, ganz sicher also eine offene Karte von mir. Wenn sie dann noch eine Sensationsnachricht enthält, wird der Postler, sobald er kann, ins Wirtshaus eilen. Im ‚Eagle' hörte Doktor Trevor davon, in der Küche der Gaynesfordschen Farm erzählte er es Rebecca und die überraschende Folge davon war, daß deren Köchin von dannen und in die Küche von Greystone Manor stürzte. Sie war anfangs völlig außer sich und Alfred, der vor allem verstand, daß es um den Mord ging, holte mich zu Hilfe, aus verständlicher Ratlosigkeit und vorsichtshalber als Zeugen. Damit schloß sich der Kreis. Und Du erkennst unseren Pfad wieder, nicht wahr?« Olivia hielt inne und begegnete Richards Augen. Er hatte sich aufs Staunen verlegt und wartete.

»Mrs. Maugham ist sicher nicht unser Mörder, dazu scheint sie mir zu einfältig und zu impulsiv,« fuhr Olivia fort. »Dennoch sind zwei Punkte für uns möglicherweise von Interesse: sie hat manche

Abendstunde hindurch unbemerkt im Garten gehockt und das Kommen und Gehen beobachtet. Es kann also durchaus sein, daß sie etwas gesehen hat, was für uns wichtig ist, ohne daß sie selbst es weiß. Mit Deiner Erfahrung in Verhören hilft sie Dir möglicherweise weiter, wenn sie sich wieder beruhigt hat.«

»Was hat man davon, sich in einem fremden Garten zu verstecken und den Leuten zuzuschauen? Ich stelle mir das furchtbar langweilig vor,« warf Leonard ein.

»In diesem Fall war es das prickelnde Gefühl vager Macht über diejenigen, die sich selbst für stärker hielten. Und das Bewußtsein von Macht wurde unterstützt durch den Besitz des Schlüssels zur Gartenpforte.«

»Was?!« fuhr Richard hoch . »Woher hat sie den?«

»Aus der Apotheke.« Olivia freute sich, Richard wieder überrascht zu haben. »Die dortige Gartenpforte gehorcht demselben Schlüssel wie die im Herrenhaus: groß und alt und so ansehnlich, daß er die Blicke auf sich zieht. Er hängt in beiden Fällen an der Wand.«

»Damit erschließen sich völlig neue Möglichkeiten.«

»Kann sein. Kann sein auch nicht,« dämpfte Olivia die aufkeimende Hoffnung. »Die Schlüssel hängen am hinteren Ausgang des Apothekerhauses und hinter der Küchentür von Greystone Manor. Es dürfte nicht viele Personen geben, die an beiden Orten oft genug vorbeikommen, um die Gleichheit zu bemerken.«

»Mrs. Thornhill dürfte unter Umständen ein Blick genügen, wenn sie sich zufällig in Mrs. Jonas' Küche aufhält.«

»Aber das tut sie nicht. Gerade ihr ist es wichtig, mit der Lady zu verkehren, nicht mit der Wirtschafterin.«

»Dennoch: diesem interessanten Problem werde ich am Montag nachgehen, und wenn ich schon in der Apotheke bin, natürlich auch Mrs. Maugham befragen.« Richard saß wieder munter auf der Sofakante.

»Ich mag jetzt eine ganz dünne Scheibe kalten Braten,« stellte Olivia fest und war schon auf dem Weg in die Küche. »Wer Appetit hat, braucht nur etwas zu sagen.«

Richard sah ihr von seinem Platz aus zu, wie sie am Küchentisch stand und das Fleisch in Scheiben schnitt, bis ihn Leonards Schweigsamkeit zu wundern begann. »Du siehst so tiefsinnig aus, als wolltest Du ein für allemal die Frage lösen, warum Menschen morden. Was beschäftigt Dich, heraus mit der Sprache!«

Leonard sah auf, und als Olivia sich wieder gesetzt hatte, antwortete er zögernd: »Ich dachte darüber nach, warum Ihr das Ehepaar Jonas so selbstverständlich als Täter ausschließt. Kann sein, daß sie so integer und sympathisch sind, daß ich die Frage allein deswegen stellen kann, weil ich die beiden nicht kenne.«

»So ist es!« kam Olivias spontane Reaktion; Richard verfuhr etwas bedächtiger.

»Wohl hätten sie alle Möglichkeiten, sowohl für die Giftanschläge als auch für den Diebstahl der Figuren. Das allein macht die Sache irgendwie schon unwahrscheinlich, denn zumindest sie selbst müßten annehmen, als erste in Verdacht zu geraten, wenn die Sache auffliegt. Da ich in diesem Fall unterstelle, daß sie den Inhalt von Lady Gaynesfords Testament nicht kennen, würden sie zusätzlich den Ast absägen, auf dem sie sitzen und, wie ich denke, sehr angenehm sitzen. So dumm ist man ohne triftigen Grund nicht. – Ob sie triftige Gründe haben, sollte ich baldmöglichst klären,« schloß er.

»Kommst Du aus einem konkreten Grund zu Deinem Verdacht?« Olivia kannte Leonard gut genug, um sicher zu sein, daß er so eine Überlegung nicht aus mitternächtlichem Übermut angestellt hatte.

»Ja, ich fragte mich, warum die beiden Mrs. Maugham nicht gestellt haben, die einen ganzen Sommer hindurch ihr Unwesen trieb und offenbar viel Zeit im Garten verbracht hat. Mr. Jonas behauptet, daß die fehlenden Blumen ihn furchtbar geärgert haben. Dann hätte er der Sache auf den Grund gehen sollen. Das ist meine Meinung.«

»Er ist sehr ängstlich und sehr kurzsichtig. Ich habe noch selten einen Menschen mit so dicken Brillengläsern gesehen,« verteidigte ihn Olivia.

»Gut. Aber seine Frau scheint beides nicht zu sein. Und es geht ja nicht nur um Blumen, sondern um die Sicherheit des gesamten Anwesens mit enormen Kunstschätzen. Wäre es nicht ihre Pflicht gewesen, entschieden für Sicherheit zu sorgen?«

»Sie haben schließlich das Tor bereits am Nachmittag geschlossen.«

»Um wieviel dringender wäre es gewesen, den Blumenklau aufzuklären, der einfach weiterging!«

»Du hast recht, Leonard,« gab Richard zu, »vielleicht kam ihnen der an sich harmlose Blumendiebstahl gelegen, eigene Machenschaften zu verschleiern.«

»Mir erschien Alfreds Hilflosigkeit immer ganz plausibel,« hielt Olivia, etwas vorsichtiger, dagegen.

»Und deswegen hast Du die Aufklärung für ihn übernommen, mit umgehendem Erfolg.«

»Ja, aber mit einer Methode, die er nicht anwenden konnte.«

»Zugegeben. Aber was hinderte ihn, meinetwegen gemeinsam mit seiner Frau ein paar Abende in der Garage oder im Geräteschuppen daneben auf der Lauer zu liegen. Binnen einer Woche hätten sie Mrs. Maugham gestellt und den Spuk beendet,« ließ Richard nun nicht mehr locker.

»Sie haben sich gefürchtet. Mancher stellt sich taub und blind, wenn er Angst hat,« behielt Olivia die Gegenposition bei.

»Oder wenn es ihm in die eigenen Pläne paßt. Wobei mir einfällt, daß Lady Gaynesford sehr wegwerfend reagierte, als ich sie auf den Blumendiebstahl ansprach. Auch darüber müßte man jetzt nachdenken.«

»Ich glaube, dazu bin ich heute Nacht zu müde,« wandte Olivia ein. »Leonards Gedanken haben das Zeug, die letzte Sicherheit aus Greystone Manor zu vertreiben, dagegen wehren sich meine Instinkte entschieden. Ich versuche jetzt, tief und lang zu schlafen. Morgen nach dem ersten heißen Kaffee bin ich dann hoffentlich imstande, die neue Situation zu betrachten.«

Einmal ins Bewußtsein gebracht, fühlten auch Leonard und Richard ihre Müdigkeit überwältigend auf sich eindringen und nach einem letzten Schluck Wein trennten sich die drei Freunde. Richard erinnerte Olivia noch einmal an das Ehepaar Shaw und bat sie eindringlich, ab dem Verlassen ihres Hauses morgen die Telefonnummer immer bei sich zu tragen.

22

Olivia schlief wirklich so tief wie sie gehofft hatte und weit in den Vormittag hinein, so daß sie vollständig erfrischt erwachte. Als erstes ging sie zum Fenster und schaute durch einen Spalt zwischen den Vorhängen hinaus. Der Himmel ruhte ebenmäßig grau über den Giebeln der langen Reihen kleiner Häuser. Der Regen stand wie zerstäubt in den Straßen und hüllte jeden kahlen Ast jeder der großen Platanen ein, als wollte er sie sanft davon überzeugen, ihre Knospen zu öffnen und die Stadt wieder grün werden zu lassen. Olivias Haus stand an einer Kreuzung und ließ sie nach vorn hinaus in drei Straßenzüge blicken. Sie mochte diese Aussicht und sie mochte dieses Wetter. Es war, als würde der feine Regen jede Nadel in ihrer Taxushecke vor dem Fenster einzeln umschmeicheln und erfrischen, jedes Blatt und jede Blüte. Es lag eine Sanftheit in der Atmosphäre, die es so nur in England gab. Sie bescherte dieser Insel ihre großen Parks und half den gewaltigen tropischen Bäumen, in Europa heimisch zu werden. Von einem derart in der Luft stehenden Regen wußte sie nur noch aus den Tropen und die Natur dankte es mit überreicher Vegetation. Der Nebel, der das herbstliche Salzburg ihrer Kindheit umschlossen gehalten hatte, war schwer und kalt gewesen, bis der Schnee die Welt wieder erhellte.

Als sie die Vorhanghälften übereinanderfallen ließ, war ihr, als sei ein ferner Duft von Kaffee wahrzunehmen. Rasch schlüpfte sie in warme Hausschuhe, tauchte in ihren großen Morgenmantel und fuhr sich mit den Fingern durch die Haare. Als sie die Schlafzimmertür öffnete, fand sie das Wohnzimmer leer. Sie eilte hindurch und zog die Vorhänge der Terrassentür beiseite. Gerahmt von Buchsbaumhecken standen die Rosensträucher mit den jungen roten Blättern in den feuchten Schleiern. Wie wohl mußte ihnen sein; und wie einladend es nach Kaffee duftete. Sie ging entschlossen dem Duft nach und fand eine volle Kanne in ihrer Kaffeemaschine. Mit einem gefüllten Becher kehrte sie zur Terrassentür zurück. Der Kaffee war sehr heiß und sie trank ihn in sehr kleinen Schlucken. Dennoch, irgendwann war der Becher schließlich leer. Olivia trennte sich von dem friedvollen Anblick ihres Gartens und hatte es plötzlich eilig. Eine kurze Verzögerung gab es vor dem

Kleiderschrank. Und schon lief sie die Treppe hinauf und klopfte an Leonards Tür.

Der Frühstückstisch war gedeckt, zwei Kerzen brannten und ihre Nase erzählte ihr von Tee, Toast und weichgekochten Eiern. Jazzmusik lief, Olivia hörte zu und entschied bei sich, daß es Dizzy Gillespie sein mußte. Sie sah zu, wie Leonard den Tee in zwei Becher goß, die Kanne auf den Teewärmer zurückstellte und ihr die Milchkanne zuschob. Er ist so still, als wollte er meinen Traum von Frieden nicht stören, dachte sie. Doch der wird sich nur erhalten lassen, wenn wir weiter schweigen. Ein schweigendes Frühstück ist aber kaum das rechte. Sie goß sich warme Milch in den Tee und rührte um. Dabei fiel ihr Blick auf die lange Reihe von Teedosen in Leonards Küche. Tee gehörte zu seinen Genüssen, er bevorzugte zu jeder Tageszeit einen anderen und schon fragte sie ihn nach Gänsefuß- oder Jesuitentee, wie die Europäer ihn nannten.

»Wie kommst Du ausgerechnet darauf? Ja, ich habe ihn. Irgendwer hat mal so ausführlich davon erzählt, daß ich ihn probiert habe. Er muß noch da sein.« Aus der Tiefe des Teefaches förderte er ein Glas zutage, in dem eine kleine Packung steckte. Er öffnete sie und ließ Olivia riechen.

»Würzig und sehr intensiv.« Sie roch noch einmal: »Das riecht gut. Wir könnten es mal an ein Schweinsragout geben und feststellen, wie es schmeckt.«

»Aber sehr sparsam, bitte.«

»Natürlich. Bei dem starken Geruch ist jeder Koch vorsichtig. Warum sagst Du das?«

»Weil diese Pflanze, so gesund sie sein kann, in hohen Dosen zu Vergiftungserscheinungen führt. Sie können tödlich enden.«

Olivia sah ihn mit aufgerissenen Augen an und spürte, wie ihr Traum von Frieden sich davonstahl.

»Wieso interessierst Du Dich für diesen Tee?« wiederholte Leonard.

»Lady Gaynesford erzählte von der Vielseitigkeit tropischer Pflanzen. Der Gänsefuß fiel mir angesichts Deiner vielen Teesorten wieder ein, das ist alles.«

»Ist Dir nie der Gedanke gekommen, die Dame könnte ihre Kenntnisse tropischer Pflanzen auf die tropischer Gifte spezialisiert haben?«

Olivia schwieg.

»Für alle Fälle trinke nie mehr als eine Tasse pro Tag und nie zu stark, und das auch nur, wenn es sein muß,« riet Leonard.

Olivia roch noch einmal am Gänsefuß, dann verschloß sie das Glas und köpfte entschlossen ihr Frühstücksei.

Das Gespräch verweilte nicht lange bei Lady Gaynesford, Leonard steuerte bald auf das Ehepaar Jonas zu, doch von der unwiderlegbaren Tatsache abgesehen, daß die beiden von allen in Frage kommenden Personen die günstigste räumliche Voraussetzung hatten, sprach nicht allzuviel für sie als Täter. Wenn überhaupt mochten sie für den Diebstahl der Figuren verantwortlich sein, aber für Mord ließ sich beim besten Willen kein vernünftiges Motiv finden.

Alfred fuhr, wie verabredet, am späten Nachmittag vor. Olivia betrachtete ihn kritisch, während sie die wenigen Schritte zur Gartenpforte vorging. Er stand bescheiden und diskret neben dem Bentley, hielt ihr höflich zurückhaltend die Wagentür auf und legte anschließend ihre kleine Tasche in den Kofferraum. Olivia hatte sich an Richards Wunsch gehalten und reiste mit sehr leichtem Gepäck zurück nach Buckinghamshire. Dafür trug sie jetzt eine Kollegmappe mit ihren Papieren unter dem Arm und steckte in dem einzigen ihrer großen Pullover, der eine Tasche besaß; darin wohl verwahrt die Handy-Nummer der Shaws. Lady Gaynesford wirkte nach anderthalb Tagen Urlaub, wie sie es nannte, sichtlich erholt, besonders ein Konzert im Barbecue-Center hatte sie sehr entspannt und belebt.

Zwei Stunden später saßen die beiden Damen vor dem Kamin im gelben Salon mit einem Glas alten Portweins in den Händen. Die schweren Vorhänge waren zugezogen und sperrten Regen und Dunkelheit aus.

»Denken Sie, Miss Lawrence, drei meiner Arbeiten habe ich bisher unterschlagen. Dabei hätte ich sie Ihnen heute leicht zeigen können. Sie stehen in London.« Sie roch mit Genuß an ihrem Glas. »Ich habe es einfach vergessen. Henry und ich frühstückten gemeinsam und unterhielten uns dabei die längste Zeit über die zunehmend unerfreulichen Informationen von Scotland Yard. Ich wünschte wahrhaftig, nie etwas von Señor Ramos gehört zu haben. Gegen Mittag verließ Henry mich, um nach Oxford zu fahren und unversehens fand ich mich allein in London – seit Äonen zum ersten Mal. Ich öffnete die Fenster und atmete den Regen und die Geräusche der Stadt ein und fühlte mich unerklärlich leicht. In diesem Gefühl wandelte ich durch die Räume, Henry hat so gut wie nichts verändert und damit störte nichts meine Erinnerungen. Es war einfach wundervoll.«

Nach kurzer Pause sah sie Olivia lächelnd an: »Dabei begegnete ich auch meinen Frauengestalten. Ich unterhielt mich eine Weile mit ihnen, dann ging ich weiter. Und so habe ich versäumt, sie Ihnen zu zeigen.«

Dorothy unterbrach das Gespräch mit der Ankündigung des Dinners. Man ging hinüber ins Eßzimmer. Während Dorothy die Vorspeise servierte, fragte Olivia sie leise: »Haben Sie von Mrs. Maugham noch etwas gehört, direkt oder indirekt?«

Dorothy zögerte leicht mit einem Blick zu Mylady, ehe sie antwortete: »Nun, direkt nicht. Miss Rebecca kam gestern auf eine Tasse Tee herüber, um sich die Geschichte von mir erzählen zu lassen, nachdem Mrs. Maugham drüben gegangen war. – Es ergab nichts wirklich Neues,« sagte sie mit dem Ton leichter Entschuldigung zu Lady Gaynesford gewandt, »außer daß der Schlüssel unseres Gartentores, der auch zu dem des Apothekerhauses paßt, der gleiche ist, wie der zum Gartentor der Farm drüben. Aber weil Herrenhaus und Farm damals in einer Hand waren, liegt das wohl nahe.« Da Lady Gaynesford nicht unmittelbar antwortete, eilte Dorothy hinaus.

Ruhig zerlegte die alte Dame das Forellenfilet auf ihrem Teller. Als sie schließlich aufsah, wirkte ihr Blick beinahe listig: »Ich stelle fest, meine Liebe, daß Sie im Rätsellösen einen ersten Erfolg erzielt haben. Auch wenn ich es von Alfred erfuhr,« ergänzte sie leise tadelnd.

Olivia beschloß nach kurzem Zögern, auf den Vorwurf in dieser Bemerkung nicht einzugehen. »Ja, ich denke, Mr. Jonas hat die Aufdeckung erleichtert. Für die Lösung des zentralen Problems hilft sie leider nicht weiter; es sei denn, man betrachtet die Bestätigung, daß es möglich ist, sich ungesehen im Garten aufzuhalten, als Hinweis, daß es auch möglich sein kann, ungesehen ins Haus zu kommen.«

Olivia goß ein wenig heiße Butter über ihre Forelle und wartete, nun doch etwas gespannt, auf die Reaktion ihres Gegenübers. Die ließ auf sich warten. Lady Gaynesford beendete die Vorspeise, tupfte sich leicht den Mund und legte die Serviette beiseite. »Sie haben London hoffentlich unbehelligt von der Polizei erleben dürfen?«

»Sie nicht?«

»Direkt schon. Ich sah niemanden von Scotland Yard. Erfreulicherweise. Aber sie waren bei Henry gewesen. Sie haben ihn über die Aufträge des mexikanischen Innenministeriums informiert, mit denen Señor Ramos zu mir kam. Der eine dieser Aufträge war die übliche Bitte um Leihgaben und würde eine so weite Reise kaum rechtfertigen, der zweite schon eher. Er zielt auf den Rückkauf olmekischer Figuren aus meinem Erbe von Onetti. Dieses Ansinnen ist nur zu verstehen in Zusammenhang mit einem ungeheuerlichen Vorgang.« Sie trank einen Schluck Weißwein, wobei sie das Glas mit beiden Händen zum Mund führte. »Mehrere Figuren aus diesem Erbe sind auf dem Antiquitätenmarkt versteigert worden. Das bedeutet unwiderlegbar, daß sie mir vorher gestohlen wurden!« Ihre Hand zitterte, als sie das Weinglas absetzte.

»Das heißt, wir haben das Problem, wer hier Blumen stiehlt, gegen das Problem eingetauscht, wer Skulpturen stiehlt,« stellte Olivia trocken fest.

»Im Nachhinein erweist es sich als verhängnisvoll, daß ich den Blumendiebstahl nicht ernst genommen habe. Er hätte uns darauf aufmerksam machen können, daß dieses Anwesen nicht ausreichend gesichert ist, obwohl es erhebliche Kunstschätze enthält. – Es ist eben nie etwas passiert – jahrzehntelang nicht,« schloß sie beinahe hilflos.

»Ihr Atelier ist allerdings stark gesichert,« setzte Olivia nach.

»Ja, mein Gatte hielt es wegen seiner Lage so nah am Tor für exponiert, und als ich einen gewissen Ruhm erlangt hatte und immer wieder Kunstkritiker und Galeristen auftauchten, traf er diese Maßnahmen. Das Haus selbst glaubte auch er nicht gefährdet. Und inzwischen ist es einigermaßen ruhig um mich geworden, ich arbeite ja auch so gut wie nicht mehr.« Sie hob ihre rechte Hand, ließ sie aber wieder sinken.

»Drängt sich Ihnen oder Sir Henry irgendein Verdacht auf?« rollte Olivia das Gespräch weiter.

»Nein. Nein, überhaupt keiner. Ich persönlich habe erhebliche Schwierigkeiten, mir vorzustellen, wie jemand heimlich in dieses Haus schleicht, bis hinauf auf den Speicher und aus den Kisten Figuren nimmt. Die muß er erst einmal finden. Sie wissen selbst, wie viel Verpackungsmaterial jede einzelne Figur umschließt.«

Das wußte Olivia sehr genau. Sie malte sich aus, wieviel Holzwolle, Seidenpapier und ähnliches sechs antike Skulpturen, wie klein auch immer, zurückgelassen hatten, und wunderte sich ein wenig, daß Dorothy nie gestaunt hatte. Doch sie behielt das für sich und fragte stattdessen, wann zuletzt olmekische Figuren ausgeliehen worden waren. Das war vor knapp vier Jahren der Fall gewesen, Olivia hörte von der Ausstellung in Hildesheim, was sie schon wußte. Überrascht wurde sie allerdings davon, daß man die zwei Kisten bei deren Rücksendung ungeöffnet in den Speicher hinaufgebracht hatte. Warum, wußte die alte Dame heute nicht mehr zu sagen. Normalerweise hatte sie kontrolliert, ob alles unversehrt und vollständig wieder angekommen war.

»Hat Scotland Yard Sie genauer darüber informiert, welche Figuren auf dem Antiquitätenmarkt als die Ihren herausgefunden wurden?«

»Ja, man hat Photographien bei Henry zurückgelassen.«

»Waren von diesen Figuren welche in der letzten Ausstellung?« wollte Olivia wissen.

»Ich glaube eine, möglicherweise auch zwei. Aber ich erinnere mich nicht mehr zuverlässig. Wir können das morgen anhand meiner Unterlagen herausfinden. Dies alles ist sehr ermüdend.« Die Entspannung von London war verflogen und Lady Gaynesford sah angestrengt aus.

Behutsam fuhr Olivia dennoch fort: »Sie führen Listen über die Werke, die Sie ausleihen, anhand derer Sie kontrollieren, ob alles ordnungsgemäß zurückkehrt. Ist das richtig?«

Lady Gaynesford bestätigte es.

»Nur beim letzten Mal ist diese Kontrolle unterblieben. Hat das betreffende Museum sich nicht dafür interessiert, ob die Gegenstände heil hier angekommen sind?«

»Ich habe, glaube ich, damals das Eintreffen der Kisten bestätigt, eine genauere Rückfrage kam nie. Aber auch das können wir morgen nachschauen,« versuchte Lady Gaynesford nun deutlicher das Thema zu beenden.

Olivia nickte: »Wir sollten das morgen prüfen. Aber entscheidend ist es nicht, da ja nicht alle fehlenden Figuren auf dieser Ausstellung waren?«

»Nein, das waren sie sicher nicht.«

»Also entgehen wir der Tatsache nicht, daß zumindest einige direkt aus dem Speicher geholt worden sein müssen.«

Während Dorothy den Hauptgang servierte, herrschte Schweigen. Olivia übte sich in ihrer Fähigkeit, gedankenverloren auszusehen, obwohl sie in Wahrheit scharf beobachtete. Für sie war offenkundig, daß Mrs. und Mr. Jonas hervorragend geschultes Personal nach altem Vorbild waren. Dazu gehörte auch bedingungslose Solidarität mit der Herrschaft und mit dem Haus, dem sie vorstanden. Sie selbst hatte beide nie anders erlebt. Warum also hatte Alfred Mrs. Maugham einen ganzen Sommer lang unbehelligt gelassen? Warum hatte niemand den Diebstahl der Skulpturen bemerkt? Warum hatte Dorothy sich nicht über unverhältnismäßige Mengen Verpackungsmaterial gewundert? Am letzten Sonntag waren sie fast darin geschwommen. Warum wehrte sie sich dagegen, das Anwesen grundsätzlich verschlossen zu halten? Sollte Leonard doch recht haben?

Inzwischen stieg der Duft der servierten Speisen in Olivias Nase, ein äußerst appetitanregender Geruch von Curry und Kokosmilch. Kochen konnte Dorothy wirklich. Olivia sah auf ihren Teller. Ob ich diese Köstlichkeit wohl überlebe? schoß es ihr durch den Kopf. Nach Richards Theorie war sie nicht in Gefahr, hoffentlich wußte der Täter das. Vielleicht fand Dorothy sie auch zu bedrohlich, nachdem sie das Blumengespenst enttarnt hatte; vielleicht ...

»Guten Appetit wünsche ich!« Lady Gaynesford hatte ihr Besteck ergriffen und sah Olivia auffordernd an. Diese nahm, den Wunsch erwidernd, ebenfalls ihr Besteck auf.

»Lady Gaynesford, als wir am letzten Sonntag im Speicher alle Figuren geordnet hatten und nur die olmekischen noch in einer Gruppe beieinanderstanden, brachen Sie die Arbeit ab. Erlauben Sie die Frage, ob Sie bei der Gelegenheit den Diebstahl entdeckten?«

»Also darüber haben Sie nachgedacht, während Dorothy unser Gespräch unterbrach. – Sie sind eine scharfe Beobachterin.« Die alte Dame seufzte verhalten: »Wir werden dieses Problem nicht los, obwohl ich es im Augenblick gründlich leid bin. Ich wünschte dringlich, Sie würden es mit einem ähnlichen Handstreich lösen wie das der gestohlenen Blumen.« Ein nahezu beschwörender Blick traf Olivia. »Ich beginne, Ihnen das Unmögliche zuzutrauen. Sie haben in unseren zahlreichen Gesprächen immer die richtigen Fragen gestellt, weil Sie den Artikel für ‚Arts and Artists' so gründlich vorbereiten. Also muß ich wohl auch Ihre detektivischen Fragen beantworten, wenn ich auf eine Lösung durch Sie meine Hoffnung setze. Für die Polizei haben wir den Speicher übrigens wertlos gemacht. Sollte es dort Spuren gegeben haben, wurden sie am letzten Sonntag verwischt; und um ein übriges zu tun, hatte Dorothy den Auftrag, am Montag noch einmal gründlich den Boden zu reinigen und alle Skulpturen abzuwischen.« Ein andeutungsweises Lächeln huschte über Lady Gaynesfords Gesicht, bevor sie weitersprach: »Ich kann es nicht erklären, aber ich spüre die reale Hoffnung, daß Sie imstande sein möchten, dieses fatale Rätsel zu klären.«

Sie gab sich einen Ruck: »Dann sollte ich Ihre Fragen auch beantworten, warum also nicht jetzt während des Dinners. – Ja, Sie haben richtig vermutet, ich entdeckte am letzten Sonntag das Fehlen einiger Figuren. Ich hätte nicht ohne weiteres sagen können, wie viele fehlten, aber einige erschienen vor meinem inneren Auge, die nicht auf dem Speicherboden standen; seitdem sind mir noch mehrere eingefallen. Wir können das morgen eindeutig klären.«

»Hatten Sie einen bewußten Grund, über diese Entdeckung zu schweigen?«

»Nein. Zuerst einmal war es eine rein emotionale Reaktion. Ich versuchte, zu verstehen, was ich gesehen hatte, und zu begreifen, daß es wahr war, – was mir nicht ohne Mühe gelingen wollte. Anschließend entschied ich mich, bei Henrys nächstem Besuch darüber zu reden. Doch dann starb Señor Ramos und ich beschloß, meine Entdeckung für mich zu behalten, bis sein Tod aufgeklärt sein würde. Seitdem haben die Entwicklungen meine Entscheidung überholt.«

»Man könnte einen Zusammenhang zwischen den Diebstählen und dem Mord annehmen.«

»Sehen Sie, genau das sagte ich heute Morgen zu Henry. Aber er war nicht sehr aufgeschlossen für diese Idee.«

Olivia hatte erstmals geschafft, Lady Gaynesford zu einem offenen Gespräch über die Verbrechen in ihrem Haus zu bewegen und das weitere Dinner hindurch versuchten sie tatsächlich gemeinsam, wenigstens irgend ein Licht in die finsteren Vorfälle hineinzutragen. Es gelang nicht. Im Gegenteil schienen die Rätsel wie aus einem Nebel zu ragen, der ihre Wurzeln verbarg und jeder Annäherung spottete. Schließlich beim Dessert angelangt, beendeten sie ihr kreisendes Suchen und legten die Einteilung für den nächsten Tag fest. Müde stiegen sie gemeinsam zu den Schlafräumen hinauf. Als sie sich vor Lady Gaynesfords Tür verabschiedeten, blieb Olivias Blick an den olmekischen Figuren hängen, die hier in dieser Wandvertiefung nun mehr als ein Vierteljahrhundert standen, wie sie von Dorothy wußte.

»Warum stehen gerade diese Figuren hier und keine anderen, und warum immer dieselben?« Olivia schaute auf die kleinen Skulpturen, während sie diese Frage nachdenklich und eher leise formulierte.

In einem Ton, in dem die Müdigkeit eines langen Tages und eines langen Gespräches mitschwang, erfolgte die Antwort: »Weil es meine Figuren sind.«

»Was heißt das?« fragte Olivia, nun bewußt leise und nachdenklich weiter, ohne sich zu rühren.

»Die Figuren im Speicher habe ich geerbt, diese hier sind meine eigenen. Ich trug sie auf den Reisen mit Onetti zusammen.«

»Erlaubte man damals Ausländern noch, antike Figuren zu erwerben?«

»Nein, ich habe sie gestohlen. Ich wußte zu dem Zeitpunkt ja nicht, daß Onetti mir die seinen vererben würde. Die Faszination, die von diesen kleinen Skulpturen ausging, war so groß, daß ich den Gedanken, je ohne sie leben zu sollen, nicht ertragen konnte und auch nicht wollte. Mit der Bedenkenlosigkeit der Jugend unternahm ich etwas dagegen. Hier stehen sie nun, seit ich in diesem Haus lebe und das ist schon sehr lange. Nach meinem Tod werden sie nach Mexiko zurückkehren.« Lady Gaynesford lächelte Olivia ein letztes ‚Gute Nacht' zu und drückte ihre Schlafzimmertür hinter sich ins Schloß.

23

Es war noch sehr früh, als Olivia am nächsten Morgen erwachte. Kaum halb bei Bewußtsein, umkreiste sie die Frage, mit der sie eingeschlafen war: änderte Lady Gaynesfords Eingeständnis, die vier Figuren gestohlen zu haben, etwas an der Gesamtlage? Kaum. Der Skulpturendieb würde sich für sie in keinem Fall interessiert haben, da das Fehlen einer dieser Figuren sofort aufgefallen wäre. Sollte tatsächlich irgendjemand von dem dunklen Fleck in der Biographie der Viktoria Gaynesford erfahren haben, hätte Erpressung nähergelegen als Mord. Nun könnte es Erpressungsversuche gegeben haben, die erfolglos geblieben waren und zu den Giftanschlägen geführt hatten. Nach einigem Hin und Her kam sie zu der Entscheidung, daß diese Möglichkeit sehr unwahrscheinlich war: entweder hätte Lady Gaynesford spätestens bei der Frage nach persönlichen Feinden darüber gesprochen oder aber, wenn sie aus irgendwelchen persönlichen Gründen den Erpresser aus den derzeitigen Ermittlungen heraushalten wollte, auch die Information über ihren Diebstahl für sich behalten. Nein, das führte nicht weiter.

Mit einem Schlag war sie hellwach. Über sich im Speicher hörte sie leise Schritte. In der eintretenden Stille glaubte sie leises Rascheln zu hören, das konnte aber auch Einbildung sein. Dann wieder leise Schritte, die sich entfernten. Olivia huschte aus dem Bett und öffnete geräuschlos ihre Zimmertür. Sehr leise kamen die Schritte die Treppe vom Speicher herunter und querten Olivias Blickfeld: es war Dorothy, die einen Berg Seidenpapier an sich gedrückt hielt. Während Olivia wartete, daß die Schritte verklangen, bevor sie ihre Tür schloß, fiel ihr wieder ein, daß sie dieselben Schritte schon einmal gehört hatte, spät abends in der letzten Woche. Mittwoch oder Donnerstag? sie wußte es nicht mehr; sie waren im Einschlafen an ihrem Ohr vorbeigeklungen und sie war tatsächlich eingeschlafen statt hochzufahren.

Um so wacher war sie jetzt. Sie schloß das Fenster. Zumindest regnete es nicht mehr, stellte sie fest. Ein Blick auf den Wecker zeigte ihr, daß es kurz vor sieben war. Rasch überlegte sie die Lage ihres Zimmers: ein weiteres Bad und ein Gästezimmer trennte sie von Lady Gaynesfords Schlafzimmer, dort würde man die Dusche kaum hören und sonst störte sie ohnehin niemanden. Eine halbe

Stunde später steckte Olivia den Kopf durch die Küchentür, wünschte Dorothy einen ,guten Morgen' und bot an, aus dem Dorf mitzubringen, was Dorothy etwa brauchen würde. Wie erwartet gab es nichts, der Haushalt von Greystone Manor war perfekt organisiert. Das große Tor fand Olivia geschlossen, aber nicht versperrt, und tief durchatmend schritt sie in den kühlen Morgen hinaus.

Während sie zwischen den hohen Hecken Copper Hill zustrebte, überlegte sie noch einmal, daß Lady Gaynesford um acht Uhr ihren ersten heißen Tee bekam. Da sie sich offiziell abgemeldet hatte, konnte Dorothy sie als Sündenbock für eine Vergiftung nicht heranziehen und somit in diesen Tee kein Zyankali hineingeben, immer vorausgesetzt, daß sie die Täterin war. Olivia schüttelte sich unwillkürlich. Bis zum Frühstück um halb zehn würde sie zurück sein. Und dann? Was konnte sie tun? Es war zum aus der Haut fahren, es gab einfach keine Sicherheit. Allerdings hätte die Polizei bei einem heutigen Unglücksfall nur Dorothy und sie als Mörderin zur Auswahl. Geschickter wäre es, auf einen personenreicheren Augenblick zu warten. Morgen – Dienstag – würde Henry kommen. Die Vergiftungsversuche hatten immer in zeitlichem Zusammenhang mit seiner Person gestanden. Demzufolge würde heute gar nichts geschehen.

Olivia schrak zusammen. Fast wäre sie mit Alfred zusammengestoßen. Unter dem Nachdenken energisch ausschreitend war sie bereits die Dorfstraße hinaufgegangen, wo Alfred gerade aus dem kleinen Laden mit dem Post-Office kam. Etwas verdattert wünschte er ihr einen ,guten Morgen' und trat schon in die Pedale. Olivia schaute der blauen Gestalt auf dem schwarzen Fahrrad nach, dann auf die Tür des Post-Office und schüttelte innerlich den Kopf. Wie schnell verwandelte die Phantasie unbescholtene Menschen in Mörder und Diebe, wenn erst einmal der Verdacht aufgetaucht war. Sie durfte annehmen, daß das Seidenpapier aus dem Speicher jetzt dort drinnen auf der Post darauf wartete, verschickt zu werden, welchen Inhalt es auch vor dem Zerbrechen schützen mochte. Die Wahrscheinlichkeit, daß dieser Inhalt vollständig harmlos war, schien ihr extrem hoch. Aber wäre er es nicht, würde von außen alles genauso aussehen. Alfreds Verwirrung bot keinerlei Entscheidungshilfe, ganz einfach, weil er bei überraschenden Zusammentreffen immer verwirrt reagierte. So gut glaubte sie ihn inzwischen zu kennen. Er selbst war derweil aus ihrem Horizont geradelt, sie drehte sich herum und überlegte kurz, ob sie Briefmarken kaufen sollte. Sie entschied sich dagegen. Niemand würde einer Mordverdächtigen irgendeine Frage beantworten. Seit der letzten Woche hatte sich ihre Situation hier in Copper Hill gründlich verändert.

Olivia wandte sich ab und betrat durch ein gemauertes, überdachtes Tor den Kirchhof. Die Gittertür quietschte leicht, dann herrschte wieder Stille ringsum bis auf die Vögel. Die Stare pickten sich geschäftig über das grüne Gras zwischen den Gräbern voran, und im Maulbeerbaum schilpten einige Spatzen. Wieder quietschte das Tor leise und als Olivia sich umdrehte, sah sie Pfarrer Wotheridge auf sich zukommen. Seine Begrüßung war rückhaltlos freundlich und ohne Umschweife fragte er nach der Lage im Herrenhaus. Auf Olivias ein wenig ungenaue Antwort hin wurde er direkter.

»Wie ernst nimmt die Polizei den Verdacht gegen Betsy Maugham?«

»Ist sie zur Polizei gegangen?« fragte Olivia zurück.

»Nein. Sie kam stattdessen zu mir. Das war am Samstag spät nachmittags. Anfangs schien sie recht ruhig, im Verlauf ihres Berichtes geriet sie zunehmend in Aufregung, verständlicherweise, möchte ich meinen und leider konnte ich sie nicht so sehr beruhigen, wie ich es gewünscht hätte. So riet ich ihr, am Montag zur regulären Bürozeit zur Polizei zu gehen. Ich dachte mir, die Polizei ihrerseits wäre ja ohne weiteres imstande, Betsy Maugham zu finden, sollte sie sie früher brauchen. Das war nicht der Fall.«

Olivia schwieg.

»Die Polizei scheint überhaupt die Ermittlungen vor Ort für den Augenblick eingestellt zu haben,« wunderte sich der Pfarrer.

»Sie äußerten bei ihrem letzten Besuch in Greystone Manor, daß sie auf Antworten aus Mexiko warten, die die Aufträge des toten Señor Ramos hier in England erhellen würden.«

»Das klingt wie eine brauchbare Erklärung,« stimmte der Pfarrer zu, »und läßt mich hoffen, daß auch die Polizei den Schuldigen eher außerhalb unserer Gemeinschaft sucht und nicht in so harmlosen Menschen wie Mrs. Maugham.«

»Sie sind schon lange Pfarrer in dieser Gemeinde?«

»Oh ja, bald dreißig Jahre, das ist eine lange Zeit.« Bedächtig verschränkte er die Hände hinter dem Rücken und begann, langsam auf dem feuchten Rasen dahinzugehen.

»Wie lange ist Dr. Harrison in Copper Hill?«

»Noch ein paar Jahre länger, genau weiß ich es im Moment nicht.«

»Waren er und Lady Gaynesford immer schon befreundet?« wollte Olivia wissen. Sie war erleichtert, das Pfarrer Wotheridge ihre Fragen ganz natürlich fand. Er überlegte ein wenig, bevor er antwortete: »Ich glaube, zwischen Sir Gaynesford und Dr. Harrison bestand eine sehr intensive, verläßliche Freundschaft, mir ist so, als rührte sie noch von Schulzeiten her, aber das kann ich nicht ganz sicher sagen. Und es trat der glückliche und leider viel zu seltene Umstand ein, daß nicht nur Dr. Harrison und Lady Gaynesford sich sehr gut verstanden, sondern auch Mrs. Harrison sich ziemlich ideal in dieses Quartett fügte.«

»Und Dr. Harrison ist auch nach dem Tod von Sir Gaynesford ein unwandelbarer Freund geblieben?«

»Oh ja. Selbstverständlich. Er würde alles für Lady Gaynesford tun, was ihr irgendwie helfen könnte, nicht nur als Arzt.« Er nickte nachdrücklich. »Eine lebenslange Freundschaft ist etwas Wunderbares!«

»Und wie ist es mit Mrs. Thornhill?« pirschte Olivia weiter. Die Kirchturmuhr schlug die Viertelstunde.

»Das Verhältnis liegt schwieriger,« war die nachdenkliche Antwort. »Das Ehepaar Thornhill eröffnete seine Apotheke ziemlich genau ein Jahr nach meiner Amtsübernahme. Sie waren zu dem Zeitpunkt noch erstaunlich jung und ehrgeizig. Die Apotheke lief von Anfang an hervorragend. Beide waren, und sind, fachlich außerordentlich kompetent. Die gesellschaftliche Konstellation dagegen entsprach nicht ganz ihren Erwartungen. So sehe ich das,« fügte er wie entschuldigend hinzu. »Sehen Sie, das Herrenhaus und das Arzthaus verband eine Freundschaft, der man sich nur lose anschließen konnte. Hätten die Thornhills sich damit begnügt, wer weiß, was geschehen wäre im Laufe der Jahre. Aber vor allem Mrs. Thornhill war nicht nur ehrgeizig, sondern auch ungeduldig. Sie erzwang eine regelmäßige Damenrunde, zu der noch meine Frau und die Leiterin unserer kleinen Schule hinzugezogen wurde, man traf sich einmal im Monat; mehr konnte auch Ungeduld nicht bewerkstelligen. Die Teerunde bestand bald zwanzig Jahre. Eine erste Lockerung des Ritus brachte die Versetzung unserer Rektorin an eine große Schule in High Wycombe. Anfangs kam sie noch regelmäßig, allmählich nicht mehr gar so zuverlässig. Daß die anderen Damen der Runde sich nach High Wycombe zum Tee begeben hätten, war aus irgendwelchen Gründen nicht denkbar. Dann starb Mrs. Harrison, Lady Gaynesford weilte wieder mal häufiger in London und die Teerunde existierte irgendwann nicht mehr.« Sie hatten die Kirche währenddessen einmal umrundet und Pfarrer Wotheridge blieb nachdenklich stehen: »So laufen die Dinge nun einmal.«

»Und so zerfielen die gesellschaftlichen Hoffnungen der Mrs. Thornhill Jahr für Jahr in kleinere Scherben?«

»So war es wohl. Das Leben ist ja auch nicht ganz einfach. Ihre beiden Söhne nahmen beruflich hervorragende Entwicklungen, die sie nach Edinburgh und Melbourne brachten, sie kommen alle einzwei Jahre zu Besuch. Als die Buben größer wurden und Mrs. Thornhill mehr Zeit für die Apotheke hatte, eröffnete ihr Mann in High Wycombe eine weitere Apotheke, schließlich kostet die Ausbildung von Söhnen sehr viel, und seine Frau war immer mehr allein, wenn auch sehr selbständig.«

»Ich hörte wahre Wunder von ihrem Garten,« schwindelte Olivia.

»Oh ja. Er bringt ihr viel Entspannung und Befriedigung, habe ich den Eindruck.«

»Sicher kann sie ihre chemischen Kenntnisse auch dort nutzbringend anwenden,« versuchte Olivia weiter ihr Glück.

Der Pfarrer lachte zum ersten Mal: »Das tut sie. Sie gibt auch meiner Frau ständig Chemikalien, spezielle für diese und spezielle für jene Pflanze und spezielle gegen Schnecken und spezielle gegen Mäuse und so weiter und so weiter. Glücklicherweise habe ich vom Gärtnern überhaupt keine Ahnung und konnte so bisher erfolgreich vermeiden, mir über all diese Gifte meine christlichen Gedanken zu machen.« Er blinzelte Olivia vergnügt zu. »Als Mrs. Thornhill das letzte Mal bei meiner Frau zum Tee war, unterhielten sie sich über Rattengift. Dabei habe ich schon seit Jahren nicht mehr von Ratten im Dorf gehört.«

»Wann war das?«

»Vor einer Woche. Ich weiß das so genau, weil sie hier im Pfarrhaus gemütlich beim Tee saßen und Mrs. Thornhill meiner Frau erläuterte, wie man Ratten mit Zyankali vergiften kann, ohne daß andere Tiere an das Gift herankommen können, während zur selben Zeit im Herrenhaus ein Mensch mit dem gleichen Gift getötet wurde. Derartige Zufälle lassen das Leben manchmal grotesk absurd erscheinen. Verstehen Sie mich?«

»Ich denke schon,« stimmte Olivia zu, »und sie verstärken das Grauen.«

Wieder schlug die Kirchturmuhr und der Pfarrer verabschiedete sich eilig. Olivia schritt weiter zwischen den alten Grabsteinen dahin. Allmählich wurden die Straßen des Dorfes belebter und das Quietschen des Gittertores kam ihr gar nicht mehr so laut vor, als sie es schließlich hinter sich ins Schloß drückte. Sie zog eine Schokoladentafel aus der Tasche und wandte sich Greystone Manor und dem Frühstück zu.

Mit einem Hauch des frischen Morgens stand Olivia bald darauf in der Küche, um sich bei Dorothy offiziell zurückzumelden. Es duftete bereits nach Kaffee und warmem Toast, neben der Spüle stand der Porzellanbecher, aus dem Lady Gaynesford ihren Morgentee trank und stieß ihre Gedanken an: »Mag Miss Rebecca eigentlich die Teetassen mit den Gesichtern?«

Dorothy sah auf: »Wie Sie nur darauf wieder kommen. Nein! Sie mag sie so wenig, daß Lady Gaynesford für ihre Nichte eine Ausnahme macht und angeordnet hat, in Black Colonnade zu servieren, wenn Miss Rebecca zum Tee im Herrenhaus ist.«

Olivia nickte und verließ die Küche. Was für ein wundervoller Morgen! Ein paar Fragen und einer der Verdächtigen bekam ein Alibi für die Zeit des Mordes und noch dazu vom Pfarrerehepaar. Im zweiten Fall reichte nur eine Frage und alle Theorien brachen zusammen. Wenn Rebecca die dampfenden Geister nicht mochte, kannte sie sie wohl auch nicht genauer. Somit war sie für den Tod an Señor Ramos nicht die richtige Besetzung und zu allem Überfluß fiel Dr.Trevor damit ebenfalls aus. Noch ein paar Fragen und Copper Hill wurde tatsächlich zu jener harmlosen Gemeinschaft, die Pfarrer Wotheridge sich wünschte.

Das war doch alles nicht wahr! Olivia lief in ihrem Zimmer auf und ab wie ein gefangener Panther. Lauter falsche Antworten. Und schlimmer: lauter falsche Fragen, denn sonst wären die Antworten bessere. Das hieß, sie war immer noch ganz am Anfang. Sie hielt im Auf- und Abgehen inne. Das bedeutete auch, daß sie wieder bei ihrer Ausgangsfrage angelangt war: wer tat Zyankali in Lady Gaynesfords abendliches Wasser? Mochte Richard sich um den Fall des Señor Ramos kümmern und, wenn er meinte, auch um die gestohlenen Figuren. Sie selbst mußte sich ausschließlich um das Gift kümmern und ihr Problem innerhalb dieser Mauern lösen.

24

Die dampfenden Geister. Ob sie auch ihre Bedeutung völlig falsch eingeschätzt hatte? Wieder eine falsche Frage? Olivia sah zu, wie der Dampf des heißen Tees aus der rostbraunen Tasse in ihrer Hand aufstieg. Es war die Tageszeit der Schokolade, doch seit dem letzten Montag hatte es keine mehr gegeben. Nach dem Frühstück waren Lady Gaynesford und sie die Listen der an Museen ausgeliehenen olmekischen Skulpturen durchgegangen. Das war weder mühsam noch langwierig gewesen, denn das Ordnungssystem funktionierte so simpel wie übersichtlich, man könnte auch sagen, professionell. Das Ergebnis war nun endgültig: sechs fehlende Figuren. Zwei davon waren in der letzten Ausstellung gewesen; aber weil die übrigen vier völlig zweifelsfrei aus dem Speicher gestohlen sein mußten, konnte man dies auch für die zwei anderen annehmen. Olivia blieb das Thema natürlich doch erhalten.

Draußen hatte es wieder leise zu regnen begonnen und da die Atmosphäre drinnen gleichermaßen ungemütlich war, bekam Alfred Weisung, das Feuer im gelben Salon schon am Vormittag anzuzünden. Lady Gaynesford ging währenddessen auf und ab, durch den gelben Salon und den Gang am Eßzimmer entlang und zurück; manches Mal blieb sie stehen, als versuche sie, sich etwas konkret vorzustellen, und jedesmal nahm sie ihren langsamen Gang wieder auf. Olivia hörte sie durch die offenstehende Tür der Bibliothek, während sie die fehlenden Figuren mit dem Datum, zu dem sie das letzte Mal ausgeliehen worden waren, und dem Ort und dem Veranstalter der Ausstellung für die Polizei auflistete und eine Abschrift für Lady Gaynesford anfertigte. Als sie sich schließlich gemeinsam vor dem munteren Feuer niederließen, wollte es ihr scheinen, als habe sie ihr halbes Leben hier gesessen: redend vor dem Feuer statt handelnd draußen in der Welt, Hirngespinsten hinterherhängend statt Fragen zu stellen, die voranbrachten. Die Farbenpracht der Polster um sie herum wirkte an diesem trüben Morgen fahl und der Gesichtsausdruck der kleinen Tonfigur, die seit gestern Abend auf dem Kaminsims stand, eher düster als grüblerisch. Das Haus kam ihr mit einem Mal wie eine Höhle vor, in die man sich vor der Welt zurückzog; um so schrecklicher, daß man in ihr nicht geborgen lebte.

Lady Gaynesford war trotz ihrer äußeren Gefaßtheit innerlich erneut dramatisch erschüttert worden. Aus dem hintersten Winkel ihres Hauses, man könnte auch denken: aus dem sichersten Winkel, waren Figuren gestohlen worden, die ihr persönlich wie auch in jeder anderen Hinsicht wertvoll waren, sehr wertvoll. Sie hatte am heutigen Vormittag die Fakten zusammengestellt, die zur Ermittlung nützlich sein mochten, ohne sich der Frage nach dem Täter auch nur von ferne wieder zu nähern. Dennoch hätte Olivia schwören mögen, daß nur diese Frage der alten Dame unaufhörlich im Kopf hämmerte, seit sie die Bibliothek verlassen und nach Alfred geläutet hatte. Und sie hämmerte weiter, während sie ruhig ins Feuer schaute.

In der herrschenden Stille waren Dorothys sich nähernde Schritte gut zu hören. Olivia schauderte unwillkürlich.

»Chiefinspektor Bates bittet um ein Gespräch, Mylady. Und er bittet darum, daß Miss Lawrence daran teilnimmt.«

Etwas Dramatisches hatte sich ereignet. Olivia sah es Richard an, sobald er hereinkam, auch wenn die Begrüßung mit sachlicher Routine vor sich ging. Sessel wurden gerückt und er setzte sich. »Ich habe eine schlechte Nachricht.« Er sah vom einen zum anderen. »Mrs. Maugham, die Köchin der Farm gegenüber, ist heute morgen ermordet worden. Die Labore arbeiten an den Ermittlungen, die

Arbeitsthese lautet: sie starb an Zyankali, welches mithilfe einer Spritze in Trüffelpralinen injiziert wurde.«

»Und woher kamen diese Pralinen?« Olivia saß aschfahl in ihrem Sessel, im Ohr den schwer rollenden Buckinghamshire-Tonfall, in dem Betsy Maugham sich in der Küche verteidigt hatte.

»Aus einer Konditorei in High Wycombe. Der Postbote gab das kleine Päckchen gegen 9.15 Uhr in der Apotheke ab, Mrs. Thornhill brachte es ihrer Untermieterin hinauf und ist somit der letzte Mensch, der Mrs. Maugham lebend sah. Wir fanden sie kurz vor zehn in ihrer Küche, auf dem Tisch die geöffnete Packung, in der eine Praline fehlte, daneben eine weiße Karte in Oktavgröße,« Richard blätterte die Seite in seinem Notizbuch um, »...mit dem Text: «An die Köchin der Farm Gaynesford. Wir erlauben uns, Ihnen eine Kostprobe der neuesten Creation unseres Hauses zu übersenden. Sollten Sie mit dem Ergebnis zufrieden sein, würden wir uns glücklich schätzen, Aufträge für festliche Gelegenheiten entgegenzunehmen.» Keine handschriftliche Unterschrift. – Kennen Sie die Conditorei Caillers?« wandte er sich an Lady Gaynesford.

Ihr war die Erschütterung über die Mordnachricht dieses Mal deutlich anzusehen und sie mußte sich räuspern, bevor sie sprach: »Ja, ich kenne sie, Monsieur Cailler ist Belgier und berühmt für sein handwerkliches Können, zumindest hier in der Gegend, und etwas belächelt für seine unermüdliche Suche nach neuen Rezepten. An mir ist diese Kunst leider verloren, ich esse keine Pralinen. Allerdings bestellt Dorothy gelegentlich Gebäck für eine Tee-Einladung oder ein Dessert dort.«

»Werden die Bestellungen geliefert?«

»Wenn wir es wünschen, natürlich. Meist haben wir verschiedene Bestellungen und Mr. Jonas holt sie ab.«

»War er zufällig gestern in High Wycombe?«

»Wir fuhren am Rand entlang, Miss Lawrence und ich, Mr. Jonas am Steuer, auf der Rückfahrt von London. Im Ort waren wir nicht.«

»War er später noch einmal weg?«

»Das würde mich wundern. Aber mit Sicherheit beantworten kann ich diese Frage nicht.«

»Und wie war das bei Ihnen?« wandte er sich an Olivia.

»Wir kamen ziemlich spät am Nachmittag hier an und gingen gleich auf unsere Zimmer. Nach einer knappen Stunde trafen wir uns vor diesem Kamin und dinierten anschließend – gemeinsam – bis gegen halb elf. Dann gingen wir schlafen.«

»Schön. Danke.«

»Sie vermuten einen Zusammenhang zwischen dem Mord an Señor Ramos und dem an der unglücklichen Betsy Maugham?« ergriff Lady Gaynesford überraschend das Wort.

»Das ist kaum zu bezweifeln, Mylady,« bestätigte Richard. »Ich war heute morgen auf dem Weg, um ihr einige Fragen zu stellen, und entdeckte auf diese Weise ihre Leiche. Immerhin wurden dadurch von Anfang an alle Spuren gesichert.«

»Was hätte Betsy Maugham Ihnen erzählen sollen, Chiefinspektor?«

»Sehen Sie, ich hatte inzwischen erfahren, daß es sich bei Mrs. Maugham um jene Person handelt, die den vergangenen Sommer hindurch in Ihrem Garten Blumen stahl. Daß sie ausgerechnet am Tag der Ermordung des Mexikaners erstmals nach dem Winter wieder auftauchte, machte den Fall langsam interessant.«

»Ich fürchte, ich verstehe Sie noch nicht ausreichend.«

»Nun, Mrs. Maugham war bevorzugt in der Dämmerung hier, und das gelegentlich über längere Zeit.« Lady Gaynesford überlief ein Schauder.

»Ich hoffte,« fuhr Richard fort, »daß sie dabei irgendetwas beobachtet haben könnte, das uns bei der Aufklärung des Mordes oder des Diebstahls der antiken Skulpturen weiterbrächte.«

»Und von der Größe dieser Gefahr war der Täter oder die Täterin so überzeugt, daß er oder sie Mrs. Maugham tötete.« Olivias Stimme klang sehr leise. »Und das heißt weiter: wenn ich sie nicht als Blumengespenst enttarnt hätte, wäre sie jetzt noch am Leben.«

»Sehr wahrscheinlich!« stimmte Richard trocken zu. »Wer konnte eigentlich von dieser Enttarnung wissen?«

Olivia fühlte sich leer, leer bis in die kleinen Finger. Schließlich stand sie auf und goß sich Tee nach. Während die heiße Flüssigkeit durch ihren Körper rann, bekämpfte sie die Leere so weit, daß sie sachlich antworten konnte: »Das Gespräch zwischen Mrs. Maugham und mir fand am letzten Freitag eine halbe Stunde vor dem Tee drüben in der Küche statt. Mrs. und Mr. Jonas waren dabei. Was immer Mrs. Maugham auf der Farm erzählt hat, ihr Verhalten veranlaßte jedenfalls Miss Gaynesford, am Samstag hierherzukommen und sich von Mrs. Jonas den ganzen Vorgang erzählen zu lassen. Da Dr. Trevor am Freitag den Stein ins Rollen gebracht hatte, wird er sicher den Fortgang erfahren haben, ebenso Farmer Gaynesford. Damit haben wir zumindest zwei Personen, die gern einmal in den ‚Eagle' gehen und warum sollten sie dort nicht über diese zugegeben hübsche Geschichte reden. Wen nun Mrs. Maugham ihrerseits ins Vertrauen gezogen haben könnte, weiß ich nicht. Auf alle Fälle war sie beim Pfarrer.«

»So habe ich mir das vorgestellt,« grummelte Richard, »jeder kann es gewußt haben, zumindest fast jeder. Sogar Leute, die sich nie um Mrs. Maugham gekümmert haben.«

»Die haben sie aber auch nicht ermordet.«

»Richtig. Das schränkt den Kreis der Verdächtigen erleichternd weit wieder ein,« er grinste leicht. »Ich werde also mit dem Pfarrer sprechen und mich anschließend im ‚Eagle' umhören. Zuvor würde ich gern ein paar Fragen an Mr. und Mrs. Jonas richten, wenn Sie einverstanden sind.« Er erhob sich bei diesen Worten und Lady Gaynesford reichte ihm aus dem Sessel herauf die Hand. Olivia hatte bei dem Stichwort ‚Eagle' instinktiv nach der Karte in ihrer Tasche getastet. Die Telefonnummer der Shaws bekam etwas zunehmend Tröstendes. Vielleicht hatten sie interessante Sachen im ‚Eagle' gehört. Das war immerhin eine Hoffnung. Und doch waren nur wenige Stunden vergangen, seit sie ihre wenig rühmlichen Überlegungen mit der nicht ganz neuen Einsicht abgeschlossen hatte, daß die Lösung hier innerhalb der grauen Mauern gefunden werden mußte. Die tragische Entwicklung des heutigen Morgens machte deutlich, daß sie dem Kern des Problems vielleicht doch näher gekommen war, als sie in ihrem aufgebrachten Hadern angenommen hatte.

Zu diesem Ergebnis schien die alte Dame ebenfalls gekommen zu sein. Sie hieß mit einer freundlichen Geste Olivia sich wieder setzen. »Es ist eine herbe Einsicht, daß die eigene Nachlässigkeit den Tod eines Menschen zur Folge hatte. Wenn ich die fehlenden Blumen so ernst genommen hätte, wie Sie es taten, wäre das Treiben der Mrs. Maugham im letzten Sommer sicherlich sehr schnell unterbunden worden. – Warum nahmen Sie dieses kleine Problem mit den Blumen eigentlich so ernst? Einen Zusammenhang mit dem ersten Mord konnten auch Sie, so nehme ich an, nicht entdecken.«

Lady Gaynesford war sehr ernst. Aufrecht lehnte sie in ihrem Fauteuil, die Hände ruhten aufeinandergelegt in ihrem Schoß, das Kinn war leicht vorgestreckt. Sie ist sehr einsam, schoß es Olivia durch den Kopf und gleichzeitig spürte sie, daß auch sie selbst, jedenfalls vorübergehend, ausgegrenzt worden war. Die neueste Entwicklung hatte sie ihrer Neutralität beraubt, auch wenn die Tarnung für den Augenblick noch hielt. Der Luftzug war kalt, der von der Einsamkeit zur Zurückweisung wehte, aber sie hatte eine Frage zu beantworten und das tat sie in unverändertem Ton: »Durch alle meine Überlegungen in Zusammenhang mit Señor Ramos geisterte das Blumengespenst als mahnendes Vorbild dafür, wie ungehindert auch ein ungebetener Gast sich in diesem Anwesen bewegen konnte. Also wollte ich herausfinden, wer es war, wie er es anstellte und warum.«

»Welch unverhältnismäßigen Preis das Leben mitunter für eine kleine Nachlässigkeit einfordert. Oder für eine kleine Frage.«

So setzte Lady Gaynesford uns beide in dasselbe Boot, stellte Olivia fest. Sie saß auf der Schreibtischkante in der Bibliothek. Draußen regnete es kräftig und das gleichmäßige Geräusch ließ die übrige Welt verstummen. Im Spätherbst des letzten Jahres war die alte Dame am Herzen operiert worden. Dorothy hatte mal erwähnt, daß sich der Gesundheitszustand von Mylady nur langsam und allmählich verschlechtert habe. Es lag nahe, daß die alte Dame selbst gar nicht bemerkt hatte, daß sie die Führung ihres Hauses schließlich schleifen ließ. Bei dem kleinen Personenkreis, der davon betroffen war, dürften daraus keine Schwierigkeiten erwachsen, sollte man meinen. Wer also war das Problem? Wer hat sich diese Schwäche zunutze gemacht?

Sie sprang vom Schreibtisch, ging durch den gelben Salon und hinaus, den überdachten Gang entlang, der an der Küche vorbei zum Atelier führte. Sie bewegte sich geräuschlos und hörte Dorothy in der Küche hantieren. Nachdem sie eine kleine Weile am Ende des

Ganges gestanden war, hörte sie Alfred werkeln. Entschlossen verließ sie das schützende Dach, klopfte an die Tür des Geräteraumes und trat schnell aus dem Regen ins Trockene. Der Raum für die Gartenutensilien war hell und verhältnismäßig groß. Dem Eingang gegenüber gab ein Fenster den Blick auf die Felder frei. Davor stand Alfred, mit neu gezogenen Gemüsepflanzen beschäftigt, die in mehreren Kolonnen kleiner Töpfchen auf dem großen Tisch unter dem Fenster aufgereiht waren. Ein wenig betulich drehte er sich um und blinzelte durch seine dicken Brillengläser.

»Das ist eine scheußliche Geschichte, nicht wahr?« bemerkte Olivia, während sie an dem großen Regal entlangging, das die eine Seite des Raumes gänzlich ausfüllte. Es war penibel aufgeräumt.

Alfred hatte unterdessen seine Brille abgenommen und die Gläser mit einem Schürzenzipfel geputzt. Er setzte sie wieder auf, rückte sie in ihren genauen Sitz und sah den Eindringling abwartend an.

Olivia drehte sich herum und brachte es fertig, zu lachen: »Sie sind ja ein Perfektionist, Mr. Jonas! Ich habe einen Arbeitsraum für Gartensachen noch nie so ordentlich gesehen.«

Alfred wirkte verlegen. Er strich noch einmal über seine Schürze, bevor er einen Schritt vortrat. »Ordnung ist wichtig. Es sind doch zu viele verschiedene Dinge, die man im Garten braucht, nicht wahr; eins zu dieser und das andere zu jener Zeit, vom einen mehr und vom anderen weniger, deshalb braucht man eine Übersicht, die nichts verkommen läßt.«

»Ich sehe, Sie verwenden nur biologische Stoffe: verschiedene Dünger und Mineralien, biologisches Schneckengift, Brennesselllauge ...«, sie sah ihn an.

»Ja, das stimmt. Mein Vorgänger war ein großer Freund von Giften. Er hatte einen ganzen Schrank davon voll. Sehen Sie.« Alfred ging zur gegenüberliegenden Wand, schloß eine Schranktür auf und zeigte auf zwei Fächer, durchaus auch übersichtlich, gefüllt mit verschiedenen Flaschen, Gläsern und Dosen. Eine Flasche mit Pipette nahm er heraus.

»Sehen Sie,« wiederholte er, »mit dieser Flüssigkeit im Wasser sprühte ich ganz am Anfang unserer Zeit in Greystone Manor Rosen, die von Läusen befallen waren. Am Tag danach fand ich einen jungen Buchfink tot darunterliegen. Damals bewegte ich Mylady,

Salbei unter die Rosen zu pflanzen. Für ihre Überzeugung, daß Rosen stolz und unabhängig sind, war dieser Vorschlag gewöhnungsbedürftig, das verstand ich durchaus. Heute wollte auch sie es nicht mehr anders. Läuse haben die Rosen seitdem nur noch gelegentlich und nie mehr, als daß die Marienkäfer damit nicht fertig würden.«

»In diesem Geiste bewirtschaften Sie den ganzen Garten?«

»Ja, wenn man erst einmal darüber nachdenkt, vergeht einem ziemlich schnell der Appetit an gespritztem Obst und Gemüse. Ich esse ja selber von allem auch, da versteht man sehr schnell, was die Verwendung von Pflanzengiften im Garten bedeutet. Man muß nur durch so etwas wie den toten Vogel aus seinem Trott gerissen werden.«

Olivia hatte inzwischen die Aufschriften der vielen Gefäße im Schrank zu entziffern versucht, doch fremde Handschriften zu lesen, war gar nicht so einfach. »Warum haben Sie das Ganze nicht einfach weggeworfen?« Sie beschrieb einen großen Kreis vor den oberen Schrankfächern.

»Das kann ich doch nicht, es gehört ja nicht mir.« Alfred war richtig entrüstet. »Ich darf davon nehmen, wenn ich es für den Garten gebrauche. Und wenn nicht, bleibt es halt stehen.«

So einfach war das. Olivia nickte und griff nach einer relativ großen Dose, auf der sie ‚Arsen' zu entziffern glaubte. »Darf ich das mal anschauen?« Natürlich durfte sie. Die Dose war noch etwa halb voll mit reinem weißen Pulver. Sie roch daran, roch nichts und schloß sie wieder. Beim Zurückstellen wunderte sie sich ein wenig, wie ordentlich all diese Gifte gehalten waren. Wenn man in Betracht zog, daß sie mehr als zwanzig Jahre nicht benutzt worden waren, konnte einem ein solcher Aufwand bedauerlich erscheinen. »Haben Sie noch Ratten in Greystone Manor erlebt? Der Pfarrer sprach heute morgen darüber.«

»Leider ja. In den ersten Jahren haben wir sie kräftig bekämpft, ich meine, Farmer Gaynesford und seine Leute drüben und ich hier. Sie wurden dann weniger. Zuerst hörte es bei uns auf, das ist wohl beinahe fünfzehn Jahre her.« Er dachte kurz nach: »Und auf der Farm gibt es seit zwölf- bis dreizehn Jahren sicher auch keine mehr.«

»Haben Sie hier und drüben auch Zyankali verwendet wie Mrs. Thornhill?«

»Ich fürchte, Farmer Gaynesford hat es eingesetzt. Arsen geht auch. Bei uns waren es nur vereinzelte Tiere, die von der Farm herüberkamen, ich habe sie in Fallen gefangen und verbrannt.«

»Das heißt, drüben existiert auch so ein Giftschrank wie dieser hier?«

»Das nehme ich an. Wahrscheinlich auf allen Farmen. Früher war das so. Und es ändert sich nur wenig und langsam. In den kleinen Gärten noch am ehesten.«

Jetzt müßte mir jemand erzählen, ob man mit einer einfachen chemischen Anordnung aus Zyankalipulver flüssiges Zyankali herstellen kann, dachte Olivia bei sich. Aber im Augenblick gab es niemanden, der diese Frage beantworten konnte. Laut sagte sie: »Das wäre ein hoffnungsvoller Anfang, immerhin gibt es unendlich viele kleine Gärten in England.«

Sie ging wieder zur offenen Tür. Ein fernes, unidentifizierbares Geräusch hatte ihr jäh in Erinnerung gerufen, daß sie niemanden unbemerkt hereinkommen lassen durfte. Vom Geräteraum aus blickte sie über den Hof. Ihr alter Saab stand in seinem Winkel und wirkte beruhigend vertraut. Etwas links davon konnte sie durch den Mauerdurchbruch in den Gemüsegarten sehen. »Hat Sir Gaynesford sich eigentlich für den Garten interessiert?« erkundigte sie sich beiläufig.

»Nein. Ganz und gar nicht. Nicht eine Pflanze ist auf seinen Wunsch hin gesetzt worden. Er hat sich allerdings daran erfreut, wie schön sein Garten ist. Es gefiel ihm, was seine Frau daraus gemacht hat. Er hat auch mich immer wieder gelobt.« Die Freude darüber bewegte den stillen Mann noch nach Jahren.

»Und Sir Henry?«

Alfred putzte wieder seine Brille. »Obwohl er schon ein junger Herr war, als wir, meine Frau und ich, nach Greystone Manor kamen, trieb er sich in den Ferien viel bei mir herum. Vor allem interessierten ihn Autos, darüber unterhielten wir uns ausführlich. Doch er liebte den Garten auch, denke ich. Im Sommer besonders von seiner eßbaren Seite.« Ein Schmunzeln stahl sich in Alfreds Gesicht. »Und er spielte gern Krokett. Hier zwischen dem Taxus und den

Säulen habe ich ihm den Rasen dann besonders kurz gehalten.«

Er stand jetzt auch in der Tür und zeigte hinaus. »Als Student hat er mehrere Jahre Golf geübt, seine Eltern waren einverstanden und so haben wir Löcher in den Rasen rund ums Haus gebohrt.« Nach einer kleinen Pause schloß er: »Seit er Richter in London wurde, ist Sir Henry nur noch Besuch.« Damit ging er wieder zurück zu seinen Gemüsepflanzen.

Olivia blieb noch eine Weile in der Tür stehen und sah hinaus in den Regen. Das Tor war weiterhin verschlossen, aber nicht versperrt, vermutete sie, so wie am Morgen. Überdies war es so gut geölt, daß man es nahezu geräuschlos bewegen konnte, jedenfalls so weit, um einen Menschen hindurchzulassen, und mit Autos beschäftigte sie sich gerade nicht. Das Geräusch, das sie aufgeschreckt hatte, war wohl von der Farm gekommen.

Verdammte Kompromisse! fluchte sie innerlich, sie taugen nie etwas! Alfred hält die Tür geschlossen und Dorothy hat sichergestellt, daß jeder herein kann. Vielleicht merkt das nicht jeder, aber der Mörder bestimmt. Da ist keine Hilfe. Nach einem Blick auf Alfreds Rücken schlüpfte sie durch den Regen und ging wieder zum Haus. Der ‚verdammte Kompromiß' hatte ihre Aufgabe auch nicht schwieriger gemacht, damit mußte sie zufrieden sein. Sie kehrte zum Schreibtisch in der Bibliothek zurück, ließ die Zimmertür hinter sich offen und öffnete auch die Tür zum Garten einen Spalt. Die Bibliothek lag strategisch gut; der Wachhund war auf seinem Posten. Olivia registrierte, wie ihre Stimmung immer schlechter wurde. Sie haßte es zu warten, sogar an vollständig arkadischen Plätzen wie im Palmenhaus von Kew; im letzten Winter war sie dort rastlos eine Wendeltreppe rauf- und runtergedreht, um eine Wartezeit zu füllen. Kaum etwas war für sie schlimmer als zur Untätigkeit gezwungen zu werden. Womöglich war der Mörder genau in dem Augenblick hereingeschlüpft, als sie mit Alfred vor dem Giftschrank gestanden hatte. Und jetzt wartete er geduldig hinter einem der schweren Vorhänge auf seine Chance. Er konnte sogar mit den Füßen scharren oder sich räuspern. Der Regen war laut genug, daß sie es nicht hören würde. Vielleicht sollte sie lieber die Terrassentür schließen. Nachdem sie diesen Gedanken in die Tat umgesetzt hatte, horchte sie lange in die Stille des Hauses hinein. Himmel und Hölle! Sie fluchte schon wieder, wenn auch nur in Gedanken. Ich Närrin beginne Gespenster zu züchten. Meine Stimmung sinkt auf Null und meine Nützlichkeit noch darunter! Wie kann man sich nur so gehen lassen!

Mit ehrlichem Grimm bezog sie eine Position, von der aus sie sehen konnte, wenn jemand in die Küche oder ins Haus ging, ohne selbst gesehen zu werden. Fast hätte sie laut mich sich geredet, aber so weit ließ sie es doch nicht kommen. Ich bin mißmutig, weil ich der Farm keinen Besuch mehr abstatten kann, um zu hören, was Rebecca zu dem Mord an ihrer Köchin sagt, stellte sie fest, und ebensowenig dem Dorf. Meine Rolle im Dorf haben die Shaws übernommen, Rebecca ist für mein Problem unergiebig geworden und überhaupt dreht Richard mit Sicherheit auf hohen Touren – draußen. Und um mich komplett zu einem Trottel zu machen, war es meine ‚gedankengezeugte Überzeugung', diese Wortkombination begann ihrer schlechten Laune ein ganz klein wenig aufzuhelfen, daß die Lösung des Ganzen innerhalb dieser Mauern liegt. Es gilt, sie hier zu finden, nicht irgendwo! Und es wäre wirklich besser, ich würde mich dieser Aufgabe zuwenden. Sie trat einen kleinen Schritt weiter zurück und lehnte sich an das Bücherregal neben der Tür. ‚...my dim thoughts were merged...' kamen ihr die Verse von dem fliegenden Blatt wieder in den Sinn, mit dem alles angefangen hatte. ‚...meine düsteren Gedanken..' Aber wohinein versenkten sie sich? Welche Worte hatten davorgestanden? Da fand ihre Erinnerung sie wieder und damit gleichzeitig die deutschen Worte: ‚In des dunklen Tales silbergrauem Duft...' Olivia spürte, wie sich ihre ganze Konzentration auf einen weit zurückliegenden Punkt zusammenzog und schließlich die Zeilen fand, die ihr so vertraut geklungen hatten:

‚Mit silbergrauem Duft des dunklen Tales
Verschwammen meine dämmernden Gedanken,
Und still versank ich in dem webenden,
Durchsichtgen Meere und verließ das Leben.'

Ausgerechnet der stille Hugo von Hofmannsthal hatte sie mit seinen Versen mitten in den Tumult von Mord und Diebstahl katapultiert. Zwar herrschte im Moment Ruhe, aber es war die falsche Ruhe, fern vom Frieden. Frieden lag in diesen Versen. Die Augen fest auf den Zugang zum Haus gerichtet, grub sie in ihrer Erinnerung und fand einen großen Teil des Gedichtes wieder, dem die vier Zeilen auf der Todesanzeige entstammten, und nach und nach bemächtigte sich Entspannung ihrer zornigen Unrast.

Im übrigen zog der Tag, unterbrochen von den üblichen kleinen Mahlzeiten gemeinsam mit Lady Gaynesford, in vollständiger Ereignislosigkeit dahin. Die alte Dame gewann bis zum Abend ihre Gelassenheit zurück, ohne ihre Betroffenheit indes zu verbergen. Ihrem Gast gegenüber verhielt sie sich gewohnt offen, die Verkühlung des Morgens war eine Episode geblieben; die Gespräche hatten sich wieder der Arbeit der Künstlerin zugewandt. Indes standen die Fragen zu den Morden wie vibrierende Drähte in den Räumen und bannten jeden der Bewohner von Greystone Manor in eine bedrohliche Atmosphäre; auch wenn sich alle bemühten, ihren Schrecken so sorgfältig als möglich zu verbergen.

25

In der gleichen verdeckten Gespanntheit nahmen die beiden Damen auch das nächste Frühstück und den Tee in der Mitte des Vormittags ein. Olivia beobachtete die Putzfrau, sah den Postboten und schließlich den Laufburschen aus der Molkerei, der frischen Käse brachte. Es war Dienstag! Ob es ‚der' Dienstag werden würde? Während des Lunches war ihr gewesen, als höre sie fremde Stimmen. Also stattete sie der Küche einen Besuch ab.

»Stellen Sie sich vor,« empörte sich Dorothy augenblicklich, »gerade war dieser Kommissar Taylor da. Er erzählte, daß die Polizei herausgefunden hat, daß Sir Henry gestern in aller Herrgottsfrühe von Oxford nach London gefahren ist, so früh, daß er das Päckchen noch in High Wycombe auf den Weg gebracht haben könnte. Ich frage Sie, was soll man davon halten? Dieser Chiefinspektor fragte gestern schon so merkwürdig genau, wie wir den Sonntagabend verbracht haben und ob Alfred noch mal weg war, nachdem er Mylady nach Hause gefahren hatte. Glauben die wirklich, Alfred sei zu so was imstande? Ich meine, Pralinen zu vergiften und jemandem zu schicken? Und jetzt Sir Henry. Wenn das so weitergeht, halte ich mich selbst noch für einen Verbrecher.« Dorothy holte Luft. »Die

Polizei hat eine Art, Fragen zu stellen und einen anzuschauen, daß man sofort ein schlechtes Gewissen bekommt. Ich kann das nicht ausstehen!« schloß sie.

Olivia sah ihr zu, wie sie energisch Öl in Eigelb rührte. Nach und nach wurde Mayonnaise daraus. »Jedenfalls sind das erschwerende Voraussetzungen für Soufflees,« kommentierte sie verständnisvoll und verließ die Küche.

Sir Henry war also am Sonntagabend in Oxford geblieben. Es ließen sich mühelos Gründe finden, die eine solche Entscheidung rechtfertigten. Andererseits konnten all diese vernünftigen Gründe zur perfekten Tarnung dienen, um Montag am frühen Morgen ein Päckchen in High Wycombe abzusenden. Das einzige Faktum, das sie aus der Küche mitnahm, war Richards indirekte Mahnung, auf Sir Henry besonders zu achten. Einen anderen Sinn konnte sie in Kommissar Taylors Besuch nicht entdecken. Er hatte keine weiteren Fragen gestellt. Auch Richard sparte das Herrenhaus aus seinen Ermittlungen konsequent aus und lud damit den Giftmischer geradezu ein, sein Glück erneut zu versuchen. Und sie saß als Köder mitten drin in der komfortablen Falle. Ein Frösteln zog über ihren Nacken, aber sie achtete nicht mehr darauf, in den letzten vierundzwanzig Stunden war ihr allzu häufig kalt geworden.

Indessen hatte Olivia den Gang vor den Gästezimmern im ersten Stock erreicht und schaute aus dem Fenster. Heute war Dienstag. Sir Henry würde ordnungs- und gewohnheitsmäßig erscheinen, spätestens zum Dinner. Dorothy stand dort unten in der Küche und bereitete das Essen vor, zu einer der Vorspeisen würde sie Mayonnaise servieren. Lady Gaynesford ruhte sich in ihrem Zimmer aus. Wo Alfred war, wußte sie nicht, vermutlich im Gemüsegarten. In der Nacht hatte der Regen aufgehört, und wenn er jetzt dort arbeitete, konnte er das Tor im Ohr behalten und sofort zur Stelle sein, wenn Sir Henry hereinfahren wollte.

Und da war Sir Henry! Noch weit vor der Teezeit. Für den Bruchteil einer Sekunde, als er vom Hof in den Säulengang einbog, sah sie ihn in voller Länge. Danach ging er so nah an den Wirtschaftsräumen entlang, daß Olivia nur seine Füße verfolgen konnte; sie blieben an der Küchentür stehen, nach einer kurzen Pause gingen sie aufs Haus zu. Sie hörte Türen gehen und Schritte im gelben Salon, die dann der Teppich verschluckte. Gleich danach kamen Dorothys Schritte dem Treppenhaus näher. Olivia verschwand hinter der Tür des leeren Gästezimmers nächst dem freien Raum vor Myladys Schlafzimmer mit dem großen Sofa und den olmekischen Figuren und lauschte. Dorothy klopfte an Myladys Tür und meldete Sir Henrys Ankunft. Dann ging sie wieder hinunter. Leise Geräusche drangen aus dem Schlafzimmer, eine kleine Weile später hörte Olivia Lady Gaynesford aus ihrem Zimmer kommen und die Treppe hinuntersteigen. Als die Schritte sich weit genug entfernt hatten, trat sie wieder in den Gang hinaus. Sir Henrys überraschend frühes Eintreffen ließ darauf schließen, daß er mit seiner Mutter allein sprechen wollte. In der Tat konnte sie selbst nun nicht ohne offizielle Aufforderung hinuntergehen. Es bestand allerdings auch keine Notwendigkeit, dies zu tun; wollte Sir Henry seine Mutter heute vergiften, würde er damit sicher warten, bis er mit ihr nicht mehr allein war.

Olivia huschte lautlos ein paar Schritte weiter zum nächsten Fenster und schaute auf die zwei gleichmäßigen Reihen tiefgrüner Taxusobelisken hinunter. Ihre makellose Ordnung half, ihre eigenen Gedanken zu sammeln. Lang und häufig hatte sie in den letzten anderthalb Tagen hier gestanden. Sie legte ihre rechte Ferse auf das breite Fensterbrett, hob beide Arme über den Kopf und ließ den gestreckten Oberkörper nach vorn fallen, bis ihre Nasenspitze leicht das Knie berührte. Sie richtete sich auf und ließ sich fallen, wieder und wieder; anschließend legte sie die linke Ferse aufs Fensterbrett und wiederholte dieselben Bewegungen. Seit über einer Woche hatte sie nun schon die alten Ballettübungen vergessen, die sie auch nach dem Einsturz ihrer Primaballerina-Träume beibehalten hatte. Mit beiden Beinen gleichzeitig zurück auf dem Boden, schüttelte sie ihre Glieder. Kein neuer Besucher war hinter den Säulen entlanggegangen. Ihre Augen wanderten zu der vollkommenen Ruhe der Taxusreihen. Zahllose Male hatte sie auf der Rasenfläche zwischen ihnen die Fakten zu den Morden gruppiert und umgruppiert, hatte sie um und um gewendet in der Hoffnung, daß irgendeine unerwartete Konstellation sich als ein vollständiges, stimmiges Bild erweisen könnte. Sie hatte jede der einzelnen Gruppen ganz fest betrachtet und versucht, in den Spalten zwischen den Tatsachen die Geschichte zu entdecken, die sie verbinden mußte. Doch je intensiver sie sich in die Spalten versenkte, um so undeutlicher wurde die Wahrnehmung. Ihr geistiges Auge sah auf dem stillen Rasen unten eine Anzahl klarer Felder, getrennt durch verschwommene Zwischenräume, in denen sie unermüdlich herumgestochert, aus denen sie Fakten gezogen und nach eingehender Betrachtung wieder darin hatte versinken lassen. Das Ringen um die klaren Konturen, die sich ihr beharrlich verweigerten, quälte sie physisch; die Hände hinter dem Nacken verschränkt federte sie beide Ellenbogen gleichzeitig nach hinten, eine ganze Weile lang. Endlich ließ sie die Arme sinken. Sie spürte fast ein Widerstreben, erneut hinunterzuschauen auf die grüne Fläche mit dem grünen Rahmen, auf der ihre geordneten Gedanken herumlagen, von verzweiflungsvoller Unschärfe getrennt.

Tief schöpfte sie Atem. Welche der Spalten barg den Anfang der Lösung? – Zwischen zwei Taxussäulen trat David hervor und ging quer durch ihr Bild aufs Haus zu. Olivia wich vom Fenster zurück, als hätte er sie getreten statt nur über das Muster ihrer Gedanken auf dem Rasen hinwegzuschreiten. Was tat er hier? Er sollte jetzt in London sein mit hektischen Expeditionsvorbereitungen beschäftigt, schließlich hatte er nur noch drei Tage bis zu seiner Abreise nach Ägypten. Und falls ihm daneben Zeit blieb, mußte er sie auf die Endredaktion seiner Doktorarbeit verwenden. Stattdessen schlenderte er im Gestus des perfekten Müßiggängers quer über den gepflegten Rasen seiner Tante. Verstört sah sie den Gang zum Treppenhaus hinunter – und erstarrte. Da hing die fehlende Verbindung offen an der Wand, sie war einfach blind daran vorbeigelaufen. Die Empörung wurde von Entgeisterung verdrängt. Die getrennten Felder wechselten in einem wirbelnden Tanz ihre Positionen, fügten sich ohne Spalte zusammen und ihr Bild stimmte, ohne daß sie noch einmal in den Garten sah. Im Laufen zog sie die kleine Karte aus der Tasche ihres Pullovers, schnappte sich das Telefon gegenüber von Lady Gaynesfords Tür und verschwand mit einem kurzen Rundblick im ehemaligen Schlafzimmer von Sir Edward. Glücklicherweise meldete sich Berta Shaw gleich nach dem ersten Läuten. Es bedurfte nur zweier Sätze. Schon sauste Olivia die Treppe hinunter, am Eßzimmer vorbeischießend drosselte sie ihre Geschwindigkeit und trat mit gemessenem Schritt zur Familienrunde im gelben

Salon. Lady Gaynesford saß in ihrem gewohnten Sessel am Feuer, Sir Henry stand leicht über sie gebeugt und schaute ein wenig indigniert auf. David goß am Bufett aus einer Kristallkaraffe in feingeschliffene Gläser ein. Bei ihrem Eintreten drehte er sich herum, und sie bemerkte, daß er sich freute, sie zu sehen.

»Henry, würdest Du dieses Glas bitte Deiner Mutter weiterreichen,« sagte er, während er zwei Schritte auf Olivia zukam. Bevor Henry dieser Bitte nachkommen konnte, trat Olivia auf David zu und nahm ihm das Glas freundlich ab. Ruhig ging sie an ihm vorbei, öffnete die obere Glastür des Bufetts, stellte das gefüllte Sherryglas hinein, sperrte zu und zog den Schlüssel ab. Die entgeisterte Stille hinter ihr im Raum bereitete einen Sturm vor. Bevor er losbrechen konnte, schnellte sie durch die Tür, die David offengelassen hatte, hinaus auf die Terasse und schleuderte den Schlüssel mit einem kräftigen Schwung auf das Dach. Deutlich hörbar kollerte er die Schindeln hinunter, wurde langsamer und blieb kurz vor der Dachrinne liegen. Geschafft.

Als Olivia in den Salon zurückkehrte, hatte sich die Erstarrung gelöst, doch der Sturm blieb aus. Henry war für den Augenblick nicht imstande, zu sprechen. Sie lächelte ihn aufmunternd an. Absurdität setzte ihn erst einmal außer Gefecht. Das verstand Olivia sehr gut. Sie sah zu David hinüber. Der schien die Höhe der Dachrinne abzuschätzen.

»Hat einer von Ihnen früher Basketball gespielt?« erkundigte sich Olivia im Tone geläufiger Konversation. Lady Gaynesford saß kerzengerade auf der Vorderkante ihres Sessels, mit einem Gesichtsausdruck, der zumindest für Olivia undurchdringlich war. Sie wartete auf den Fortgang der Szene.

»Basketball?« wiederholte David etwas töricht und näherte sich langsam der offenen Tür, »warum Basketball?«

»Warum nicht?« antwortete Olivia vergnügt, »oder ein anderes Ballspiel.«

»Darf ich mir die Frage erlauben ...« räusperte sich Henry etwas umständlich und sah sich schon unterbrochen.

»Sir Henry, Sie spielen doch Golf, nicht wahr? Ich habe gelesen, daß ein guter Spieler den Ball zweihundertfünfzig Meter weit schlagen kann. Halten Sie es für möglich, daß man einen Ball von ...« sie trat in die offene Tür, »...von den Rosen dort hinten beispielsweise über dieses Haus schießen könnte?« Olivia drehte sich wieder herum und blieb im Türrahmen stehen.

»Jedenfalls würde der Schlüssel dann wieder auf dem Boden landen,« murmelte David.

»Ich sprach von einem Ball, Mr. Gaynesford,« korrigierte Olivia ihn nachsichtig. »Und die Wahrscheinlichkeit, daß man ihn nach einem solchen Flug niemals wiederfinden würde, halte ich für beträchtlich. Was denken sie dazu, Sir Henry?«

»Ich halte das auch für das Wahrscheinlichste,« antwortete er mechanisch. »Aber hören Sie, Miss Lawrence,« er wurde ärgerlich, »ich möchte mich jetzt nicht über Golf unterhalten.«

»Das ist schade. Ich hielt das kleine Problem für recht amüsant.«

»Miss Lawrence, wenn Sie ...«, dieses Mal unterbrach er sich selbst. Man hörte Autoreifen im Hof knirschen, scharfes Bremsen, Stimmen, die einander zuriefen. Eine Tür knallte, Schritte eilten den Gang entlang. Dann sah Olivia eine Frau auf die Küchentür zustürzen. Währenddessen hatte eine weitere Autotür geknallt und sie sah einen Mann folgen, der an der Küchentür vorbei auf den Hauseingang zuschoß. Henry trat einige Schritte vor und sah den Ankömmlingen sehr aufrecht entgegen. Doch bevor er ein Wort an sie richten konnte, quietschten erneut Autoreifen und fast unmittelbar danach rannte Richard quer über den Rasen.

Der schlafende Jaguar hat einen unruhigen Tag, flog es durch Olivias Gedanken. Als Richard nah genug war, gab sie den Türrahmen frei. Atem schöpfend sah er die Anwesenden der Reihe nach an und seine Augen blieben bei Olivia stehen.

Sie holte tief Luft: »In einer der Taschen von Mr. Gaynesford müßte sich eine sehr kleine Flasche mit einem Rest flüssigen Zyankalis finden.« Olivia sprach sehr ruhig. Auf eine knappe Handbewegung von Richard hin standen die Shaws neben ihm.

Ihr schlug das Herz bis zum Hals, als Richard selbstverständlich auf David zutrat. »Sie gestatten?« Er war höflich, aber eine Antwort wartete er nicht ab. Er tastete das Jackett ab, die Hosentaschen, ohne Ergebnis. Er hielt inne, trat einen Schritt zurück und musterte Davids Kleidung. Dieser schien in seiner Erstarrung nicht einmal zu atmen. Richard trat wieder auf ihn zu, zog die Taschenuhr heraus und tastete das kleine Fach erneut ab. Da fand er, wovon Olivia gesprochen hatte. Es war eher ein Röhrchen als ein Fläschchen. Richard öffnete es und roch, dann nickte er ihr zu. Sie schloß für Sekunden die Augen.

»Unter Verdacht des Mordes an Señor Ramos muß ich Sie in Untersuchungshaft nehmen, Sir.«

Alle schwiegen.

Nach kurzer Pause schritt Olivia auf das Buffett zu: »Hinter dieser Tür steht ein Glas mit Sherry.« Sie deutete durch die Scheibe. »Es enthält mit großer Wahrscheinlichkeit Zyankali. – Leider kann ich die Tür nicht aufsperren, weil der Schlüssel draußen auf dem Dach liegt.«

Verdutzt schaute Richard sie an.

»In der Eile fiel mir kein besserer Platz ein, um ihn unerreichbar zu machen.«

»Einer meiner Leute wird ihn mit einer Leiter herunterholen,« schlug Richard vor.

Sir Henry läutete, erklärte Dorothy knapp die derzeitige Lage des Buffettschlüssels und bat sie, ihren Mann mit einer Leiter zu schicken.

In der Wartezeit ließ Richard Henry an dem Röhrchen aus Davids Tasche riechen. »Sir, ich darf Sie bitten, zu bezeugen, daß dieses braune Glasröhrchen in der Uhrentasche des Verhafteten gefunden wurde.«

»Selbstverständlich!« In solch offizieller Situation gewann Henry seine professionelle Souveränität zurück. »Doch zu allererst bitte ich Sie, den Verhafteten hinauszubringen. Ich möchte seine Anwesenheit meiner Mutter nicht länger zumuten.«

David hatte seit der plötzlichen Wendung kein Wort gesprochen, und niemand sah ihm nach, als er zwischen den beiden Polizeibeamten den Raum verließ. Außer Lady Gaynesford. Sie saß unverändert aufrecht vorn in ihrem Sessel: »Ich bewundere Contenance. Sie macht das Leben aller Beteiligten angenehm. Ihre bloße Maske aber ist tödlich.«

Die Nachdenklichkeit, die Lady Gaynesfords Äußerung wie ein kühlendes Tuch über den Wirbel der letzten Minuten gebreitet hatte, blies Richard mit einem schrillen Pfiff aus seiner Polizeipfeife davon. Zwei Serganten kamen auf das Haus zugerannt. Richard winkte sie auf die Terrasse. Dem einen befahl er, mit Unterstützung von Mr. Jonas und einer Leiter den Schlüssel vom Dach zu holen, dem anderen, das Protokoll aufzunehmen. Beides verlief reibungslos und kostete wenig Zeit. Die beiden Polizeibeamten verließen schon bald wieder das Herrenhaus und mit ihnen das gefüllte Sherryglas aus dem Bufett. Wenn man darauf achtete, konnte man unter der Blume des Süßweines einen schwachen Geruch von bitteren Mandeln wahrnehmen. Richard stand in der Nähe der Tür, als wollte auch er sich verabschieden.

»Chiefinspektor Bates,« richtete Sir Henry das Wort an ihn, »Ihnen scheint die Situation völlig klar zu sein. Ich persönlich muß bekennen, daß ich beinahe nichts verstehe. Wenn nicht sehr dringende Aufgaben Sie von hier wegrufen, wäre ich Ihnen für weitere Aufklärung dankbar.« Richard trat wieder herein und nahm Platz.

Es klopfte und auf Sir Henrys Ruf hin kam Alfred durch die Tür. Gleich neben der Kante des Bufetts blieb er stehen und entschuldigte sich sichtlich aufgeregt für die Störung.

Lady Gaynesford kam der Ungeduld ihres Sohnes zuvor. »Sie stören uns keineswegs, Alfred. Bitte, kommen Sie näher und sagen Sie uns, was Sie bedrängt.«

Dankbar trat Alfred einige Schritte vor und gab ihr einen kleinen quadratischen Zettel aus festem beigen Papier, der ursprünglich zweimal gefaltet gewesen war, wie Olivia beiläufig für sich feststellte.

»Ich fand dieses Papier unter dem linken Wandtisch im Eßzimmer,« Alfred deutete mit dem Kopf in die entsprechende Richtung. »Ich hob es auf, so etwas sieht ja nicht ordentlich aus, und steckte es in die Schürzentasche. Bitte, entschuldigen Sie, Mylady.«

»Wann war das?« faßte Richard nach.

»Am letzten Montag, Sir. Der mexikanische Herr war schon da. Ich wollte nur schnell frische Blumen ins Eßzimmer bringen. Als ich die Vase abgestellt hatte, sah ich das Papier. Ich hob es auf und lief wieder hinaus. Dann habe ich es vergessen.«

»Das ist verständlich, wenn man bedenkt, was kurz danach los war,« beruhigte ihn Richard. »Darf ich den Zettel einmal ansehen, bitte?« wandte er sich an Lady Gaynesford.

Der Zettel war von der Sorte, wie man sie zu Hunderttausenden überall in England kaufen konnte. Auf ihm stand eine Londoner Telefonnummer. Richard zog sein Notizbuch aus der Tasche und gab ein zufrieden-überraschtes Grunzen von sich: »Es handelt sich um die Telefonnummer von Lewis Milford!« teilte er im Aufstehen mit. »Mr. Jonas, zeigen Sie mir so genau wie möglich, wo und wie Sie dieses Papier gefunden haben.«

Alfred nahm das Papier, faltete es zusammen und legte es an die Stelle zurück, von der er es aufgehoben hatte.

»Stand auf diesem Tisch bereits das Tablett mit den Tassen für die heiße Schokolade?«

»Ja, meine Frau hatte es schon hierhergebracht, Chiefinspektor, sie bereitet das immer so vor.«

Richard drehte sich um: »Miss Lawrence, Olivia, meinen Respekt! Damit ist nun endgültig klar, wie der Mord an Señor Ramos abgelaufen ist.« Er nahm das Papier auf und bedankte sich bei Alfred für dieses entscheidende Beweisstück. Damit war der entlassen und hastete aufgeregt hinaus.

»Mr. Bates! Würden Sie uns an der fortschreitenden Aufklärung des Falles nun endlich beteiligen.« Sir Henrys Stimme war nicht ohne Schärfe.

Olivia, die Alfreds Demonstration zugeschaut hatte, stand noch hinter ihrem Sessel, während die anderen sich im gelben Salon verteilt wieder gesetzt hatten. Ihre Hände legten sich ruhig um die hohe Lehne: »Mylady, gestatten Sie mir, bitte, zunächst ein paar Sätze zu meiner Person.« Die vormalige Aufmerksamkeit glomm wieder in den Augen der alten Dame auf.

»Mylady, ich bin all das, was ich über mich erzählt habe. Verschwiegen habe ich nur, daß Chiefinspektor Bates und ich als Nachbarskinder aufgewachsen sind. Seitdem sind wir Freunde. Als der Zufall oder das Schicksal es so einrichtete, daß Señor Ramos starb und Mr. Bates den Fall übertragen bekam, hielten wir es für klüger, darüber nicht weiter zu reden.«

»Es spricht sicher das eine oder andere für diese Entscheidung, nicht zum wenigsten das Resultat. Aber bitte,« Sir Henrys Ungeduld wuchs, »dürfte ich nun endlich um Einweihung bitten?«

»Die Ermordung von Señor Ramos war ein Mißgeschick.« antwortete Olivia ruhig. »Beabsichtigt war der Tod von Lady Gaynesford. Der Täter wußte, wie Mrs. Jonas den Kakao vorbereitete und er wußte, aus welcher immer selben Tasse Mylady trank. Er ging davon aus, daß einige durchsichtige Tropfen der Aufmerksamkeit von Mrs. Jonas beim Servieren entgehen würden, und so war es auch. Nicht voraussehen konnte er, daß Mrs. Jonas vergaß, zuerst dem Gast eine Tasse zu reichen. So kam es zu der verwickelten Situation, aus der heraus Mylady, als erste bedient, ihre Tasse an Señor Ramos weiterreichte...«

»... und er an meiner Stelle starb,« vollendete die alte Dame Olivias Satz. »Wie grauenvoll!« Ernst sah sie Richard an: »Miss Lawrences Darstellung ist so einfach, daß auch ich jetzt erkennen kann, warum die Polizei nicht von der Annahme abrückte, der Mord sei im grünen Salon verübt worden. Da Sie, Chiefinspektor, Miss Lawrence ausschließen konnten, blieben nur noch Henry und ich übrig.«

»Der Verdacht gegen Sie, Mylady, war eine der insgesamt nicht sehr zahlreichen Möglichkeiten. Und Sir Henrys Festhalten an der Selbstmordthese bestärkte mich eher in meinem Verdacht. Also suchte ich Aufklärungshilfe auf mexikanischer Seite.«

»Ja, das kann ich jetzt durchaus nachvollziehen. Aber – entschuldige, Henry, wenn ich kurz abschweife,« ihre Augen ruhten wieder einmal auf Olivia, »warum, Miss Lawrence, warum waren Sie so sicher, daß ich es nicht gewesen war? – Es tat mir sehr wohl!« fügte sie hinzu.

»Ich unterhielt mich mit Dr. Harrison über den Mord. Er kam dabei auf Sie zu sprechen und erzählte mir, daß Sie Probleme meist künstlerisch umgesetzt hätten, zur Zeit aber keine Skulpturen mehr schüfen. Er machte sich deshalb große Sorgen über die Folgen, die die derzeitigen Belastungen für Ihre Gesundheit bringen würden. Ich sah Sie nun in der letzten Woche immer wieder eine Ihrer Figuren in den Händen halten. Ihre Finger liefen die Konturen entlang und es wirkte auf mich wie das Nachschaffen vorhandener Profile. Die zwei kleinen Frauengestalten, die Sie am häufigsten in Händen hielten, waren sehr nachdenklich, die eine fast ratlos. Ich überlegte mir, in welcher Stimmung Sie sein könnten, falls Sie doch den

Mord verübt hätten, und suchte im Haus nach Skulpturen, die solchen Stimmungen entsprachen. Es gibt durchaus einige, die da in Frage kämen. Sie aber schienen sie nicht zu beachten. Daraus zog ich meine Schlüsse.«

»Eine Figur in den Händen zu halten und ihre Linien nachzufahren, beruhigt mich sehr oft. Es täuscht ein wenig über meine Tatenlosigkeit hinweg. – Sie sind eine scharfe Beobachterin,« quittierte Lady Gaynesford nachdenklich. »Welch ein Glück für mich.«

»Das ist richtig!« bestätigte Henry. »Was aber brachte Sie auf meinen Vetter David?«

Olivia sah in den Garten hinaus. »Die Durchführung des Mordes verriet genaue Kenntnis des Hauses, seiner Bewohner und ihrer Gewohnheiten. Also mußte sich der Mörder häufig hier aufhalten, sichtbar oder versteckt, wahrscheinlicher war das erste. In dem Fall war er im Haus bekannt und niemand würde besonders darauf achten, wenn er ihn sah. Ein erster Verdacht richtete sich deshalb gegen Rebecca Gaynesford, entstanden durch die einfache Tatsache, daß sie genau zur Mordzeit Erdbeeren in die Küche brachte, ein Umweg durchs Eßzimmer wäre niemandem aufgefallen. Erst gestern konnte ich verifizieren, daß sie es sicher nicht gewesen war.« Olivia schmunzelte für eine Sekunde. »Wenn Miss Rebecca zum Tee kommt, wird ein Porzellanservice mit lauter gleichen Tassen gedeckt. Die Idee mit der speziellen Tasse, die zum Mord an Señor Ramos führte, war ihr buchstäblich nie serviert worden. So einfach war das. Trotzdem brauchte ich eine Woche, um darauf zu kommen. – Nun, dennoch blieben Überlegungen im Raum, die ich im Laufe meines Grübelns über Motive, die schließlich zu einem Mord führen könnten, um Rebecca angeordnet hatte.«

Einen schweigsamen Atemzug lang sah sie zu der alten Dame hinüber. »Lady Gaynesford ist eine sehr starke und kreative Persönlichkeit. Gespräche mit ihr üben eine starke Wirkung aus. In Rebecca aber wuchs im Laufe der Jahre das Gefühl, zu viele gute Ideen, die sie selber hätte haben sollen, kämen von ihrer Tante; andererseits war ihre Tante entschieden gegen Rebeccas großen Traum vom Reiterhof für viele Gäste. Ihr Bedürfnis nach Unabhängigkeit rebellierte immer lauter. An diesem Punkt hatten meine Überlegungen angesetzt.«

»Und was hat das mit David zu tun?« Sir Henry wirkte auf einmal sehr kühl.

»Als ich nun David an Rebeccas Stelle setzte, trat der Raum seiner Londoner Wohnung vor mein Auge, den ich am letzten Samstag kennengelernt hatte. Er ist ziemlich ungewöhnlich eingerichtet, und diese Exzentrizität begann plötzlich zu sprechen: im Mittelpunkt des großen, fast leeren Zimmers steht eine ägyptische Skulptur auf einem Piedestal, genauso, wie Lady Gaynesford einige Figuren in ihrem Schlafzimmer aufgestellt hat. Das erinnerte mich an ein Gespräch von vor zwei Wochen, in dem David die ägyptische Kunst vehement über die olmekische gesetzt hatte. Eigentlich sollte es einem Wissenschaftler eher fernliegen, unabhängige Kulturen in eine hierarchische Rangordnung zu bringen. Nun verstand ich: das gehörte zu *seinem* Unabhängigkeitskampf gegen seine Tante.«

Niemand sagte etwas.

»Darüber hinaus gab es in seiner Wohnung lediglich noch einige Sitzmöbel. David wohnt wie ein Snob, ein ,gesellschaftlicher Snob', wie er sich selbst bezeichnet hat. Seine Umgebung paßt eher zu einem jungen Adeligen mit künstlerischen Ambitionen als zu einem Ägyptologen, der hart an seiner Doktorarbeit schreibt. Keine Bücher, kein Schreibtisch. Wohl aber immer elegante, immer helle Kleider. Sie sind ein äußerliches Zeichen seines erstrebten Lebensstils. – Die Schwierigkeit dieser selbsterwählten Rolle liegt zuerst einmal auf der finanziellen Ebene.«

»Das heißt, David stahl die Figuren aus dem Speicher!« unterbrach Sir Henry entgeistert.

»Ich nehme es an,« bestätigte Olivia. »Vielleicht erinnern Sie sich, Lady Gaynesford, daß er uns begleitete, als Sie mir vor zwei Wochen zum ersten Mal Figuren oben im Speicher zeigten. Als er hörte, daß Sie auch die olmekischen Figuren auspacken wollten, schlug er sich vor Schreck seinen Kopf an.« Lady Gaynesford nickte.

»David ist ein begeisterter Schauspieler; ich erlebte ihn, wie er Professoren und Kollegen imitierte. So überlegte er sich wahrscheinlich eine passende Rolle zu jeder olmekischen Figur und eine Geschichte dazu, verkleidete sich entsprechend und trug sein Beutegut zu diversen Antiquitätenhändlern. Zwei seiner Aktionen hat Scotland Yard inzwischen aufgedeckt.«

Richard klappte den Mund zu, als Olivia ihn ansah.

»Ich schließe aus dem Talent zur Imitation weiter, daß David sich am letzten Montag als Alfred Jonas ausgab und bei Ihrer Sekretärin anrief, Sir Henry.«

»Aber der Anruf kam aus High Wycombe,« wandte Richard ein.

»Natürlich tat er das,« konterte Olivia. »Mr. Gaynesford ist ja kein Trottel und weiß, was Scotland Yard alles ermitteln kann. Er weiß natürlich auch, daß Mr. Jonas regelmäßig montags in High Wycombe Einkäufe erledigt. Also fuhr er ebenfalls hin. Unüberwindlich ist die Entfernung von Bloomsbury aus ja nicht.«

»Haben Sie für den fingierten Anruf bei meiner Sekretärin womöglich eine Erklärung?«

»Ja, Sir Henry,« bekannte Olivia ernst. »Und sie ist fast so schwerwiegend wie eine Mordanklage.« Sie hielt inne. »Dennoch. Ich wage die Behauptung, daß Mr. Gaynesford nicht nur seine Tante töten, sondern gleichzeitig Sie als Täter erscheinen lassen wollte.«

Regungslos saßen Lady Gaynesford und Sir Henry auf ihren Plätzen.

»In dem Zeitraum, den ich überblicke, wurde der erste Mordversuch mit Zyankali im Trinkwasser an Ihrem Bett unternommen, Mylady. Sie zeigten mir die binnen Stunden vergilbte Palme, die noch oben in ihrem Schlafzimmer steht. Sie vergilbte an einem Mittwoch, also stammte das Wasser, das Sie ihr gegeben hatten, von Dienstag.«

»Dienstag war ich zum Dinner hiergewesen,« sagte Henry tonlos.

»Genau. Ich ließ eine Erdprobe im Labor von Scotland Yard analysieren, sie enthielt eine hohe Dosis flüssiges Zyankali. – Für den Montag danach war Señor Ramos angesagt. Was immer der Mexikaner wollen mochte, für David Gaynesford bedeutete er hinsichtlich der olmekischen Figuren ein Risiko. Also beschloß er einen erneuten Zyankali-Angriff, wohlgemerkt, auf das Leben von Lady Gaynesford, nicht auf das des Señor Ramos. Der wäre durch den Tod seiner Gastgeberin auf der Stelle zum Statisten degradiert und ungefährlich geworden. Davids Ziel war zu jedem Zeitpunkt der Tod seiner Tante. Aber dazu brauchte er Ihre Anwesenheit, Sir Henry. Er schlüpfte in die Rolle von Mr. Jonas und benachrichtigte Sie. Da kaum Zeit blieb, konnte er hoffen, daß Sie sich nicht mit vielen

Fragen aufhalten, sondern einfach kommen würden. Sie sehen, er konnte präzise kalkulieren.«

Olivia schwieg nachdenklich.

»Denkst Du, wir müssen in ihm auch den Mörder von Betsy Maugham sehen?« half Richard ihr weiter.

»Ja, das denke ich.« Sie zitterte, als würde ein Schüttelfrostanfall sie heimsuchen. Umstandslos erhob sich Lady Gaynesford und läutete.

»Dorothy, wir alle haben einen heißen Tee und davor einen Portwein nötig!«

»Mrs. Jonas, bitte!« Olivia hielt sie mit rückkehrender Energie auf. »Entschuldigen Sie, aber ich muß es wissen. Was taten Sie gestern Morgen in aller Frühe im Speicher?«

»Habe ich Sie geweckt? Das wollte ich nicht. Ich fürchte, ich dachte nicht daran, daß Sie darunter schlafen. Ich brauchte Seidenpapier für ein Päckchen an eine alte Schulfreundin. In all dem Wirbel hatte ich es vergessen.«

»Und warum so früh?«

»Wenn Alfred dem Postboten, der ganz in der Früh die Post aus High Wycombe in unsere Poststelle bringt, das Päckchen mitgeben konnte, würde es noch zurechtkommen. Bitte, entschuldigen Sie die Störung.«

»Sie waren noch einmal im Speicher am Montagabend der Woche davor,« fuhr Olivia sachlich-freundlich fort.

Dorothy dachte einen Moment nach. »Ja, jetzt weiß ich es wieder. Ich hatte dort vormittags geputzt und meine Brille liegengelassen. Wenn ich die Skulpturen reinige, setze ich sie auf.« Sie lächelte ein wenig verlegen. »Ich lese immer im Bett, wissen Sie, dann schlafe ich besser ein. Deswegen holte ich sie.«

»Ich danke Ihnen, Dorothy.«

»Und wir warten auf den Portwein,« stellte Sir Henry fest.

Dorothy verschwand eilig.

»Entschuldigen Sie bitte, daß ich diesen Punkt ausgerechnet jetzt geklärt habe.«

»Das ist ganz in Ordnung, meine Liebe,« beruhigte sie die alte Dame. »Zumal sich die Erklärungen diesmal als so erfrischend harmlos herausstellten.«

»Lady Gaynesford,« nahm Olivia den liegengebliebenen Faden wieder auf, »wissen Sie zufällig, ob im Laufe des Sonntag ein Anruf in Ihrer Londoner Wohnung ankam von jemandem, der unbedingt Sir Henry sprechen wollte?«

Lady Gaynesford dachte nach, dann sah sie erstaunt auf: »Ja richtig. So war es. Ich sah mir eine meiner Figuren im Gang an und dabei hörte ich Henrys Butler sagen, sein Herr sei in Oxford und werde erst spät in der Nacht zurückerwartet. Er könne beim besten Willen nicht weiterhelfen oder so ähnlich. Ich achtete nicht besonders darauf.«

»Sie sprachen danach nicht mit dem Butler darüber?«

»Nein. Natürlich nicht.«

»Es spricht vieles dafür, daß auch dieser Anrufer David war,« vermutete Olivia. »Telefoniert er gelegentlich sonntags mit der Farm?«

»Ja, regelmäßig.«

»Dabei erfuhr er von Mrs. Maugham und ihren Blumendiebstählen und vielleicht auch, daß sie gelegentlich hinter den Büschen gesessen und das Kommen und Gehen beobachtet hatte. Stellen Sie sich seinen Schrecken vor, wenn er sich auszumalen begann, wie sie hinter dem Taxus hockte und ihn mit ausgebeultem Jackett davongehen sah. Sie hätte sich gerade über ihn kaum weiter den Kopf zerbrochen, aber zu welchem nachträglichen Begreifen die Polizei ihr verhelfen mochte, durfte er nicht abwarten. Der Himmel war seinen Plänen günstig und hatte seinen Vetter Henry nach Oxford geschickt, noch dazu mit dem Auto. Die Landstraße von London nach Oxford führt über High Wycombe, damit stand sein Plan fest. Er fuhr – wieder einmal – in die kleine Stadt, kaufte die uns bekannten Pralinen, präparierte sie untertags in London so, wie die Polizei sie fand, und spät am Abend machte er sich ein zweites Mal auf den Weg und warf das Päckchen in High Wycombe in den Briefkasten.«

»Damit kam ich als Täter wieder in Frage,« gab Sir Henry zu. »Heute, keine Viertelstunde nach meiner Ankunft, tauchte er auf, goß Sherry ein und forderte mich auf, das Glas meiner Mutter zu reichen.«

»Dieses Mal spielte der Himmel eine bessere Rolle,« stellte Lady Gaynesford nachdenklich fest.

Der Portwein kam und Sir Henry bat Dorothy, das Tablett auf ein Tischchen mitten unter sie zu stellen. Er goß selber ein und jeder konnte genau dabei zusehen. Und jeder nahm sich selbst ein gefülltes Glas. Sie sahen einander an und tranken schweigend.

Richard leerte sein Glas als erster und stellte es zurück: »Eine Voraussetzung fehlt, um den Fall abzuschließen. Mr. Gaynesford hat ein überzeugendes, von uns überprüftes Alibi für den Fall Ramos.«

Alle Augen richteten sich auf Olivia und sie erwiderte ihre Blicke. »Ja, so ist es. Noch vorhin, als er durch mein Bild lief, war er mir nicht verdächtiger als alle schuldlos Verdächtigen.«

»Durch Ihr Bild?« Lady Gaynesford saß wieder kerzengerade vorn in ihrem Sessel.

Olivia schaute etwas versonnen auf den Jaguar draußen. »Ja, mein Bild. Ich habe, seit wir aus London zurückgekehrt sind, Stunden oben im Flur gestanden und auf die Taxusreihen und den schlafenden Jaguar hinuntergeschaut. In diese friedvolle Ordnung reihte ich immer aufs neue die Fakten und meine Überlegungen in der Erwartung, daß, wenn sie so makellos angeordnet sein würden wie die Taxussäulen, ein Bild entstehen müßte, aus dem der Täter hervorträte. – Außerdem konnte ich von dort oben sehen, wenn jemand kam.«

»Und jeder konnte der Mörder sein,« brummelte Richard.

»Sie sahen mich kommen?« wollte Henry wissen.

»Ja, ich sah Sie kommen. Und ich spürte, wie mein Bild mich erneut anzog. Dann lief David mittendurch und im ersten Zorn glaubte ich, alles sei zerstört, so als wenn jemand über die vorsortierten, gruppenweise zusammengesetzten, aber noch losen Teile eines Puzzle-Spieles wischt. Doch unter den Schritten seiner überraschenden Anwesenheit waren die noch unverbundenen Felder in Bewegung geraten und ordneten sich in Blitzgeschwindigkeit um ihn herum, während ich gleichzeitig den Gang, in dem ich stand, hinunterschaute und sah, was ich in seiner Tragweite nie begriffen hatte. Ich rannte los – und rief von dem kabellosen Zweitapparat im Flur oben die Shaws an, verstehst Du jetzt, Richard?«

Nach kurzer Pause nickte Richard: »Sir Henry, wie trafen Sie Ihren Vetter an, als Sie in die Bibliothek liefen, um den Arzt zu rufen?

Bitte, versuchen Sie noch einmal, sich so genau wie möglich zu erinnern.«

»Er saß hinter dem Schreibtisch und telefonierte.«

»Der Hörer war über Kabel mit dem Apparat auf dem Schreibtisch verbunden?«

»Ja. Ich nahm ihn ihm einfach aus der Hand, drückte auf die Gabel und wählte die Nummer von Harrison.«

»Das heißt, ob noch jemand in der Leitung war, stellten Sie dabei nicht fest?«

»Nein, die Zeit nahm ich mir nicht.«

Richard nickte wieder: »Dennoch dürfte dieser Punkt sich geklärt haben. Mr. Gaynesford holte sich das kabellose Telefon aus dem ersten Stock und rief damit von der Bibliothek aus Mr. Milford an. Auf diese Weise konnte er, ich meine David Gaynesford, durch den Türspalt die Vorbereitungen im Eßzimmer im Auge behalten und im richtigen Moment samt Telefon schnell hinübergehen, Zyankali in die Tasse tropfen und wieder in der Bibliothek verschwinden.«

»Mr. Milford ist ein notorischer Vielredner,« ergänzte Olivia, »und wundert sich keinen Augenblick, wenn sich sein Gesprächspartner einsilbig zeigt.«

»Als er, ich meine wieder Mr. Gaynesford, Sie kommen hörte, Sir Henry, konnte er sich denken, was Sie wollten. Im letzten Moment steckte er das kabellose Telefon aus dem ersten Stock einfach in die Tasche und tat so, als telefoniere er von dem Apparat auf dem Schreibtisch aus – festgekabelt an seinen Platz seit fast einer Stunde. Die formlose Unterbrechung hat Mr. Milford zwar indigniert zurückgelassen, aber das ließ sich ja später erklären. Die Telefonzentrale verbuchte ein einwandfreies Alibi, das ausgerechnet Sie bestätigten, und für Mr. Gaynesford war es sicher ein leichtes, den Apparat in dem allgemeinen Durcheinander hinaufzutragen, vorher sorgfältig abzuwischen und aufzuhängen.«

»Habt Ihr ihn denn auf Fingerabdrücke hin untersucht?« wollte Olivia wissen.

»Nein, wie sollten wir darauf kommen?« verwahrte sich Richard.

»Ich meine ja nur. Vielleicht hat er ihn einfach aufgeräumt und das Haus verlassen,« folgerte Olivia leichthin. »Ein wenig unter Spannung stand er schon, sonst hätte er den Zettel mit der Telefonnummer nicht in dieselbe Hosentasche wie das Giftröhrchen gesteckt.«

»Wenn ich mir vorstelle,« nahm Richard die Überlegung auf, »Mr. Jonas hätte uns den Zettel gleich gegeben oder liegengelassen und wir hätten ihn womöglich selbst gefunden ...«

»... dann hätten sich die Ermittlungen von allem Anfang an auf David konzentriert,« vollendete Sir Henry mit grauer Stimme. Nach einer Pause fuhr er fort: »David hat mich schon als Kind nicht gemocht. Und ich muß zugeben, er war immer der Sportlichere von uns beiden und wohl auch der Elegantere.«

26

Olivia saß auf der Bank in Lincoln's Inn und wartete auf Richard. Dieser versuchte, mit Lady Gaynesfords Anwalt einige Punkte in der Beweisaufnahme gegen David Gaynesford zu klären. Schließlich trat er aus einem der roten Backsteinhäuser und kam auf Olivia zu. Sie sah ihm erwartungsvoll entgegen.

»David Gaynesford hat heute morgen alles gestanden!« erklärte Richard ohne Umschweife. »Ich habe mich nicht lange mit Taktik aufgehalten, sondern ihm als erstes den kleinen Zettel mit der verräterischen Telefonnummer gezeigt. Er bedeutete das endgültige ‚Aus'. Wie Mr. Gaynesford das Zyankali im Sherry-Glas seiner Tante von sich hätte wegreden wollen, wäre ich ohnehin neugierig zu hören gewesen.«

Olivia fühlte, wie die letzten lastenden Wolken dieses Unternehmens davonzogen und langsam im Nichts verschwanden. Jene lässige Schulterbewegung, mit der David im Britischen Museum ihre Entspannung gestört hatte, brachte ihn jetzt in ihre Erinnerung zurück, ein Schattenbild des englischen Edelmannes, dessen äußere Hülle sein innerstes Anliegen gewesen war. Sie wandte sich zu Richard, der neben ihr auf der Bank seine Pfeife stopfte: »David Gaynesford war von Kindesbeinen an überzeugt, eher ein Gentleman als ein Farmer zu sein. Intelligent und sportlich verschaffte er sich als Schüler die geeigneten Freunde; als Erwachsener zunehmend elegant und unterhaltsam, gewann er weiteren Zugang in den sogenannten richtigen Kreisen. Sein Name wird ihm geholfen haben, nur fehlte der Adelstitel davor. Ägyptologie ist eine Leidenschaft, davon bin ich überzeugt; leider nicht stark genug, um seinen gesellschaftlichen Ehrgeiz in bescheidenere Bahnen zu lenken. Lady Gaynesford, für die als Künstlerin vollkommenes Aufgehen in der Arbeit selbstverständlich ist, hat ihn in dieser Hinsicht gelegentlich kritisiert. Davon abgesehen scheint seiner Selbsteinschätzung nie eine nennenswerte Irritation entgegengetreten zu sein, außer in Gestalt seines Vaters. Farmer Gaynesford hielt seinen Sohn von sehr früh an für einen gemütskalten Nichtsnutz.«

Richard hatte es geschafft, seine Pfeife in Gang zu bringen und nahm befriedigt ein paar ruhige Züge, während Olivia fortsetzte: »Schließlich richtete sich seine Begehrlichkeit auf Greystone Manor. Das Haus seiner Ahnen, ihr Landsitz und Adelstitel als der angemessene Rahmen für seine Besonderheit.«

»Seine Überlegungen in dieser Richtung kreisten meiner Einschätzung nach von Beginn an um Sir Henry als dem direkten Rivalen um Titel und Vermögen und führten ihn endlich zu der in seinen Augen brillanten Lösung, Sir Henry für den vermeintlichen Mord an seiner Mutter lebenslänglich loszuwerden. Eine reiche Erbschaft wäre der Polizei Motiv genug, dachte David. Ein überführter Mörder aber durfte diese Erbschaft niemals antreten. Farmer Gaynesford würde schaudernd beiseitetreten, und David hätte sein Ziel erreicht ohne je direkt mit den Vorgängen in Verbindung gebracht worden zu sein. Wahrhaft elegant. Den Tod seiner Tante nahm er kühl kalkulierend in Kauf, um seinen Vetter Henry mit einem Kapitalverbrechen zu belasten, das diesen aus der Erbfolge ausschloß; außerdem räumte sie damit ‚seinen' Adelssitz, was sich andernfalls noch über eine ungewisse Zeit hätte hinziehen können. Sir Henrys Heiratspläne gaben den letzten Schub zum Handeln. Zuerst einmal konnte eine Heirat die festen Gewohnheiten umstoßen, auf denen der ganze Plan aufbaute. Und wenn gar ein Kind käme, wären Davids Ambitionen endgültig zerstört.« Richard zog energisch an seiner Pfeife.

»Erinnere Dich, wie viel Arbeit der Duke of York hatte, bis er endlich Richard III. wurde. David mußte in der Tat vor Sir Henrys Hochzeit handeln. – Wie kam er an das Zyankali?«

»Diesem dubiosen Punkt muß ich noch genauer nachgehen. David Gaynesford behauptet, seit den ersten großen Ausgrabungen im 19. Jahrhundert sei es unter Archäologen üblich, Zyankali bei sich zu tragen. Zwar waren die Gefahren einer Expedition nach Afrika vor hundert Jahren erheblich größer als heute, aber ein sicherer Spaziergang ist es natürlich nicht. Er sprach von der Möglichkeit, in einer Pyramide verschüttet zu werden oder in der Wüste in eine vergleichbar verzweifelte Situation zu geraten. Das Gift schütze den Betroffenen vor einem qualvollen Tod. Angeblich hat ihm sein Expeditionsleiter auf nachdrückliches Bitten hin diese ,Sicherheit' zugestanden.«

Eine Böe fiel in das alte Geviert. Unwillkürlich griff Olivia nach ihrem Hut; doch heute trug sie einen schmalen mit nach unten gebogener Krempe und ohne Federn. Nicht einmal das Blatt eines Baumes hätte sich in ihm verfangen können.

»Richard, was hast Du über die Todesanzeige herausgebracht?«

»Ich habe den guten Rechtsbeistand Deiner Lady an einer sehr peinlichen Stelle erwischt. Schließlich erzählte er, daß einer seiner Sekretärinnen beim Lüften mehrere Aktenstöße durcheinandergewirbelt worden seien. Während einiger Überstunden wäre alles in seine vorherige Ordnung zurückgekehrt bis auf – ausgerechnet – die fragliche Todesanzeige. Sie fehlt unerklärlicherweise noch immer und unser Anwalt hofft auf ein Wunder – jedenfalls bis zum nächsten vierteljährlichen Routinetreffen mit Lady Gaynesford.«

Eine lausbubenähnliche Verschwörermine stahl sich auf Olivias Gesicht und sie flüsterte: »Man könnte dem Mann vielleicht helfen ...«

Beide spürten, wie das prickelnde Abenteuergefühl aus Kindertagen in ihre Adern zurückrieselte und Richard bediente sich seiner tiefsten Stimme: »Ich bin bereit, das Blatt Papier zurückzutragen und nichts zu erklären!«

»Ich danke Dir! – Aber, Richard, von wem stammt der Entwurf?«

».... von Lady Gaynesford. Sie hat die Ordnung ihrer Angelegenheiten bis über ihren Tod hinaus betrieben.«

».... wir hätten endlich selbst darauf kommen können. Schließlich ist es eine für England recht ungewöhnliche Todesanzeige, wie wir schon vor längerem festgestellt haben. Der aufstörenden Frage, warum so etwas von einem Lebenden überhaupt existiert, ist die simple Antwort beschieden: eine Mutter setzte ihre eigene Todesanzeige auf, um dem Sohn die Arbeit abzunehmen. In dieser Schlichtheit bleibt kein Raum für Rätsel. ... Oh, Richard, das heißt, ich bin die ganze Zeit über einem Hirngespinst hinterhergejagt!«